新 潮 文 庫

さよならの言い方なんて知らない。

BOOK 5

河 野　裕 著

新 潮 社 版

11410

目次

CONTENTS

「架見崎」地図

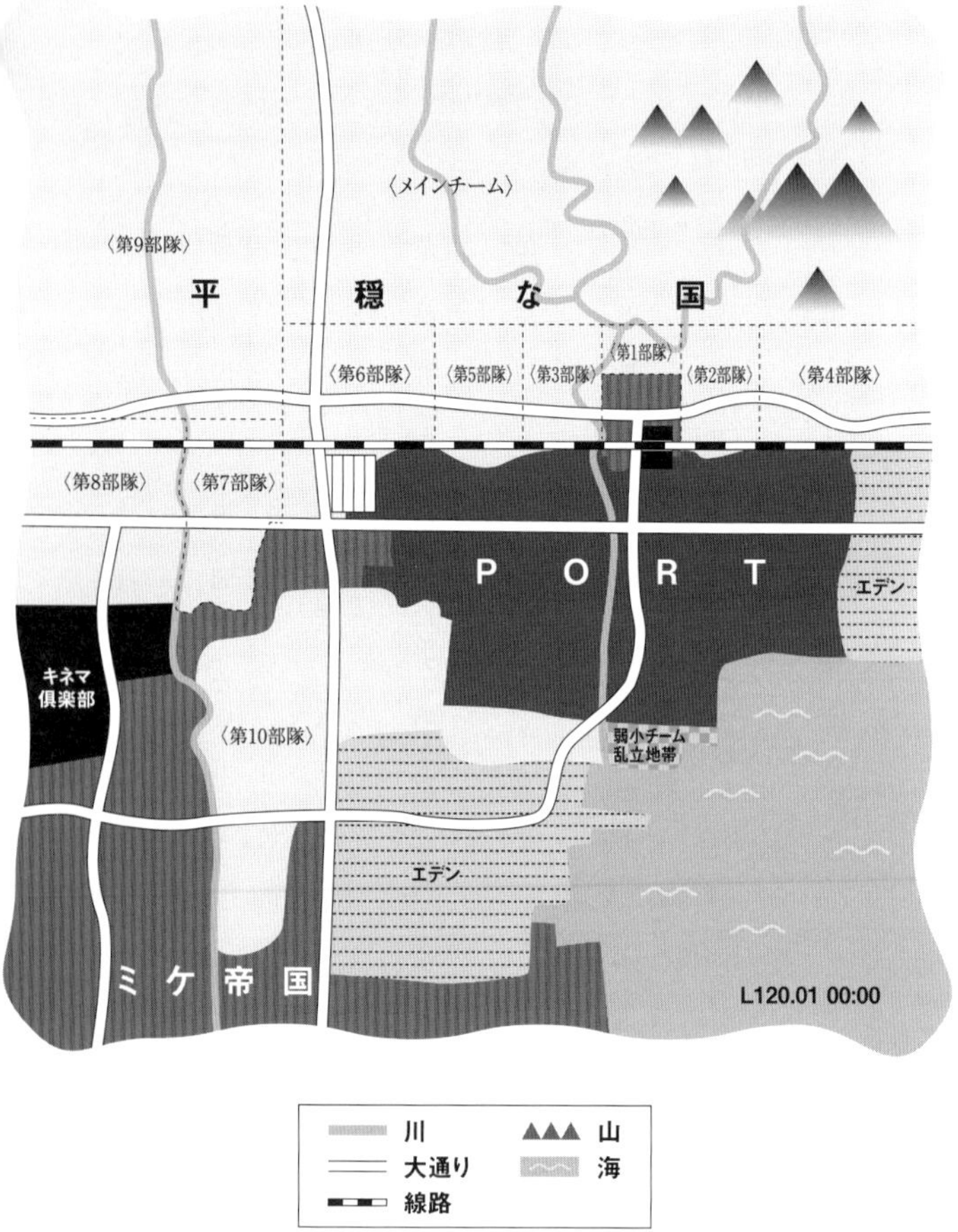

〈メインチーム〉
〈第9部隊〉
平穏な国
〈第1部隊〉
〈第6部隊〉
〈第5部隊〉
〈第3部隊〉
〈第2部隊〉
〈第4部隊〉
〈第8部隊〉
〈第7部隊〉
PORT
エデン
キネマ倶楽部
〈第10部隊〉
弱小チーム乱立地帯
エデン
ミケ帝国
L120.01 00:00
川
大通り
線路
山
海

登場人物紹介
CHARACTERS

秋穂栞
Akiho Shiori

高校2年生。年齢より幼い外見をしているが、性格は大人びており、何事にも冷静に対処する。香屋、トーマとともにアニメ「ウォーター＆ビスケットの冒険」のファン。

冬間美咲
Toma Misaki

香屋と秋穂の幼馴染。「平穏な国」序列2位、ウォーター。中学3年生のとき、謎の言葉を残して消えるが、「架見崎」で二人に再会する。絶大なカリスマ性で人を惹きつける。

香屋歩
Kaya Ayumu

高校2年生。臆病者を自認しており、何をするにも恐怖心が先立つ。能力「キュー・アンド・エー」を用いて、平和な架見崎の実現を目指している。「キネマ倶楽部」リーダー。

平穏な国

リリィ Lily

「架見崎」2番目のポイントを持つ「平穏な国」でリーダーを務める少女。能力名「玩具の王国」

PORT

イド Ido

「PORT」所属の検索士。ユーリイの側近。その正体は元キネマ倶楽部リーダー「銀縁」であり、アニメ「ウォーター＆ビスケットの冒険」の監督・桜木秀次郎。

パン Pan

「PORT」現リーダー。能力「サブアカウント」によって検索士「モノ」として平穏な国でも生活を送っていた。冬間美咲とは異なる意志を持って、架見崎にやってきている。

キネマ倶楽部

月生亘輝 Gessyo Koki

単独で70万ポイントを持つ最強のプレイヤーだったが「PORT」「平穏な国」連合の作戦に敗れ、所持ポイントを大きく減らす。香屋に可能性を感じ、「キネマ倶楽部」所属に。

エデン

ユーリイ Yuri

「架見崎」最大の勢力「PORT」の元リーダー。王者と呼ばれる。ある思惑を持ってチームを離れ、「エデン」所属となる。能力名「ドミノの指先」

ホミニニ Hominini

元「PORT」ナンバー2。人心掌握能力に長け、多くの仲間を持つ。能力名「オレの願いはお前の願い」「野生の法則」

宣戦布告ルール 1

チームA → 宣戦布告 → チームB

2時間のタイマーが回り始める

交戦開始

チームC → 宣戦布告 → チームD

2時間のタイマーが回り始める

交戦開始

交戦は最長72時間。そこで強制的に引き分けとなる。

交戦終了

交戦終了

交戦終了から24時間は他チームに宣戦布告できず、
他チームから宣戦布告を受けることもない。

宣戦布告ルール 2 戦闘の合併

チームA → 宣戦布告 → チームB

2時間のタイマーが回り始める

チームC → 宣戦布告 → チームD

2時間のタイマーが回り始める

チームA → 宣戦布告 → チームC

いずれかのチームが他の戦闘予定のチームに宣戦布告すると、
ふたつの戦闘が統合され、タイマーはより残り時間が短い方が採用される。

A、B、C、Dの4チームが交戦中となる

4チームすべての領土内で能力を使えるようになる。
交戦状態になったチームは、他チームに宣戦布告できず、
他チームから宣戦布告を受けることもない。

交戦終了

交戦状態でなければ、能力を使えるのは自分たちのチームの領土内のみ。

さよならの
言い方なんて
知らない。

THEME OF
THE WATER &
BISCUIT 5

プロローグ

端末で通話を繋《つな》いだ相手は、架見崎《かみさき》で最高の検索士《サーチャー》だった。イド。彼はある一時期、銀縁《ぎんぶち》と名乗りキネマ倶楽部《くらぶ》のリーダーをしていた。本当の名前は桜木秀次郎《さくらぎしゅうじろう》といい、かつてはアニメ監督だった。偉大な——少なくともトーマにとっては、途方もなく偉大なアニメ監督だ。

トーマは緊張していたものだから、テーブルに用意したビスケットにも手をつけなかった。面接を受ける生真面目《きまじめ》な優等生みたいに、しっかりと背筋を伸ばし、太ももの上で軽く両手を重ねていた。そういう風に座るには、ソファーは少し柔らかすぎていけない。

端末の向こうのイドが、意外に軽い口調で言う。

「君はそろそろ平穏を抜けるんだね」

「はい。一〇日ごろを予定しています」

「でも、どうして？　私の目には、君が平穏を丸々手に入れるのも、そう難しいことではないようにみえるよ」

「いえ。やはりここは、リリィのチームですから」

トーマはまずまず「平穏な国」の権力を握り、それなりの自由が約束されている。でもその約束というのはリリィと交わしたものだ。実際に言葉でやり取りをしたわけではないけれど、「リリィと親密な関係にある」というのが一種の免罪符になっていることは明白で、それを失ったなら大きな反感を買うのは目にみえている。平穏内でリリィの価値というのは想像以上に高く、自然に上り詰められるのは彼女の有能な右腕までだ。その先まで進もうとするとこのチームを壊すことになる。なら、外に新しいチームを作ってしまった方が手っ取り早い。

　まるでこちらの頭の中を覗《のぞ》いたみたいに、イドが言った。

「つまり君は、リリィと対立するつもりなんだね」

「本当は、できれば仲良くしたいんですが――」

「けれど、おそらく同じ道は進めないだろうと思っている」

「まあ、そうですね」

　リリィは優しい。とても真っ当に、ひとりの少女として自然な優しさを持っている。それは素晴らしく、この架見崎においては途方もない価値がある。いや、別に、架見崎に限らなくたって充分な価値だ。けれどトーマの目的は、優しいままじゃ叶《かな》えられない。

　イドの声は、なぜだか楽しげだった。

「私にもわからないんだよ。君はいったい、架見崎をどうするつもりなんだろう？」

「それは、秘密です」

「まさかこのゲームの勝者を目指しているわけじゃないだろう？」

「勝てるものなら勝ちたいですよ。でも、勝利が大事なわけではありません」

トーマの目的は、運営――あのカエルと、だいたい同じだ。それは、彼らの言葉を借りるなら、「ゼロ番目のイドラの発見」ということになる。

「イドさんも、運営の方針には賛成なんですよね？」

「どうだろう。わからないけれど、彼らの願いが叶うとよいと思っているよ」

「その件で、相談があってご連絡しました」

相談、というか、彼の耳にも入れておきたいこと。

イドは特別なプレイヤーだ。トーマ自身と、パンと、彼だけが特別だ。でもパンは陣営が違うから、声をかけるならイドということになる。

トーマは本題を切り出す。

「ヘビが、架見崎に現れるかもしれません」

その言葉は、多少なりともイドを驚かせたようだった。

彼は沈黙のあとで、ため息に似た声でささやいた。

「なるほど」

「だからどうってわけじゃないんですが、いちおう伝えておこうと思って」

「うん。ありがとう。私はあのカエルがわりと気に入っているんだけどね」

「私もですよ」

わりと、かなり、とても。カエルのことは気に入っている。

イドは、言葉を選びながらなのだろう、ゆっくりと告げる。

「でも私たちには、運営の話に、口出しする権利がない」

「だから困っているんです」

「どうして君が困るんだい？」

「だって、架見崎がどうなるかわからないでしょう？」

　いきなりまるっとルールが変わる、なんてことはないと思うけれど、まったくこれまで通りというわけにもいかないだろう。なにかは変わる。おそらく、より非人間的で、残酷な方向へと。

「君は、架見崎の行く末にはあまり興味がないんじゃないかと思っていたよ」

「まさか。だって、ここには香屋《かや》がいるんですよ」

　香屋歩《あゆむ》。彼が関わっているんだから、興味がない、なんて言っていられない。

　イドが、ふっと息を吐いて笑う。

「不思議だね。まるで君は、香屋くんを愛しているようだ」

「その通りですよ。大好きです」

「だとしても。その愛が、ずいぶん自然で、不思議だ」

　今度はトーマの方が笑ってしまう。

　そんなことを、彼に言われるのが、なんだか奇妙な気がして。

「貴方《あなた》だって、キドさんを愛しているんじゃないんですか？」

　彼はまた口をつぐむ。

これまでよりもずいぶん長い沈黙のあとで、抑えた口調で言った。

「そうじゃない。私は彼に、亡《な》くした子を重ねているだけだろう」

「本当に？」

「うん。きっと」

どうだろう。違うんじゃないか、という気がする。とくに根拠はないけれど、なんとなく。迷いながらもトーマは、そのことを言葉にしてみる。

「もしかしたらイドさんは、いろんなことを深く慎重に考えすぎなんじゃないかという気がします。お子さんのこととか、架見崎に来た理由とか、ここの成り立ちとか。それで、見え方が複雑になっているだけで、本当はもっとシンプルな愛情を、キドさんや他のキネマにいた人たちに向けているんじゃないでしょうか」

イドは、その言葉には答えなかった。

でもなんだか困ったような声で、こんなことを言った。

「君は、香屋くんのどこを愛しているんだろう？」

そんなの答えようがない。だいたい、全部だ。臆病《おくびょう》に震える手も、不機嫌そうな声も、泣き顔も。

それでもどうにか、トーマは答える。

「これは、失礼な話かもしれませんが」

「うん？」

「あいつはウォーター以上にウォーターです」

イドが桜木秀次郎だったころに生み出した、アニメ「ウォーター＆ビスケットの冒険」の主人公、ウォーター。トーマにとってのヒーローの象徴。

ウォーターが格好良く告げる台詞《せりふ》を、香屋は震えながら口にする。ウォーターが真顔で決める台詞を、香屋は泣き笑いのような、気味の悪い顔でたどたどしく告げる。でも彼の弱々しく情けない声と顔つきが、ウォーターの言葉には似合うんじゃないか。

別に、ウォーターの声優が悪いわけじゃない。素晴らしい。でも、あんまり格好良すぎると、あの作品のテーマからは少し外れる。

生きろ、という台詞はたぶん、心を込めれば込めるほど、情けなく震えるものなんだ。

「なるほど」

そう言ったイドの声は、楽しげで、ずいぶん機嫌が良さそうに聞こえた。

＊

トーマ――冬間《とうま》美咲《みさき》が初めて「ウォーター＆ビスケットの冒険」を観《み》たのは、一五歳のころだった。

とてもショックなことがあって、ずいぶん泣いて、八つ当たりみたいにそのアニメのDVDを流した。そして、夢中になった。

もともと「ウォーター＆ビスケットの冒険」はトーマ好みで素晴らしい作品だけど、それ以上に、タイミングが合ったのだと思う。ひび割れて、ところどころぽろぽろと崩れて、歪《いびつ》な形になったこちらの心に、「ウォーター＆ビスケットの冒険」の輪郭がちょうど噛《か》み合った。そんな感じだった。

　たとえば、記念すべき第一話に、ウォーターのこんな台詞がある。

　――どこまでだって歩くんだ。

　とあのヒーローは言う。

　――喉《のど》が渇いたら水を飲み、腹が減ったらビスケットをかじれ。雨が降ったら屋根の下に入り、疲れたらいくらでも休め。

　ちょうどそのとき、冬間美咲は疲れ果てていた。冷たい雨の中にいるようだった。思えば腹も減っていて、喉も渇いていた。心から休息を求めていた。

　――でも、必ずまた歩き出せ。どこまでだって歩いて行け。いつだってすぐ傍にあり、いつまでだって鳴りやまない、その足音と鼓動だけが、生きることの主題《テーマ》だよ。

　ああ、そうだよ、とあのときに思った。

　ずいぶん疲れていたものだから、反論する余裕もなかった。

　同じことを伝えたい人がいた。歩くことを止《や》めて、生命のテーマソングを止めて、死んでしまったあの人に伝えたかった。

　その台詞は、ウォーターの落ち着いた声によく似合っていた。でも今思えば、香屋のちょっと甲高くて、すぐに震える声の方がより似合うような気がした。どちらにせよその台詞は、一五歳だった冬間美咲にずっと染《し》み込んで、今もまだ胸の底に居座っている。

＊

架見崎の八月一日――ループが明けた最初の日は、安息日と呼ばれる。

交戦状態が解除され、日づけが変わるまでは宣戦布告も行えない、平和な一日ということになる。とはいえ「では今日くらい、ゆっくりと過ごしましょう」なんて風に穏やかな気持ちでいられるわけもなく、明日以降の戦いに備え、あれこれと血腥《ちなまぐさ》い話への返事をどうにかこうにか探すことになる。

名目の上では今もまだチーム「エデン」のリーダー、コロンは安息日の午後を、血の臭《にお》いの塊みたいな男と過ごしていた。かつてのPORTのナンバー2、ホミニニ。彼はその丸っこい身体《からだ》を、ずいぶん質が良さそうな、だが品が良いとは言い難い柄物のスーツで包んでいた。

エデンは海に面したビジネス街を主な領土としている。話がある、と尋ねてきたホミニニに連れられて、コロンはオフィスビルの一階のカフェに入った。できるならこの怪物のような男の相手なんかしたくなかったけれど、一応はチームリーダーという立場があるので断るわけにもいかない。まあ、隣に信頼の置けるチームメイト――撫切《なでぎり》がいるから、多少は気持ちが楽ではある。

もちろん、架見崎のカフェに店員なんていない。ホミニニが厨房《ちゅうぼう》にずかずかと踏み込んで、電気が通っていない冷蔵庫を開き「なんにする？」と尋ねた。コロンは仕方なく、瓶入りの炭酸水の名を答え、隣で撫切も「同じものを」と告げる。

ホミニニが、緑色をしたボトルを二本投げてよこした。共に撫切が受け取り、王冠をあけて一本をこちらに差し出す。ホミニニ自身は、トロピカルなイラストが描かれた紙パック入りのジュースをグラスに注ぎながら、言った。

「まずは本題から入ろう。乾杯だとか握手だとかは、その話がまとまってからだ」

ボトルに口をつけた撫切が眉間《みけん》に皺《しわ》を寄せる。炭酸が強すぎたわけではないだろう。

「話がまとまるとは限らない」

「ああその通りだ。でも都合が良いことに、オレたちには共通の敵がいる」

「敵？」

「ユーリイ。そうだろ？」

撫切が、その細い目をこちらに向ける。エデンのチームリーダーとしての返答を求められているのだろう。コロンは慎重に答える。

「私たちにとっては、貴方もユーリイさんもＰＯＲＴからのゲストです。今も昔も、うちとＰＯＲＴは友好的で、敵対する意思はありません」

ホミニニは注いだばかりのジュースを派手にあおり、ひと息で七割ほどを飲んだ。そこに、片手でつかんだままだった紙パックから中身を注ぎ足す。

「それを続けて、なんになる？」

それ、と撫切が尋ね返す。

ホミニニは注いだグラスを手に厨房を出て、客席に座って足を組んだ。体格が理由だろう、上にした方の足が床と平行になる、不格好な足組みだった。

「つまり、あんたらのそのポジショントークみたいな奴《やつ》だよ。内心じゃ不満たらたらのくせに、表面だけ波風が立たないように取り繕ってなんになる？　気分の悪い現状がしばらく続いて、それでへとへとになっているうちに押しつぶされてお終《しま》いだ」

わかっている。言われるまでもなく、そんなことは。

どこかでなにかを変えなければいけない。機をみて、狙《ねら》いすまし、効果的な一撃を繰り出さなければならない。でもそれは今ではない。こんな危険な男に、腹の内を晒《さら》せるわけがない。どれほど見え透いている腹の内だったとしても。

座れよ、とホミニニが言った。

コロンと撫切は、仕方なく彼の向かいに腰を下ろす。ホミニニが続けた。

「これから話すことは、まだ確証がねぇ。へんに噂《うわさ》が流れると混乱がでかい――エデンだって噂だけで吹き飛ぶような話だ。だからあんたらの胸の内に留《とど》めて欲しいんだが、約束できるか？」

撫切が再び、視線をこちらに向けた。

断る言葉もみつからず、仕方なくコロンは頷《うなず》く。それをみてホミニニが笑う。

「どうしてユーリイが、エデンに来たと思う？」

わからない。そんなの。

コロンは顔をしかめて答えた。

「負け戦を経験するために、と本人からは聞きました」

ホミニが、その丸っこい目をさらに大きくした。

「へえ。なんだか楽しげな話だな」

「そうですか？」

「ああ。だが、どうでもいい。どうせでたらめだよ。あんたらだって、信じちゃいないんだろう？」

それは、なんとも言えない。

常識的に考えて理解できない話ではあるけれど、ユーリイのような、存在そのものがあり得ない相手のことはそもそも理解しようという気になれない。

ホミニの方も、こちらの返事なんて求めてはいなかったようだ。彼はジュースのグラスに手を伸ばし、今度はアルコール度数の高い酒をストレートで呑《の》むように、ほんの少しだけ口をつける。

「そうややこしい話じゃねぇ。ＰＯＲＴのトップだったユーリイは、さらにあのチームでの支配力を強めようとした。つまり独裁者になるつもりだった。当たり前だろう？　架見崎の勝利条件を考えればそうなるさ。いよいよ架見崎の全土を掌握しようってときに、内乱が起こると厄介だからな。それで、圧倒的な成果を求めてエデンに来た」

これには撫切が答えた。

「中堅三チームの支配？」

ホミニニが頷く。

「ロビンソン、メアリー・セレスト、ミケ帝国。ユーリィ自身がエデンを指揮して、平穏な国を向こうに回して三つ全部を手に入れれば、そりゃ誰にも反論できねぇよ。強いのはＰＯＲＴじゃない、ユーリィだってことになる。だがあいつはそれに失敗した。中堅じゃいちばんの大物、ミケを取りこぼしたんだからな」

表情には出さなかったはずだが、コロンは胸の内で歯を食いしばっていた。

あの戦いでミケを取れなかったことの、犯人捜しのような話は避けたかった。明白な負い目があったからだ。ユーリィは向こうの主戦力——白猫《しろねこ》、黒猫《くろねこ》のふたりを相手に互角に戦ったが、コロンたち本来のエデンのメンバーは戦いを放棄していた。

こちらの内心を見透かしたように、ホミニニは大きな身振りで言う。

「おっと、別に、あんたらを責めようって話じゃねぇ。大事なのはあのユーリィが、目《もく》論見《ろみ》通りに事を進められなかったってところだ。それであいつはもっと大胆な方法を選ぶことにした。いいか？　こっからが内緒話の本題だぜ？」

彼はテーブルに身を乗り出して、派手な笑みを浮かべて、ひそめているくせに妙に大きく聞こえる声で言った。

「ＰＯＲＴを支配したけりゃ、力任せに奪い取ればいい。——あいつは、エデンを使って

ＰＯＲＴに喧嘩《けんか》を売る気でいる」

そんなことは、あり得ない。

ＰＯＲＴは巨大なチームだ。この架見崎で、なによりも絶対的なチームだ。そしてユーリイとは、そのＰＯＲＴの象徴みたいなものだ。彼が、どうして。

ふっとホミニニが身を引く。

「ってのは、確かな話じゃねぇ。まだ推測の域を出ないが、でもあんたらが考えているよりはずっと確度の高い推測だ。もしもこいつが当たっていたなら、さっきの話に納得してくれねぇか？」

混乱していた。

話の規模も内容も、あまりに想像外で思考が追いつかない。

「さっきの話？」

ほとんど意識もせずに反復すると、ホミニニが力強く頷く。

「つまりユーリイは、オレたちの共通の敵だって話だよ」

それは、その通りだ。

初めからコロンはユーリイを嫌っていた。いや、好き嫌いという次元ではない。草食動物と肉食動物のように、前提から、捕食される側とする側くらいの違いがある。それは本能的な苦手意識だった。

感情では恐怖心ばかりが募るが、立場上は味方として扱うしかない相手。——だが、そのユーリイがPORTに反抗するというなら、話が変わる。これまで通り、エデンがPORTと手を結んでいるなら、ユーリイは当たり前に敵になる。

　撫切が言った。

「つまり私たちにユーリイを探らせ、PORTに内通するという話ですか？」

　ホミニニが頷く。

「ああ。だが、結論を出すのはまだ早い。ユーリイ反逆の証拠をつかんでPORTに差し出せば、小遣いくらいはもらえるだろうさ。だがもっとでかい勝ち方がある。たとえば決定的な瞬間に、背中からユーリイを撃っても良い」

　コロンは炭酸水に口をつけた。口の中の、なにか熱いものを飲み下したくて。それは仄《ほの》かに苦い。

「私たちの手でPORTを守れ、と？」

「ジャッジは任せるよ。エデンはあんたらのチームだ。でもしばらくはユーリイを泳がせたい。できればエデンには、ここぞってときまではあいつに従順でいて欲しい」

　即答できる話ではなかった。コロンはテーブルに肘《ひじ》をついて、額を抑える。

　――どうして、こんな、面倒なことばかりが起こるんだ。

　エデンは安定したチームだったはずなのに。この戦いばかりの架見崎で、どうにか平和を手にしてきたはずなのに。

　PORTに反逆だって？　馬鹿《ばか》げている。どうして、そんな話に巻き込まれなければいけない？

　戦いたい奴らは、戦いたい奴らだけで、勝手に殺し合っていて欲しい。

＊

　コロンひとりならともかく、撫切の方は尾行を考えるのではないかと思ったが、そんな気配はなかった。

　ふたりと別れたホミニニは、それでも背後を警戒しながら路地をいくつか曲がり、その先に停まっていたミニバンに乗り込んだ。

　運転席に座っているのは、数少ない信頼を置ける仲間、ドラゴンだ。助手席は空いていた。でもホミニニが座ったのは後部座席の方だった。その後部座席には先客がいる。

　ユーリイ。ラフなトレーナー姿の彼は、眠たげに目を細めた顔で言う。

「どうだった？」

　ドアを閉めると、ミニバンが発車する。別にどこを目指すわけでもない。ただ、車内は密談に向いているというだけだ。ホミニニは答える。

「台本通りだよ。オレには役者の才能があるな」

　今のところ、ホミニニはユーリイが立てた作戦に乗っている。

　嘘《うそ》でも偽物《にせもの》でも良い。エデンのトップ連中に、ユーリイに従うふりをさせる。その「ふり」をＰＯＲＴにみせつければ、追い込まれるのはエデンの方だ。ＰＯＲＴがエデンを敵だと認定してしまえば、あいつらは引き返せなくなる。嘘を真実にせざるを得なくなる。つまり、演技をしている気でいるあいつらを、そのままユーリイに乗った方が得だというところまで追い込んでやれば、スムーズにエデンの兵力を奪い取れる。

　つまらなそうにユーリイが言った。

「感想は？」

　ホミニニの方は、本当につまらなくて口を歪《ゆが》める。

「好みじゃねぇな。あいつらにはビジョンがない」

　夢でも荒唐無稽《こうとうむけい》でも良い。ともかく、未来がこうなって欲しいというビジョン。それがないから視野が狭い。提示されたものが正しいのか、間違っているのか。そればっかりで迷っている。自分で自分の道をみつけようって気がないんだ。

　だから簡単に操れる。選択肢に保留ってルートをひとつ作っておけば、まるで一本道みたいにそちらに進む。あいつらがＰＯＲＴと戦えるはずがない。かといって、今すぐユーリイと敵対するのも怖い。その両方を避けるから、結果、ユーリイの思惑通りの道を歩き続ける。

　でも、本当はそうじゃないはずだろう？　エデンなんてチームはもう充分追い込まれていて、まともに流されていりゃ破滅は目にみえていて、だったら今すぐにでも道なき道に足を踏み出すべきだろう？　あいつらは温《ぬる》すぎる。

　ユーリイが首を振った。

「いいや。彼女たちにもビジョンはあるさ」

「へえ。どんな？」

「こんな架見崎で暮らしていながら、戦いのない、なんでもない日常を望んでいる」

「かもな。だが、そっちに向かって進もうって意志がないなら同じだ」

「うん。そしてそこを、香屋くんは狙い撃ったわけだ」

香屋歩。キネマ倶楽部の新リーダー。今のキネマはふたりきりのチームだが、無力だってわけじゃない。たったふたりのもう一方が、あの月生《げっしょう》なのだから。

ユーリイはどうやら、香屋という少年のことを気にしているようだった。しばしばこんな風に、ふいに名前が出てくる。

ホミニニの目からみても、たしかに香屋歩は面白い。

――架見崎を平和な世界として存続させる方法は？

そんな質問を運営に投げかけるなんて、その答えを強制する能力を獲得するなんて、ホミニニの発想にはなかった。規模のほどはわからないが、台風の目ではある。そしてその規模はどこまで大きくなってもおかしくない、というのがホミニニの見立てだ。たとえば架見崎をすっぽりと覆《おお》うほどまで育っても驚かない。

ホミニニは言った。

「ビジョンがある奴は好きだよ」

ユーリイが答えた。

「誰にだってビジョンはある。問題はそれへの自覚だ」

その通りなのだろう。きっと。

架見崎で名を上げるのは、だいたいみんな自分のビジョンにひどく自覚的な連中だ。平穏のウォーターにもそれを感じる。香屋歩にもそれを感じる。もちろん、ホミニニ自身だって、それなりに具体的な未来を思い描いている。

ホミニニが知る中で、例外はただひとりきりだった。

「だがな、ユーリイ。あんたのビジョンはどうだ？」

そう尋ねてみると、ユーリイは笑った。

「よく気づいたね。実は僕はつい最近まで、自分の夢みたいなものに無自覚だった」

「そうかい。もうわかったのか？」

「ああ。わかった」

「教えてくれよ」

「けれど少し恥ずかしい」

「笑わねぇよ。言ってみろ」

ユーリイは短いあいだ、口をつぐんだ。

それは言い淀《よど》んだというよりは、計算された無言だったのだろう。こちらを笑わせるための。ともかく彼は、真顔で答える。

「僕自身を愛すること」

思わず鼻で笑いそうになり、こいつの思惑通りにそうしてやるのも癪《しゃく》で、ホミニニは顔をしかめた。

第一話　彼女の返事が聞こえない

I

架見崎《かみさき》にやってきてから、七割くらいはどこかのチームに囚《とら》われている気がする。わざわざ日にちを数えはしないけれど、本来の所属チーム、キネマ倶楽部《くらぶ》の領土内で暮らしていた時間をまとめると一ループぶんもないのではないか。まあ、別にキネマでの生活が安らかだというわけでもない。身の安全を第一に考えれば、むしろ大手やら中堅やらに囚われていた方がましだという気もするけれど、ストレスが溜《た》まる日々ではある。

今日もまた香屋歩《かやあゆむ》は囚われていた。平穏な国のメインチームの、それなりに立派なマンションで生活している。以前、このチームにいたときとは違い、「リリィの客人」という立場を勝ち取ったため不自由な感じはしないが、常にこちらに検索《サーチ》が向いているのは間違いない。トーマからも「ひと通り監視する」と言われている。

ループが明けて三日ほど経《た》ったその日、香屋の部屋をふたりが訪ねていた。

一方は秋穂栞《あきほしおり》で、こちらは普段通りといえる。今は三人掛けのソファーに寝そべって、どこかから手に入れてきたコミックを読んでいた。もう一方は、モノという名の少女だ。平穏な国で検索士《サーチャー》をしている。彼女の顔をみるのは、ずいぶん久しぶりだという気がした。

本当はモノを部屋に入れるのも怖かったけれど、彼女は秋穂と共にやってきたから、さすがに過度な警戒は控えた。モノは自ら持ち込んだスナック菓子だとかジュースだとかをリビングのテーブルに広げながら、言った。

「香屋くんに相談があるのですよ」

「へえ。大まかなジャンルは？」

「実は気になる男の人がいまして」

「それ、僕に相談する？」

「相手はユーリイです」

それはなかなか、身が引き締まる話だ。

ポテトチップスに手を伸ばしながら、モノは言った。

「ご存じの通り、ユーリイは今、エデンにいるわけですが、あの人の狙《ねら》いみたいなものがわからないんですよね。だから香屋くんのアドバイスが欲しいのです」

「ちょっと待って」

香屋はソファーから立ち上がり、ノートとシャープペンシルを準備するために隣の部屋に入る。

モノからの相談は、香屋にとってもありがたいものだった。香屋は情報に飢えている。信頼できる優秀な検索士《サーチャー》が手《て》駒《ごま》にないのが理由だ。前のループでコゲに銃口を向けられたのだって、トーマにその弱みがばれている、というのが理由のひとつだろう。香屋の立場では、不安に怯《おび》えながらでも、情報源に近づかざるを得ない。

――だから、普通にやればトーマに勝てるわけないんだよな。

現に、今の香屋に流れてくる情報はすべて、平穏な国、というかトーマを経由したものだ。彼女とあれこれ議論するたびに聞かされる話を根拠に物事を判断している。だがそれらにはなんらかのフィルターがかかっているのだろう。最悪、こちらを都合よく操るための虚偽の情報ばかりが与えられている可能性だってある。もちろんモノの話だって鵜《う》呑《の》みにはできないけれど、それでも情報源が増えるのは有難い。

リビングに戻ると、秋穂の方が言った。

「私も混ざりましょうか？」

「ぜひ」

三人掛けのソファーの上で彼女が身を起こしたから、香屋はその隣に座る。

モノが言った。

「ユーリイの――というか、エデンの状況はどこまで？」

「多少は聞いたけど、最初から教えて」

モノは「面倒ですね」とぼやいてから、でも丁寧に説明する。

香屋が架見崎を訪れたばかりのころに比べれば、現在の勢力図はずいぶんすっきりしている。三大チームと呼ばれていたチームの中から月生の架見崎駅南改札前が消え、ＰＯＲＴと平穏のふたつになった。もともとは五つあった中堅も残っているのはたったふたつで、ミケ帝国とエデンだけだ。いや、純粋にポイントだけをみれば、月生《げっしょう》がいるキネマも中堅に入るか。

なんにせよそれらの中堅で、データ上は突出しているのがエデンだ。

エデンは前のループの半ばまで、九万少々のポイントしか持たないチームだった。けれどそこにＰＯＲＴから出向したユーリイやホミニニたちが加わり、プラス二〇万。キドたちキネマの面々が加わりさらに三万。ロビンソンとメアリー・セレストを落とし、その戦果は六万と八万。

結果、現在のエデンの総ポイントは四六万を超える。中堅チームの相場は一〇万Ｐ程度だとされていたのだから、瞬《またた》く間に膨れ上がったと言える。

モノが言った。

「エデンはポイントベースでほぼ均等に、チームを三つにわけています。リーダーはそれぞれ、コロン、ホミニニ、それからユーリイ。コロンのチームはもともとエデンにいたメンバーの集まりで、主力は撫切《なでぎり》という人みたいです。ホミニニのチームは、彼の配下に加えて、ロビンソンやメアリー・セレストからの合流組。そしてユーリイ組の主力は元キネマのキドさん」

モノの言葉に、香屋は小さな舌打ちを漏らす。

「最後がおかしい」

だいたい同じ話を、ループ前にトーマからも聞いていた。でも納得できない。

「おかしいって言われても、実際そうなんだから。キドさんはあの人ひとりで一〇万Ｐくらい持っています」

ごく当たり前の算数で、四六万のポイントを三チームに均等にわけると、一チームあたり一五万少々になる。そのうち、一〇万ものポイントをキドに割り振ってしまうと、残るのはたった五万程度だ。

すでに知っている情報を、香屋は改めて尋ねる。

「ユーリイチームの主なポイント配分は？」

「上から、キドさん一〇万。藤永《ふじなが》さん三万。リャマさん一万。このチームはなんだかんだで総ポイントが一六万ほどありますが、残り二万をユーリイと元キネマの面々で分け合っている感じですね。ちなみにユーリイは三五〇〇Ｐくらいです」

これはもう、無茶苦茶だ。

ＰＯＲＴにいたころのユーリイのポイントは一五万くらいだったときいている。瞬間最大でいえば、対月生用の能力の獲得のためにさらに二〇万Ｐも上積みされていたけれど、それは例外だと考えて良いだろう。

エデンに出向した時点でも彼は八万Ｐくらい持っていた。妥当、というか、ユーリイという名前に対しては、八万でも少なすぎる印象だった。

　それが今は、たかだか三五〇〇。下手をすれば、弱小チームのトップを下回るくらいのポイントだ。

　モノは紙パックに刺したストローから、小さな音をたててオレンジジュースを吸い上げた。

「私が相談したかったのも、そこですよ。ユーリイが弱くなるぶんにはかまわないのですが、さすがにこれは極端です。いったい、どんな狙いがあると思いますか？」

　こんなもの、推測をたてて下手な思い込みを持つことさえ危険、という気がする。とはいえなんの想定もしないわけにもいかない。

　香屋は秋穂に目を向けた。彼女はお菓子であふれるテーブルから、チョコレートクッキーを選び取って答える。

「とりあえず、しばらくＰＯＲＴに戻るつもりはなさそうですね」

　香屋は頷《うなず》く。素直に考えるとそうなる。ユーリイがＰＯＲＴに戻るなら、ポイントも一緒に持って帰るのが自然だろう。

「秋穂がこんな風に極端にポイントを割り振るなら、どんな理由がある？」

「ゲームルール次第ですが、戦力を固めるのは、相性ですかね。水属性が弱点の、火属性の敵と戦うなら、味方の水属性にリソースぜんぶ突っ込みます」

「他には？　考え方にバリエーションが欲しい」

「ユーリイ自身が戦って五分五分くらいの相手なら、間違っても自分が死なないように仲間を強化するかもしれません。架見崎のルールに則して答えるなら、能力の凍結も理由になり得ます。つまりユーリイ自身がポイントを獲得しても、今はいらない能力の凍結が解除されるだけだから、新たに欲しい能力を獲得できるキドさんを選んだ」

香屋の考えは？　と尋ね返されて顔をしかめる。

本当にわからなくて困っている、というのが正直な気持ちだったが、思考を整理するために答えた。

「強いていうなら、最後に秋穂が言ったやつに説得力を感じる」

つまり自身の能力の凍結の解除より、新たな能力の獲得を優先した、という推測だ。でも、と香屋は続けた。

「もっとわかりやすい効果もある。敵の注意を分散させたがっている気がする」

「注意？」

「ユーリイは、ポイントを下げるだけで目立つんだよ。僕たちだってユーリイのことばかり考えている。でもこれで、キドさんも無視できないプレイヤーになった。もともと、まずまず強いってそれなりに有名な人が、一〇万ものポイントを手にしたわけだから」

単純にエデンと争う側からみると、注視しなければいけない相手がひとりからふたりに増えたわけだ。対策を練る手間が少なくとも倍になる。必死に一〇万Pのキド用の戦術を練っていても、開戦直後にキドがその一〇万Pを丸々ユーリイに譲渡する、みたいなことだってあり得る。

　さらに続けて秋穂が尋ねる。

「注意を分散させて、ユーリィが狙うことは？」

「知らないよ。でも、王道で考えればみっつ目の戦力を隠したいんじゃない？」

　ユーリィはずっと怖い。これでキドも怖くなった。なら敵対するチームは、彼らふたりしかみえなくなるのではないか。ぎりぎりまで時間をかけてこのふたりへの対策を練り上げるのではないか。そのとき、もっとも効果的なのは、まだ相手にみえていない三番目の選択肢だ。

　香屋たちのやり取りを聞いていたモノが口を開く。

「みっつ目があるんですか？」

「というか、少なくとも四つ目まではあるでしょ。エデンにはもうふたつ、チームがあるんだから」

　コロン組とホミニニ組。ともに一五万Pずつ持つこのふたつの部隊を無視するのは、通常ではあり得ない。なのに今のポイント配分じゃ、どうしてもユーリィとキドにばかり目がいく。ここまで極端な状況であれば、香屋にしてみればむしろコロン組やホミニニ組の方が怖い。

　香屋は瓶入りのコーラに口をつけて、モノに目を向ける。

「エデンのデータ、知ってるだけもらえる？」

とはいえ、さすがに平穏な国として出せない情報もあるだろう。ある程度は隠されることを覚悟していたのに、モノは簡単に頷く。

「端末、持っていますよね？　データ転送します」

これはむしろ外れかもしれない。

香屋からみると、モノは平穏内での立場がいまいちよくわからない少女だ。出会ったころは、どちらかというとポイントが低いプレイヤーだったが、どうやらトーマと仲が良さそうなのでシモンが失脚したあとの平穏ではそれなりに優遇されているかも、と淡い期待を抱いていた。

だいたいモノは、過去に一度「死んで」いる。たしかにそう報告を受けたが、今、目の前で彼女はぴんぴんしている。架見崎には人を生き返らせる能力があるのだから、あり得ないというほどの事態ではないけれど、その能力はＰＯＲＴが持っているはずで、トーマがモノを生き返らせたのならずいぶん苦労しただろう。そもそもトーマの価値観というか、行動理念みたいなものが特殊だから推測の根拠としては弱いけれど、モノがトーマにとって重要な価値を持つプレイヤーであっても不思議はない。

そう思っていたのだけど、だとすれば情報が簡単に出てき過ぎる印象だった。トーマにとってモノは「大切な友達」ではあるけれど、プレイヤーとしては今もまだ情報の規制をかけるほどではない検索士《サーチャー》なのかもしれない。

たいした期待もなく端末を覗《のぞ》き込み、香屋は息を呑む。

――データが、細かい。

量も質も充分で、しかも速い。まだひと目見ただけだが、三日前のループで新たに獲得した能力まで網羅されているようだった。ほとんどエデンが筒抜けだと言える。

「これ、正しいの？」

「おそらく。エデンの次くらいには、エデンに詳しいんじゃないですかね」

「どうして？」

知らぬ間に、モノは平穏のメイン検索士《サーチャー》にでもなっていたのだろうか。そんな馬鹿《ばか》なという気がするけれど、このデータは大手チームの中核が扱う種類のものに思えた。

「私、それなりに偉いので」

「そうなの？」

モノが幼い顔つきで、にたりと笑う。

「自己紹介が遅れて申し訳ありません。私はパンと言います。ＰＯＲＴでリーダーをしています」

パン。ＰＯＲＴリーダー。

あのユーリイの後釜《あとがま》。

「嘘《うそ》だ」

え？　嘘だろう？　信じられない。

モノは平然と笑っている。

「正確には、こっちの身体《からだ》の名前はモノです。能力で獲得した予備みたいなものです。ほら、モノとパンって、いかにも一対って感じの名前でしょう？」

そうなの？　と香屋は秋穂に尋ねる。

彼女もさすがに驚いているようで、小さな声でぼそりと答えた。

「ええと、たしかギリシャ語かな。モノは唯一《ゆいいつ》で、パンはすべて、みたいな意味だったと思います」

そんなの知らない。モノの方の由来は、本人から聞いたような気もするけれど、あんまり覚えていない。

とくに感情のない声でモノが言った。

「つまりこれは、ＰＯＲＴとキネマのリーダーの対談なのですよ。こちらからはそれなりに確度の高い情報を提供したので、そちらは頭を貸してください。契約どころか口約束もない話ですが、臆病者《おくびょうもの》の香屋くんは、私を蔑《ないがし》ろにはしませんよね。――ユーリイの狙いとはなにか？　お答えください」

身体が震えて、香屋は音をたてて唾《つば》を呑み込んだ。

――本当に？

鵜呑みにできる話ではない。でも、警戒しないわけにもいかない。なんだやっぱり馬鹿げた冗談だったのか、で済ませられるならそれでいいけれど、そうでなければモノの言葉の通り、ＰＯＲＴリーダーの質問を軽くは扱えない。

香屋は言った。

「ユーリイが次に狙うチームは、平穏な国ではないことが明らかです」

それに、モノが答えた。

「敬語きもいです」

思わず漏れそうになった舌打ちを、香屋は堪《こら》える。だがその必要はなかったかもしれない。より大きな音が、玄関の方から聞こえた。

――僕は監視されている。

この、モノとの会話も平穏に筒抜けだと考えて間違いない。なら先ほどのモノの発言が見逃されるわけがない。玄関には鍵《かぎ》をかけていた。インターホンを鳴らすよりも野生的かつ速やかな方法で、その鍵が開かれたのだろう。

足音が近づいてくる中で、モノが平然と続ける。

「ユーリイが狙うチームは？」

香屋の方も、足音はいったん忘れてそれに答える。

「平穏でないなら、キネマもない。ミケ帝国かＰＯＲＴ。あるいはもうひとつ。ウォーターがこれから作る、新たなチーム」

最後のひとつを口にするのは、一種のギャンブルだった。モノ――ＰＯＲＴがその情報を知っているのかわからないし、もし知らないなら、軽率に話題にするべきではないのかもしれない。

けれど——怖《おそ》ろしいことに——トーマは自身の平穏からの離脱を、周囲に隠そうとしない。自分からぺらぺらと喋《しゃべ》って回ることはないけれど、彼女に近しい人たちはすでに知っているし、そのことを口止めしてさえいない。

モノもやはり、トーマ離脱の件を耳にしているようだった。

「それ、本当なんですね」

「うん。僕が知る限りでは」

リビングのドアが開き、三人の男が現れる。三人ともが、二〇代の半ばから後半ほどにみえる、身体がよく引き締まった男たちだ。その中の、先頭に立っていたひとりが口を開く。

「第一部隊リーダー、ウォーターの指示で参りました。申し訳ありませんが、会談を中止していただけますか？」

モノはその言葉を綺麗《きれい》に無視する。

「ウォーターのチームのことは、いったん忘れましょう。ＰＯＲＴ対エデンがあり得ますか？」

「もちろん、可能性だけなら」

「どのくらいの確率で？」

「わからないよ、そんなの。僕なら絶対に選ばない方法だ。でも、これがコンピュータゲームなら、僕だってそうするかもしれない」

つまり自分の身の安全に、まったく関わらないゲームであれば。

ユーリイはＰＯＲＴに対して圧倒的なカードを握っている。前のループの半ばまではあのチームのリーダーだったというカードだ。つまりユーリイは、架見崎の誰よりもＰＯＲＴの戦力に詳しい。彼が勝てると判断するなら、本当に勝てるのかもしれない。

「では、そうなった場合のエデンの主力は？」

わからない。本当に。モノから届いたデータは、ほんのひと目確認しただけで、まったく思考の時間が足りない。

だから以前から想像していたものを答えた。

「ＰＯＲＴからみて、怖いのはホミニニ部隊」

より正確には、ロビンソンとメアリー・セレストから合流した人材。あの二チームの能力は悪くない。とくに、エデン対ＰＯＲＴが現実になるなら――格下が格上を落としに行く戦いが発生するなら、キーになり得る能力だ。

ウォーターの配下――まだ若い男が、ナイフをモノに向ける。

「お話をおやめください。貴女《あなた》へはあらゆる攻撃の許可が出ています」

初めてモノは、その男に目を向けた。

「というか、こっちの身体は死んでも簡単に蘇《よみがえ》りますからね。でも、わざわざフローリングを汚すこともないでしょう」

モノが視線をこちらに戻し、可愛《かわい》らしく、香屋にしてみれば怖ろしく微笑《ほほえ》む。

「ありがとうございました、香屋くん。またそのうち連絡するので、なにか閃《ひらめ》いたら教えてください」

　では、と言い残して、モノが倒れる。テーブルに突っ伏して、ポテトチップスが宙に舞った。ナイフの男の後ろにいたひとりが「能力の解除を確認しました」と告げた。

　――まじか。

　まじなのか。モノがパンでＰＯＲＴのリーダーなのか。架見崎のトップ連中は――ユーリイだとかトーマだとか以前の月生も含めて、行動が身勝手すぎないか？　もう少しまともな団体行動を心がけて欲しい。

　なんだか疲れ果てて、香屋はソファーの背もたれに身体を預けた。

　ナイフの男がそのナイフをしまい、頭を掻《か》いて息を吐き出す。

「さて、任務は完了だ。こっからはプライベートな時間だが、オレの方が先輩ってことでいいな？」

　香屋はその男――二〇代の半ばほどの、引き締まった体格の男に目を向ける。

「貴方《あなた》は？」

「ニックでわかるか？」

「ああ」

　名前はよく聞いた。たしかに架見崎でも、キネマでも先輩だ。

「初めまして。香屋歩です」

「知ってるよ。暇か？」

「忙しいですよ。もちろん」

香屋にはすべきことがたくさんある。とりあえずモノからもらったデータを精査しなければいけない。ユーリィの動きにも、トーマの動きにも、PORTの動きにも備えなければいけない。そしてなにより平穏な国から——リリィから信頼を勝ち取り、このチームでの立場を強固なものにしなければいけない。

ニックが軽く頷く。

「そうか。散歩に付き合えよ、キネマ倶楽部リーダー」

この人も会話が通じないタイプなのだろうか。

香屋はため息をつき、いつの間にかまたコミックを開いていた秋穂に向かって、「ついてきて」と声をかけた。

2

どうやらニックの目的は、本当にただの散歩のようだった。

どこにいく？　と彼に尋ねられて、香屋は「東」と答えた。

平穏な国は、架見崎の中ではそれなりに綺麗に建物が残っているとはいえ、やはり歩いて回って面白い場所ではない。そもそもほとんど人がいないのだから、店があろうが公園があろうが、どこもかしこもゴーストタウンみたいなものだ。景色は寒々しいくせに八月の陽射《ひざ》しはやっぱり暑くて汗が噴き出す。散歩には向かない街だった。

　二車線の道路の真ん中をぷらぷらと歩きながら、ニックは言った。

「車みたいな不健康なもんがねえのが、架見崎の良いところだよな」

　ないわけではない。物としての車は架見崎でもそう珍しくはないし、走っているのだってたまにはみかける。香屋もトーマが運転する車に乗ったことがある。

　でもニックが言いたいのは、そういうことではないだろう。

「車って、不健康ですか？」

「そりゃそうだろ。うるせえのはストレスだし、道路は窮屈になるし、だいたい交通事故で何人死んでると思ってんだ」

「でも車がなかった時代よりは、ずいぶん人類の平均寿命が延びてますよ」

「そいつは食いもんと医学の成果だろ」

「救急車も医学の一部です」

「だとしても、寿命が長けりゃ健康ってわけじゃねえ」

「そうかな。だいたい健康というのは長生きのための手段で、目的ではないような気がします」

　健康なまま早死にする、みたいなのは、目的と手段が反対になっている感じがして気持ち悪い。でもニックの考えは違うようだ。

「健康ってのはつまり、等身大の人間として自由って意味だろう？　不自由に長生きするよりは、自由に早死にする方がいい」

「長生きしていれば、そのうちまた健康になるかもしれませんよ」

一度失った自由を、科学の進歩が取り戻してくれるかもしれない。未来とはあらゆる可能性があるから未来なのだ。

両手をポケットに突っ込んで、うつむいて、なんだか自嘲《じちょう》にみえる雰囲気で笑う。

「つまりそれが、お前のキョウキなんだな」

キョウキ、という言葉を、香屋には上手《うま》く受け取れなかった。狂気なのか凶器なのかわからない。まあどちらにせよ、褒められている感じではない。

「それっていうのは？」

「未来への根拠のない信仰。だから過剰に死に怯える。生き残ろうとする。お前は奇妙な楽観主義者だ」

出会ったばかりでそんな風に評価されても困るけれど。

つまらなそうに後ろをついてくる秋穂が、「そう大きくは外れていませんよ」と言ったから、たぶんその通りなんだろう。香屋としても、自分を臆病者だと思っているけれど悲観的だと思ったことはない。楽観主義者と言われる方が気分は良い。

とくに返事も思い浮かばなかったから、香屋はそのまま口を閉じて歩いていた。

すると前を行くニックが、ちらりとこちらに顔を向けた。

「へんな奴《やつ》だな、お前」

「なにが？」

「今みたいに適当に、相手の人格を決めてかかった話をすると、たいていは不機嫌になるもんだよ。当たってようが、外れてようが」

「いきなりそんな風に、相手をテストする方が変わっている気がします」

「つまりお前は不健康なんだよ。決めつけってのは不自由だろう？　不自由を簡単に受け入れられる人格が不健康だ」

「もしかして、まだよくわからないテストが続いてます？」

「当たり前だろ。そのためにこうして、つまんねえ散歩をしてるんだ」

つまらないという自覚はあったのか。その点だけは価値観を共有できそうでよかった。

ニックが、自動販売機の前で足を止める。

架見崎では、食べ物に比べて飲み物の価値が低い。あちらこちらに自動販売機があるのと、保存が容易なのが理由だ。キネマ倶楽部にもコーラは潤沢にあった。

「なんか飲むか？」

とニックが言う。

香屋は秋穂に目を向けた。秋穂は「グレープフルーツジュース」と答えた。

自動販売機があったところで、電気が通っていないため貨幣経済は成立していない。香屋の目にはよくみえなかったが、おそらくニックがナイフを振った。高い音が聞こえた直後、自動販売機の前面が数センチ開く。強化《ブースト》――わざわざ自動販売機の錠を切断するために使用したのか、マンションの鍵をこじ開けるために使っていたものの効果時間がまだ残っていたのかはわからない。

　ニックは青い缶のグレープフルーツジュースと、それから微糖のコーヒーを取り出し、グレープフルーツの方を秋穂に放り投げて言った。

「キネマリーダー、お前は？」

「なにも」

　モノと話をしていたときに、コーラを飲んでいたから喉《のど》は渇いていない。

「先輩がおごるって言ってんだぞ？　とりあえず甘えとくもんだろ」

「じゃあ、僕もグレープフルーツジュース」

「いいよ、一般論だ。オレもそういう上下関係は嫌いだ」

「なら黙っていればいいのに」

「相手に文句をつけるのは好きなんだ」

　よくわからない人だ。

　ニックは微糖の缶コーヒーに口をつけ、再び歩き出す。

「キドさんのこと、お前はどう思う？」

「どうとは？」

「いきなりユーリィのチームでトップのポイントってのは、やばい感じがするだろ」

「難しいところですね」

ポイントを持つと、どうしたって前線に立つことになる。それはたしかにやばい。でも架見崎では、ポイントが少ないプレイヤーは簡単に死ぬ。反対に高ポイントプレイヤーは死にづらい。香屋が知る限り、莫大《ばくだい》なポイントを持っていても死んだプレイヤーというのは、かつての平穏な国第一部隊リーダーだった高路《こうろ》木《ぎ》くらいだ。彼は白猫《しろねこ》との一騎打ちに敗れて死んだ。

「けっきょく、相手次第です」

もしも本当にユーリイがＰＯＲＴに喧嘩《けんか》を売って、キドがＰＯＲＴ内のとっても強いプレイヤーと戦うことになれば、やばい。でもＰＯＲＴにはキドの盾がある。銀縁《ぎんぶち》――イド。彼がキド側に着くのであれば、生存率は確実に上がる。

「お前がユーリイなら、どうする？」

「その仮定は無意味です。僕はユーリイではないから」

ユーリイとは根本的な価値観が、まったく違う感じがする。香屋であれば選ばないような選択も、あの人はきっと平気で選ぶ。

「問題は、ユーリイがキドさんを、捨て駒みたいに使う可能性があるのかです」

「あの人はもう一〇万Ｐだぞ？」

「たった一〇万ＰでＰＯＲＴを取れるならずいぶん安い」

「本当にユーリイはＰＯＲＴを狙うのか？」

「わかりませんよ、そんなの。でも、平穏は狙われない」

「どうしてわかる？」

「そういう能力を持っているので」

キュー・アンド・エー。

運営に、質問への回答を強制する能力。

今回のループで香屋は、その五つある質問枠の大半を、平穏な国のために使った。

＊

今回、香屋が用意した質問候補と、それらへの必要ポイントはこうだ。
・ユーリイのチームが次に宣戦布告する相手に平穏な国は含まれるか？　YES／NO　八〇〇P
・トーマ離脱後、平穏に残るトーマ派はいるか？　YES／NO　一二〇〇P
・シモンはリリィを裏切らないか？　YES／NO　八〇〇P
・部隊リーダーの中で、リリィを愛していない人物は？　二五〇〇P
・架見崎を平和な世界として存続させる方法は？　調査中
「さあ、質問をお選びください」

とカエルが言った。

香屋は手元の、自身の質問が書かれた五枚のカードをみつめる。

——ポイントが足りない。

香屋の所持ポイントは、たかだか一九〇〇だ。

本音を言えば、価格をおさえるためにYES／NOの縛りを入れた、みっつの質問にはすべて答えが欲しかった。でもさすがにポイントが足りない。

仕方なく香屋は、そのうちのひとつを諦《あきら》める。

——トーマ離脱後、平穏に残るトーマ派はいるか？

この手の質問は平穏な国にポイントを出させて、改めて購入すれば良い。一ループ間、解答が宙に浮くのは気持ち悪いけれど、トーマの性格を考えれば「答えはNOだ」という確信もある。あいつは反則だとか、不意打ちだとかが大好きだけど、そのやり方にはこだわる。リリィのチームを立ち去るとき、自身の手駒を残していくというのはトーマ的ではない。

香屋は尋ねた。

「ユーリイのチームが次に宣戦布告する相手に平穏な国は含まれますか？」

本当は、「次に宣戦布告するのはどこのチームですか？」と尋ねたかった。でも質問を手元にあるポイントで買える価格までおさえるために、YESかNOかの縛りを入れることにした。

――まあ、これは別に良い。

平穏ではない、とわかったなら、キネマもない。チームリーダーの香屋は今、平穏な国で生活しているし、駅で暮らしている月生も簡単に平穏に逃げ込める。自分たちが戦いに巻き込まれるのか、そうはならないのか。ここがわかれば行動の指針としては充分だ。

カエルが答える。

「いえ。現状、含まれる予定はありません」

香屋は顔をしかめる。

「なんか微妙にひっかかる言い回しですね」

「仕方ないでしょう。未来に関する質問に、断定では答えられませんよ」

「貴方なら、未来を断言することもできるんじゃないんですか？」

「できませんよ、そんなの」

「本当に？」

「誠実な答えが欲しければ、次の質問に加えてください」

カエルは疲れた風に首を振った。定番通りの返答、ではある。

仕方なく香屋は、次の質問を口にする。

「では、シモンはリリィを裏切らないと断言できますか？」

ふ、とカエルが、笑うように息を吐く。

「質問候補の文言と言い回しが変わっていますね」

「どうせ返事は同じでしょう？」

「ええ、はい。裏切るという言葉の定義があやふやで、困ってしまいます」

それはその通りだ。たとえば、相手の指示に逆らわなければ、それは裏切っていないと言えるのだろうか。もしその指示に従うことが相手の不利益になるとしても？　そのことに気づいていながら従った場合、それは裏切りではないのだろうか。

「貴方の解釈でかまいません。ですが、その解釈の説明はお願いします」

香屋の言葉に、カエルは頷く。

「では、シモン自身の心情を基準にお答えしましょう」

「つまりなにをしようが、あの人が裏切っていないと信じていたなら裏切りには該当しない、ということですか？」

「はい。ご不満ですか？」

「不満は不満ですよ。でも、まあそれでいい」

「よかった。答えは、ＮＯです。現状、彼にリリィを裏切る意思はありません」

また、現状。未来は断定できない。

本来そのことに、不満はなかった。香屋にとっても未来というのは未知のものだ。あらゆる可能性があるものだ。それでも、できるなら断定して欲しい。架見崎なんて不安定な世界で暮らしているのだから、少しでも足場を踏み固めたい。

――なんてことを、ごねても仕方がない。

カエルにも架見崎の未来は断言できない。その言葉は、真実だろうか。たしかにこれは、質問候補に加えても良い疑問のように思う。

「質問は以上ですか？」

とカエルが言った。

これもまた、意地の悪い言い方だ。ふたつの質問は、共に八〇〇P。合わせて一六〇〇P。香屋の手元に残ったポイントはたったの三〇〇で、もうどの質問も買えない。

「以上です。ありがとうございました」

と香屋は答えた。

*

なんにせよ、ユーリイが次に攻めるチームは、平穏な国ではない。

彼の狙いはわからないが、ともかく平穏に目が向く前に、すべきことがある。

香屋は現状、リリィと——平穏な国と一蓮托生《いちれんたくしょう》のようなものなのだから、このチームをより強固に作り替えなければならない。というか、もうすぐトーマが「友達」を引き連れてこのチームを抜けるはずだから、そのあとの戦力を再構成する必要がある。

香屋たちは平穏な国の領土を東に進む。

少し前を歩くニックに尋ねた。

「ニックさんからみて、このチームのいちばん強い部隊リーダーは誰ですか？」

　平穏な国には一〇の部隊がある。それぞれのリーダーは、こうだ。

　第一部隊、ウォーター。第二部隊、雪彦《ゆきひこ》。第三部隊、ホロロ。第四部隊、エヴィン。第五部隊、スプークス。第六部隊、ワタツミ。第七部隊、ウーノ。第八部隊、太刀町《たちまち》。第九部隊、マカロン。第一〇部隊、紫《むらさき》。

　あ？　と不機嫌そうな声を出してから、ニックは答える。

「そりゃウォーターだろ」

「あいつ以外で」

「まともに戦って強いのは雪彦とワタツミ。戦いたくないのはウーノと太刀町。わけがわからないのがマカロンとスプークスってとこだ」

「わからない？」

「よく知らねぇんだよ。でもまあ、強さなんてもんは状況で変わるだろ」

　まったくだ。強くも弱くもある人を、いかに強く使うのかが問題だ。そのためにとにかく情報が欲しい。

「よく知らなくても、知ってることもあるんでしょう？」

「どっちも、平穏内でも能力が機密なんだよ。スプークスの方は正体不明。年齢も性別もわからない。そもそも人前に出てこない。マカロンは口やかましい男で、あだ名が検索士《サーチャー》殺し。それ以上は知らねぇ」

　意外と役に立たない。

「じゃあ、戦いたくないっていうふたりは？」

ウーノと太刀町。太刀町の方は名前しか知らない。ウーノだって似たようなものだけど、たしか以前はブルドッグスのリーダーだった女性だ。

「ウーノはとにかく用心深い。それから、リアリストっつうか、判断がクレバーだよ。だからブルは中堅チームの中で、どこよりも早く大手に身売りした」

「じゃあ、太刀町さんは？」

「あいつは、反対だよ」

「反対」

「ウーノの反対。戦闘のセンスだけあるバカ。以上、おしまい」

そんな乱暴な言葉で、説明した気になられても困るけど。

「キドさんっぽい人ですか？」

「そういうわけでもない――ってか、お前の中で、キドさんはバカなのか？」

「センスで戦っている印象はあります」

あとはミケの白猫とか。少なくとも頭脳派ではない。

ニックは自身の後頭部に手を当てて、くしゃくしゃとそこを撫《な》でる。

「太刀町は、飛べる」

「能力ですか？」

「ああ。そういうその他《オリジナル》を持っている」

「便利そうじゃないですか」

「でもな、あとはシンプルな強化士《ブースター》なんだよ。着地しないとろくに戦えない」

それはたしかに馬鹿っぽい。飛べるならせめて射撃士《シューター》であれ。

「じゃあなんで飛ぶんですか？」

「そんなもん、飛びたかったからだろ。能力の取り方が滅茶苦茶なのにそこそこ強い。理屈じゃねぇから戦いたくねぇ」

なるほど、と香屋は答えた。

たしかにその手の相手は、香屋も苦手だ。

交差点に差し掛かり、直進しようとするニックに、「右です」と香屋は指示を出す。ニックが足を止め、こちらを振り返った。

「そういや、どこに向かってるんだ？」

もちろん、トーマが抜けたあとの平穏な国で、重要な意味を持つ人物のところだ。

「シモンに会います」

このためにわざわざ、貴重な質問の枠をひとつ犠牲にしたのだ。

平穏の未来のためには、彼を取り込む必要がある。

＊

かつての語り係——平穏な国の裏の支配者だった男。

そしてリリィへの「秘密」がばれて失脚した男、シモン。

彼は今、その地位と権力とポイントの多くを奪われ、平穏内の民家でひっそりと生活している、ということになっている。実情もそんな感じではあるのだろうけれど、でも彼は無力ではないはずだ。シモンが語り係の座を追われてから、まだ三ループも経《た》っていないのだから。

このチームが本拠地としている教会がある山は、その裾野《すその》が住宅街になっている。斜面に並ぶ家々の、ずいぶん上の方にある民家が現在のシモンの住居だ。入り口に青いセダンが止まり、奥の花壇にコスモスが咲いていた。香屋はインターホンを押してみたが、音が鳴る様子はなかった。玄関の白いドアにはアイアンのノッカーがついており、秋穂がそれをかんかんと打ち鳴らす。

そう時間を置かず、ドアが開いた。

現れたのは丸顔の男だ。肌が白く、そのせいだろうか、目の下の隈《くま》がよく目立つ。シモン。彼はラフなトレーナー姿で、さらにその上に落ち着いたグリーンのエプロンを身につけていた。

彼は言った。

「こんな格好ですまないね。ちょうど、夕食の準備中だったんだ」

時刻は午後四時になるころで、夕食には少し早いような気がした。

秋穂が答える。

「こちらこそ、急に押しかけて申し訳ありません。少しだけお時間をいただけますか？」

「もちろん。よければ、食事を一緒にどうだろう？」

「ありがとうございます、いただきます。後ろのふたりも、ご一緒しても？」

シモンはようやく、香屋とニックに目を向ける。それから、楽しげに笑った。

「もちろん歓迎するよ。最近は、人に会うこともなくて暇をしていたんだ」

香屋もどうにか微笑んで――少なくとも香屋自身はそうしたつもりになって、内心で顔をしかめる。

――ほら。やっぱり怖い。

意図してシモンには、約束を取りつけていなかった。ここを訪ねる件は、リリィに許可を取っただけで、できるだけ誰にも知られないように気をつけていた。

でも、彼は本当にこの訪問を知らなかったのだろうか。

夕食の準備をしていた、というのは、偶然なのだろうか。

信用できない相手と共にテーブルに着くのは怖い。そこに並ぶ料理が、相手が用意したものならなおさらだ。きっと彼は、精神的にこちらの上に立つために夕食のシチュエーションを用意した。わからないけれど、そんな気がする。

「さあ、どうぞ」

シモンが、扉を開けて待ち構えている。

3

キッチンからは、意外にも優しい、包丁がまな板を叩《たた》く音が聞こえる。

ダイニングテーブルにはすでに、いくつかの料理が並んでいた。ベーコンとほうれん草のキッシュ、オニオングラタンスープ、料理名はよくわからないけれどチキンをソテーしたもの。チキンのソテーにはみじん切りのパセリがちり、赤と黄色のパプリカが添えられている。

やがてシモンが、大皿に入ったサラダを持って現れる。

「最近はドライトマトのマリネに凝っているんだよ。サラダに合わせると、ドレッシングの代わりにもなる」

知ったことか。余計なことをしないで欲しい。本当にこちらをもてなす気持ちがあるのなら、缶詰を未開封のまま出して欲しい。小さな穴がどこかに空いていないか、水に沈めて確認してから食べてやる。

向かいに座ったニックが、「どんな状況だよ」とつぶやく。彼を巻き込んだことに多少の罪悪感はあるけれど、殴り合いに強い人がひとりいるのはありがたい。本当は、月生を連れてきたかったのだ。でも彼は今のところキネマ所属で、平穏内では能力を使えない。このためだけに、平穏に宣戦布告するのも現実的ではなくて、たまたま会ったニックを利用することにした。

　シモンがニックの隣、秋穂の向かいに腰を下ろす。せめてもの抵抗で、香屋は四人分のサラダを取りわける。シモンが、裏側のわからない笑みで「ありがとう」と言った。

「夕食には早い時間で申し訳ないね。最近は、早寝早起きが癖になっているんだ。食事を手早く終わらせて、それから少し本を読み、日が暮れればすぐに寝てしまう。でも、八月の早い夜明けよりも先に目を覚ます生活というのも、悪くないものだよ」

　食卓には、ナイフとフォークとスプーンと、それから箸《はし》が用意されていた。秋穂が「いただきます」と手を合わせ、スプーンをつかむ。オニオングラタンスープを口に運んで、まっすぐにシモンをみつめた。

「美味《おい》しいです。とっても」

　シモンは箸でサラダの皿から、ドライトマトのマリネをつまんで答える。

「それはよかった」

「ところで、ウォーターが平穏な国を離れることはご存じですか？」

「ああ。噂《うわさ》程度には」

　トーマ。あの馬鹿。シモンにくらいは隠しておけ。

　とはいえあいつの意図もわかる。シモンに知られたところで、自分は安全に平穏を出られると信じているのがひとつ。こちらの足止めがもうひとつ。香屋が自身の利益を優先しようとすると、トーマとシモンが争うことは避けるように動かざるを得ないから、結果的にはあいつを守るように振舞うことになる。

軽く頷いて秋穂が続けた。

「本日、私たちがシモンさんに会いに来た理由のひとつは、その件です。正確には、ウォーターが消えたあとの平穏をどうするのか、ということですが」

「すべてはリリィが決めることだよ」

シモンの言葉に、秋穂が笑う。

「あの子に真実を隠し、それがばれたから失脚した貴方の言葉だとは思えませんね」

シモンの方は、あくまで真剣な顔つきのまま答えた。

「私は真実というものを、それほど重要視していないんだ。それはたしかに、便利ではある。だが人々は、真実に過剰な価値を見出《みいだ》してしまう」

「過剰、ですか」

「なによりも重要なのは、正しい心と正しい意思を保つことだ。だがその無垢性《むくせい》を、真実は濁らせる。真実は怒りを生み、不安を生み、嫉妬《しっと》を生むからね。なら私は嘘を盾として使う」

香屋は、けっきょく料理には手をつけなかった。座面の、両太股《ふともも》のあいだに手をついて、やや前のめりになってシモンをみつめていた。

――極端なおじさんだ。

シモンがどこまで本心を口にしているのかはわからないけれど、上辺だけだとしても、彼の言葉は危うい。

シモンは熱のこもった声で続けた。

「真実であれ、失意と絶望が人を壊す。虚構であれ、希望が人を生かす。そして大勢が正しい虚構を信じる世界を社会と呼ぶんだ。そのとき虚構もまた真実になる。想像してみなさい。リリィが無垢なる心のままあり、誰もがそのリリィを信じる世界を。もしもリリィという存在を嘘で作ったのだとしても、その社会は真っ当に正常だ」

秋穂がため息をつく。

「つまり貴方は、リリィを信じていないということでしょう？　あの子を、真実を知れば壊れるか弱い存在だと思っている」

「当たり前だろう？　たとえば、ウォーターが死んだとしよう。どこかで戦って殺されたとしよう。それを知ったとき、リリィに相手を恨むなと言うのか？　それでもまだ善なるものの象徴であり続けろというのか？　それほどの期待を幼い子供に抱く方が、よほど怖ろしく、残酷なことだよ。なら私はその死を隠す」

シモンというのがどういう人物なのか、おおよそわかった気がする。

彼が語る言葉は、そう珍しいものでもない。情報を管理して、相手の心理を思うままの形で安定させる、なんて風にまとめてしまうと、典型的な独裁者の考えだ。ただし、シモンはそれなりに優しい。優しいし、脆弱《ぜいじゃく》だ。

シモンの相手は、秋穂に任せると決めていた。新たな語り係という地位を手にした秋穂であれば、シモンも蔑ろにはできないはずだから。それに香屋は、この手の、ディベートみたいなものに弱い。感情的になりすぎて、言いたいことを言って、そのせいで相手にはなにも伝わらない、ということがよく起こる。

　その点、秋穂はいつだってクールだから素敵だ。

「シモンさんの話、わからなくはないです。でも、もしもウォーターが死んだなら、私はそれをリリィに伝えますよ」

「それで、どうする？　リリィは敵を恨む」

「恨めばいいんです。泣いてもいい。私が存分に慰めてあげますよ」

「恨み、悲しむリリィでは、このチームの平穏は保てない」

「どうして、あの子に寄りかかろうとするんですか。悲しいことがあったとき、嘘をついてまで普段通りに働かせなくてもいいじゃないですか。ゆっくりと休ませて、そのあいだはリリィがいなくても平穏が平穏のままでいられるチームにすることが重要です」

　ニックのナイフが皿にぶつかる、かちんという音が聞こえた。チキンを切ろうとして力が入り過ぎたようだった。この話に飽きているのはわかるけれど、今、良いところだから少し静かにしていて欲しい。というかナイフの専門家なんだから、チキンくらい音もなく切って欲しい。

　またひと口、オニオングラタンスープを口に運んで、秋穂は続けた。

「シモンさんのやり方の、最大の問題は、あからさまな弱点を抱え込むことです」

「へえ。それは？」

「真実が暴《あば》かれること。貴方が言った通り、真実は価値を持つんですよ。大方の人たちが、価値があると信じているんです。だから嘘で作った平和は、真実で簡単に壊れる」

「より強固な嘘を用意すればいい」

「貴方はそれで、すでに失敗しているのに？　嘘を暴かれて、それで語り係の地位を追われたのに？　嘘というものは、真実よりも脆弱です」

「だがこの悲惨な世界で、真実だけでどう戦う？」

「リリィはすでに、それを証明しています。あの子のアナウンスを聞きましたか？　あれで、すでに二チームが平穏に合流しています」

前回の戦いの最後に、リリィは自分の言葉で架見崎中にアナウンスを流した。香屋の想像では、多少は秋穂の推敲《すいこう》が入っていたように思うけれど、それでも根っこのところはリリィの本心そのままだったのだろう。

あのアナウンスでリリィは、平穏な国が戦いを嫌い、弱者に味方する立場を宣言した。結果、なんの交渉もしていない弱小二チームが平穏に合流した。ポイントでみても人員でみても、ささやかな成果ではある。でも架見崎という場所で、戦力ではなく言葉が他者を説得できることを証明した、たしかな成果だ。

シモンが、グラスに入った水に口をつける。

「私は、リリィの声を大勢に聞かせたことは反対だよ。あのアナウンスはたしかに素晴らしかった。私たちが求めるリリィそのものだった。でも、あの子はあれで、自分の力を自覚した。いずれ同じ声で、全軍に攻撃の指示を出す」

「出しませんよ」

「どうして？」

「もうそんなところ、通過しているから。リリィは自分の能力が――あのぬいぐるみが人を殺したことを知っています。その真実を、後悔しています」

秋穂の言葉を聞いたときの、シモンの顔つきが印象的だった。

彼は目を細めて一度、それからしばらく時間をおいてもう一度、首を振った。このときは彼が心優しい牧師かなにかで、純粋に秋穂の言葉を悲しんでいるようにみえた。

「愚かなことを。傷ついた心は、過《あやま》ちを選ぶ」

実のところ香屋は、半分くらいシモンに共感していた。

リリィは良い子だけれど、すべてを頭から信じられるわけではない。もしもトーマが死んだなら、本心では香屋もそのことをリリィに隠したい。今は安全だ、彼女がひと月くらいふさぎ込んでも大丈夫だ。そう信じられるときまでは、できるなら黙っていたい。

それでも香屋は、けっきょく、早急にトーマの死を伝えるだろう。だってその秘密は、秋穂が指摘した通り、あまりに大きな弱点だから。敵がなんらかの方法で――強引に検索《サーチ》で通話を繋《つな》ぐような方法でリリィに真実を伝えてしまったら、致命的な問題になるかもしれない。だからまだしもリリィへのダメージをコントロールできるように、自分たちのロでそれを伝える。

秋穂がふっと息を吐いてほほ笑む。

「まあ、なんにせよ安心しました。シモンさんと私たちの目的が、だいたい同じようで」

向かいのニックが顔をしかめる。声には出さなかったけれど、眉《まゆ》と口元の形が「どこがだよ」と語っていた。

シモンの考えも、どちらかというと、ニックの方に近いようだった。

「そうかな？　私たちの話は、ずいぶん平行線を辿《たど》っているように思うよ」

「細部では。でも、大本の考えは同じでしょう？　私も貴方も、心優しいリリィがリーダーを務めるこのチームを守りたいと思っています。そのやり方が少し違うだけです」

「少しだと良いね」

「目的が同じなら、あとは細部ですよ。話し合って、より堅実な方法を選んでいくだけです。これから仲良くできると幸いです」

まとめ方が、少し強引すぎないだろうか。——香屋は内心で心配していたけれど、秋穂がこれで良いと判断したのだから、きっと正しいのだろう。たしかに対立した意見をすり合わせるのは重労働だし、ここであんまり主張を頑張りすぎて、喧嘩別れみたいになるのが最悪だ。互いに意見を変えないまま、上辺だけでも握手で別れる、というのが落としどころなのかもしれない。

シモンが言った。

「どう仲良くするんだい？」

秋穂が答えた。

「シモンさんには、ぜひ検索士《サーチャー》として、平穏な国の中枢《ちゅうすう》に戻って欲しいと思っています」

これが、今日の本題だ。

香屋は信頼できる検索士《サーチャー》を望んでいる。それがシモンというのは、不安が残る。でも彼以外にはいない。純粋に能力だけじゃなくて、平穏を安定させるには、彼の名前を使うのが効率的だ。

シモンが頷《うなず》く。

「もしもリリィが、それを許可するなら」

「私から進言します。ですが、条件がみっつ」

「ひとつは、君から語り係を奪わないこと？」

「そんなものは前提です。奪われるつもりもないし、貴方にはそれができない。リリィが許可しないから」

「では、条件というのは？」

秋穂が軽く顎《あご》を引く。

「まずひとつ目。ウォーターの離脱を静観してください」

シモンはなにも答えず、わずかに首を傾《かし》げた。だが意味が伝わらなかったということはないだろう。

トーマは平穏からの離脱を考えており、あいつはそのことを隠そうともしていない。なら平穏残留側は、トーマ側に戦力が流れるのを防ごうとする。平和な話し合いで事が収まるとも思えないから、離脱組を狩って回るような方法も考えられる。トーマに丸々、ポイントを取られるくらいなら、殺して半分でも自分たちで確保した方が良いという発想が生まれる。

でもそちらに流れるのは、最悪の展開だ。誰がトーマ派なのか、正確なところはわからない。きっとあちらこちらで疑心暗鬼が生まれる。本当は味方同士なのに殺し合うことだってあり得る。

その情報が外に漏れると、平穏な国というブランドが崩壊する。つまり心優しいリリィがリーダーを務める、弱者の味方というブランドだ。ここが傷ついてしまうと、今後平穏が武器にするものがなくなる。香屋の目的——架見崎の多くに戦闘を放棄させ、自主的にポイントを差し出させるという狙《ねら》いも瓦解《がかい》する。

トーマが離脱するのは仕方がない。あいつの「友達」がそちらについていくのだって、コストとして割り切るしかない。だから今は、香屋と秋穂はまるでトーマを守るように振舞わなければならない。

秋穂が補足する。

「平穏な国はリリィのチームです。そして彼女には、ウォーターと敵対する意思がありません。その判断に従ってください」

もちろん、シモンは頷いた。

「なんの話だか、よくわからないけれどね。リリィの決定がすべてだ」

「よかった。もしも平穏内でトラブルがあれば、私としてはその調査を最優先せざるをえませんから」

「トラブルなんて起こらない。でも、君になんの権限がある？」

「私はリリィの友達です。そして、香屋歩の友達です」

「香屋くん」

低い声でささやいて、シモンがこちらに目を向ける。値踏みするような、というよりはもう少し敵意がある、不審者に向ける種類の目だった。

仕方なく香屋は答える。

「キネマ倶楽部《くらぶ》は一八万ポイントの月生を抱えています。なにも問題が起きなければ、うちは平穏と手を取り合えるはずです」

「へえ。どんな風に？」

香屋は秋穂の方を向く。

彼女がシモンの質問を引き継いで、答えた。

「それが、ふたつ目の条件です。香屋歩を平穏な国の第一部隊のリーダーにすること」

第一、とシモンがつぶやいた。

「彼は、戦えるのか？」

噴き出すように、楽しげに、秋穂が笑う。

「いいえ、まったく。ちょうど良いでしょう？　戦闘を放棄すると宣言した平穏で、第一部隊のリーダーをなんの戦力にもならないこいつが務めるのは」

もちろん香屋は、部隊リーダーなんてものになりたくない。できるだけ密《ひそ》やかに、健やかに、公園の片隅の古びたベンチみたいに生きていたい。

でも香屋は、すでに架見崎の有名人になることを選択している。

なら、多少は偉い方が良い。できるだけ大勢から一目置かれる方が良い。中途半端に目立つより、目立ち切った方が安全だ。

「キネマはどうなる？」

シモンの質問に、仕方なく香屋は答える。

「僕が正式に、平穏な国に移るタイミングで潰《つぶ》します」

もうすでに潰れているようなチームだ。それを今もまだ残しているのは、月生の自由を担保するためだった。平穏は防衛に努め、自分たちからは宣戦布告を行わないことを誓っている。その言葉は守られた方が良い。でも、まだしばらくは月生を自由に動かしたいから、平穏以外の看板が欲しい。

香屋はもともと、架見崎に残るチームを、三つに絞ろうと考えていた。

ひとつは平穏な国。ひとつはＰＯＲＴ、あるいはエデン。そして最後のひとつに、トーマの新チーム。これでちょうど三チームだ。あとはいらない。

秋穂が告げる。

「トーマがどれだけ、平穏の人材を引き連れていくのかわかりません。ですがキネマであれば——香屋と月生であれば、どれほど大きな穴でも埋めます」

架見崎の勢力図が、香屋が想定する最終形に近づきつつある。

ユーリイはどれほど巨大だろう？　トーマはどれほど怖《おそ》ろしいだろう？　なにもわからない。けれど、月生とリリィ、この二枚のカードを手放さなければ、あのふたりとも渡り合えるはずだ。

殴り合いではなくて、殺し合いではなくて。

香屋が望む戦いのフィールドに、あいつらを引き込んでやる。

シモンはしばらくのあいだ、じっと口をつぐんで考え込んでいるようだった。やがてチキンのソテーをナイフで切り、口に運び、それをゆっくりと咀嚼《そしゃく》して飲み下した。グラスの水に口をつけ、ようやく言った。

「みっつ目の条件は？」

ああ、嫌いな反応だ。

シモンは徹底して、イエス、ノーの判断を答えない。答えないことに意図があるのか、彼自身も迷っているのかはわからないけれど、なんにせよ会話が非効率的だ。

秋穂が、オニオングラタンスープに口をつけてから言う。

「次のループまでにポイントをください。一万Ｐほどが希望です。用途は、香屋の能力の使用です」

　現状、香屋の手元には三〇〇Ｐしか残っていない。これではほとんどなにもできない。

　香屋は補足する。

「僕の能力はご存じですね？　ふたつ、次のループで購入する質問を決めています。一方は『トーマ離脱後、平穏に残るトーマ派はいるか？』で、もう一方は『部隊リーダーの中で、リリィを愛していない人物は？』です。ポイントをいただければ、もちろん、この質問への回答はお伝えいたします」

　どちらも、シモンにとっても重要な質問のはずだ。

　彼がわずかに眉を寄せる。手にしていたナイフとフォークを置いて、卓上の白いナプキンで口元を拭《ふ》いた。

「なにか誤解があるようだけどね。私は今、平穏な国のポイントを自由にできる立場にはいないよ」

　そうは思えない。

　シモンはまだ、それなりの発言力を持っているはずだ。

「正直なところ、秋穂にリリィと交渉してもらえば、一万くらいは出てくるポイントだと思っています。余計な邪魔が入りさえしなければ」

　もっと言えば、その「余計な邪魔」というのもほとんど危険視しなくても良いと思っている。リリィ自身が充分なポイントを持っているのだから、その中から一万ポイントを譲り受けられる可能性は高い。

それでも、こちらは、シモンを相手にした方が楽な交渉になるだろう。だってトーマを疑うような質問自体が、リリィの機嫌を損ねかねない。一方でシモンは、彼自身が香屋たち以上にトーマを疑っているだろう。

この話のまとめ方の力加減がわからなくて、香屋は秋穂の顔を確認する。

彼女はこちらをみもせずに、まっすぐシモンをみつめて告げる。

「これは、貴方《あなた》へのテストも兼ねています。本当に貴方が無力であれば、こちらが仲間に引き込む理由もありませんから。香屋へのポイントの支払いが確認されれば、貴方を平穏な国のメイン検索士《サーチャー》に戻すようリリィに進言いたします」

これまでと変わらず、シモンはやはり具体的な回答を避け、小さく鼻で笑っただけだった。

＊

家を出ても、外はまだ明るかった。夕暮れになる少し前で、空は柔らかな水色をしている。けれど空気はむわりと暑い。

夏の夕暮れの前だというのに、架見崎では虫の音も聞こえなかった。思えばこの世界では生き物をみない。犬も猫もいない。いや、そこかしこに生い茂っている木々も生き物ではあるけれど、なんだろう、世界が簡素化されている感じがする。

前を行くニックが言った。

「さっきの話は、打ち合わせの通りなのか？」

よく意味がわからなくて、オウム返しに香屋は尋ねる。

「打ち合わせ？」

「作戦担当はお前の方なんだろ？　キネマリーダー」

別にそういうわけでもない。香屋と秋穂の役割分担は、自分たちにしてみれば当たり前なのだけど、言葉で説明するのは難しい。

「だいたいの方針は話し合っているけれど、あとは秋穂に任せっぱなしですよ」

そっちの方が物事が上手《うま》く進むのだから、香屋が口を挟む必要はない。

隣で秋穂が補足した。

「大枠では、香屋は非常事態担当ですよ。日常的なあれこれは、可愛《かわい》らしい私が担当した方が相手だって嬉《うれ》しいでしょう」

「架見崎なんて、いつも非常事態みたいなもんだろ」

それはその通りだけど、質が違う。もし「ＰＯＲＴから宣戦布告を受けた、どうする？」みたいな話であれば、香屋だってもっと積極的に発言しただろう。けれど、いちおうは同じ陣営のシモンと交渉するようなことは秋穂の方が良い。

ニックが足を止めて、こちらを振り返る。

「まあいいや。最後に、ひとつだけ質問させてくれ」

改めて言われても困る。質問なんて好きなだけすれば良い。都合が悪ければ答えないだけだ。

　ニックがその手をこちらに差し出す。そこにはナイフが握られている。

「今さらではあるが、オレもウォーターとこのチームを抜ける組のひとりなんだよ。で、もしもお前が危険なら、今のうちに殺しておいた方が良いと思っている」

　香屋は秋穂の後ろに隠れる。

　簡単にカジュアルに殺すなんて言い出す架見崎が、やっぱり嫌いだ。

「僕を殺すと、ウォーターに嫌われますよ。それから、キドさんのサポートもできなくなるから、貴方にとっても不利です」

　複雑な関係ではあるけれど、エデンにいるキドは、ニックたちにとっても保険として機能するはずだ。キドがニックを切り捨てることはないだろう。なら、いざというとき、逃げ込める先になる。

　秋穂のブラウスの背中をつかみ、香屋はさらに続けた。

「というかそもそも、僕には常にウォーターの見張りがついているはずです。たぶん、今だって。なら貴方が僕を刺すより先に、誰かが僕を守ってくれます。あいつは楽観的だけど、こういうところで手は抜きません」

　答えたのはニックではなかった。呆《あき》れた風に秋穂が言った。

「わかってるなら、私を盾にしないでくださいよ」

嫌だ。怖いものは怖い。

「ナイフの前で強がってどうするんだよ」

「私の好感度が上がるかもしれないじゃないですか」

「上がらなくていい。下がらなければいい」

「これは、普通下がるのでは？」

「君は普通じゃないから下がらない」

とくに根拠もないけど、そう信じている。香屋はたったふたりだけ、秋穂とトーマは信じることに決めている。

真面目《まじめ》な声のまま、ニックが言った。

「お前、キドさんを守れるのか？」

「できることとできないことがありますよ、もちろん。でも、できる範囲では」

キドとは協力し合えると思っている。彼はたぶん、自分の正義みたいなものは決して裏切らない。

「そうか。困ったな」

ニックがナイフをこちらに向けたまま、もう一方の手で頭を掻《か》いた。

「なにか？」

「実は、ウォーターから言われてんだよ。キドさんに勝てるようになれって」

「それで？」

「お前がキドさんにつくなら、やっぱり殺しておいた方が効率的じゃないか？」

そんな効率知らない。

トーマはこの人を煽《あお》るようなことを言わないで欲しい。

「じゃあふたりが戦うときだけ、僕は貴方につきます」

「それ、信じられると思ってんのか？」

「いえまったく。でも本当です」

キドは敵対しても許してくれそうだけど、ニックはよくわからない。なんとなく、言葉ほどは簡単には相手を殺さない人のような気がするけれど、そんな漠然とした印象なんか信じられない。

「そうか。ま、いいや」

ニックがナイフをしまう。

「キネマリーダー。お前のテストは、これで終了だよ」

「いったいなんのテストだったんですか」

「さあ。お前の強度みたいなもんかな」

わけがわからない。この手の、自分ルールが強い人は苦手だ。

「意外と良い暇つぶしになったよ。ウォーターがライバル視するにしてはちょっと弱いような気がするが、変わり種ではある」

じゃあなと言ってニックは背を向け、ぞんざいな感じで頭の上で手を振った。

なかなか不思議な人だ。とても身勝手な感じがするけれど、そのくせ黙って、シモンとの食事会に参加してくれた。実は身勝手を演じているだけなのかもしれない。

香屋がふうと息を吐き出すと、「そろそろ放してください。ブラウスに皺がついちゃうから」と秋穂がぼやいた。

4

その日からしばらくのあいだ、香屋はモノから受け取った、エデンのデータを睨《にら》みつけて過ごした。ユーリイの目論見《もくろみ》を想像しなければいけない。これからの架見崎の勢力図を見通すために。それから、元キネマの面々を、できる限り守るために。

今回は極力メモを取らず、秋穂への相談も控えた。トーマの盗み見を避けるためだ。あいつがどのレベルの検索士《サーチャー》を抱えているのかわからないけれど、さすがに頭の中までは覗《のぞ》かれていないと信じるしかない。

ひたすら考え続けて一週間ほど経ったとき――このループの一〇日の夜に、香屋の部屋に来客があった。以前から約束があった相手だった。

月生。ドアを開けると彼は、紙袋を抱えて部屋に入る。

「考えはまとまりましたか？」

首を振って香屋は答える。

「いえ。どうしても、半分足りません」

「半分？」

「主要な四チームのうち、二チームがわからないから、半分です」

四チームとはつまり、エデン、ＰＯＲＴ、平穏と、それからトーマが作る新チームだ。

　エデンの戦力は、モノのデータを信じるなら、ほぼ正確にわかる。平穏の戦力は、一部が秘匿《ひとく》されているけれど、まあだいたい想像がつく。問題はＰＯＲＴと、トーマのチームだ。ＰＯＲＴは純粋にデータを手に入れる伝手《つて》がなく、トーマのチームはそもそも誰が所属するのかもわからない。ほぼ確定と言えるのは、平穏からニック、紫と、パラポネラという検索士《サーチャー》。トーマは最近、ミケと仲良くしているようだから、あのチームも丸々――主要なところでは白猫、黒猫《くろねこ》、コゲが入るはずだ。これだけでも充分に強力ではあるけれど、でもきっとまだ先がある。平穏から、いったいどれだけの戦力がトーマのチームに流れるのだろう。

　腰を下ろした月生が、ふっと笑う。

「それではなにもわからないのと同じようなものではありませんか」

「ええ。だから、考え続けています。次の一手を打たれたとき、すぐに決断を下せるように」

　エデンはどう動く？　それにＰＯＲＴはどう応《こた》える？　いや、そもそもエデンより先にＰＯＲＴが動く可能性だってある。トーマは？　あいつはいったいどのチームに、どこまで深く「友達」を紛れ込ませている？

パターンは膨大で、そのすべてを想像し切ることはできない。だから香屋は思考をユーリイに絞っていた。ユーリイはPORTのほとんどすべてを知っているはずだ。なら、次の彼の動きを手がかりに、PORTの内情までイメージできる。

問題は、トーマの新チームだった。もっとも未知で、もっとも怖ろしいチーム。

月生の向かいに腰を下ろした香屋は、短く尋ねる。

「どうでしたか？」

月生はもちろん、圧倒的な強化士《ブースター》だ。けれど個人としては充分な検索《サーチ》能力も持っている。ポイントの多くが凍結している月生だが、現在でも六〇〇〇Pほどの検索《サーチ》を使える。

「わかる範囲のことは、こちらに」

月生がメモを差し出す。

彼は今もまだ、架見崎駅で生活を送っている。月生をキネマが取り込んだとき、彼の領土だった駅もキネマのものになっているから大きな不便はない。以前との違いは月生が圧倒的なポイントを失ったことくらいで、代わりにいざというときは平穏に逃げ込めるようリリィの許可を取っている。

香屋は月生に、駅の改札前に立ったままできる、簡単な検索《サーチ》を依頼していた。タンブル工業、という弱小チームの動向の調査だ。

メモに目を落とす香屋に、月生が告げる。

「ご覧の通りこの一〇日間で、タンブルは平穏に二日、ＰＯＲＴとエデンに四日ずつ滞在しています」

「意外とエデンが長いな」

「そうですね。あのチームはロビンソンとメアリー・セレストを取り込んだばかりなので、色々と話し合うことがあった、と考えるのが自然でしょうが——」

「ミケには行っていない」

「ええ」

タンブル工業。家電修理ができる四人組のチームで、その特別な技能のため、どのチームからも攻撃の標的にならず架見崎内を動き回れる、異例の弱小。さらにタンブルは、架見崎内の物流まで担当している。つまり家電修理のために立ち寄ったチームで、物々交換の形で行商をしている。

口元に手を当てて、香屋はぼやく。

「あからさまではある」

これまでのループのタンブルの動きと傾向が違う。

通常、タンブルはループの前半は、一チームにあまり長期的には留まらない。生鮮食品の類《たぐい》がどんどん腐っていくからだ。家電修理、という本来の役割でも冷蔵庫は早く直さなければ価値がなくなるし、行商でも食品は需要が高い。ループの頭はできるだけ動き回った方がよいのに、今回はＰＯＲＴとエデンに時間を割いている。

　月生は彼が持ってきた紙袋を開き、その中身をテーブルに並べていく。パンと、あとは缶詰や瓶詰の保存が効く食品の類だ。月生とは、夕食の約束をしていた。

「貴方の想像の通りなら、エデンが厚い？」

「もちろんＰＯＲＴも」

　香屋はタンブルに対して、ひとつの仮説を持っていた。

　あのチームの過去について調べると、どうしても無視できない情報があったのだ。

　トーマは以前も自分のチームを持っており、そのチームを差し出すことで平穏内での地位を得た。そしてタンブル工業は、そのトーマのチームのすぐ隣で発生している。

　もしもタンブルが、トーマの意思で作られたなら。

　――架見崎中を自由に動き回れる特殊な弱小なんてものをあいつが欲しがったなら、目的はひとつしかないだろう。

　それは様々なチームに散らばる、トーマの「友達」との連絡網だ。ならタンブルの居場所の比重は、トーマの新チームに合流する人材の比重と、ある程度比例するのではないか。

　月生が瓶入りのアップルサイダーの王冠を外す。

「ＰＯＲＴとエデン共に、それなりの数のウォーターの手駒《てごま》がいるなら？」

　香屋はソファーの上で胡坐《あぐら》をかき、背中を丸める。

「もしもＰＯＲＴとエデンが交戦になったとして、その結果まであいつが左右する」

戦うチーム双方に、第三者が手駒を紛れ込ませている。これは危ない。その量と質とがわからないけれど、最悪、「ＰＯＲＴとエデンをまとめてトーマが落とす」というところまであり得る。

　サイダーの瓶に口をつけて、月生が言った。

「なら、貴方の判断は誤りかもしれない」

　香屋は現状、平穏の強化に目を向けている。ユーリイがＰＯＲＴに戻るにせよ、エデンに留まるにせよ、「ユーリイのチーム」が平穏に対して宣戦布告を行うつもりがない、という情報を理由に、そうすべきだと判断した。でもトーマがあの二チームをまとめて取るようなことになれば、平穏の内政に時間を使うのでは遅すぎる、かもしれない。

　香屋は顔をしかめてみせる。

「もしＰＯＲＴ対エデンにトーマが手を出すことになっても、やっぱり今の平穏は動かせませんよ」

　暴力的に戦うユーリイとトーマに対して、ひとり平和を望むリリィ、という構図を作らなければいけない。だいたい純粋な戦力では、トーマにもユーリイにも勝てるわけがないのだから、平穏を使って戦おうという発想自体が間違っている。

「月生さん、ご協力をお願いできますか？」

「おや。私としては、ずいぶん協力しているつもりでしたが」

「はい。でも、もっと。とりあえずシモンに会って欲しい」

「どうして？」

「シモンにキネマ倶楽部の価値を認めさせるために。上手く交渉して、まずは彼から平穏のデータを手に入れて欲しい」

シモンは平穏の人員の、ほぼすべてのデータを持っていると考えられる。少なくとも彼が語り係だったころのものまでは。平穏は総ポイントも所属者数も、ＰＯＲＴに次ぐ架見崎の第二位だ。どこかに使える能力が落ちているかもしれない。

「どうして私なんですか？」

「誰が相手でも、貴方は交渉のジョーカーでしょ」

同じ言葉でも、香屋が言うのと月生が言うのでは価値が違う。香屋が「手を組みましょう」と言ったところで軽く流されてお終《しま》いだとしても、月生がそれを言ったなら、相手は真剣に考えざるを得ない。

「それに、僕は月生さんの、戦闘力以外の面にも期待しています」

香屋が知っているデータだけでも、月生は架見崎の最古参だ。純粋に経験が豊富だというのは価値がある。

「シモンと話をするのはかまいませんが――」

月生は言葉を切って、ふっと笑う。

「どうしたんですか？」

尋ねると彼は、目を細めて眼鏡を押し上げた。

「いえ、ずいぶん信頼されたものだなと思って。私が裏切るとは考えないのですか？」

香屋は顔をしかめて、テーブルの上の、ベーコンの缶詰のプルタブを開けた。

「そりゃ考えていますよ。常々」

現状、キネマが持つただ一枚のカードで、香屋が寄りかかれるだいたいすべてなのだから疑って当然だ。スカイダイビングの直前に、パラシュートが開くのか不安になるようなものだ。

おまけに、月生とトーマの関係は疑わしい。ふたりはそれなりに繰り返し面会してきたようだ。最悪、月生がトーマ派だというところまでイメージはある。

「では、どうして？」

「そのパターンで僕が選べる方法は、ひとつしかないから」

「どうするんですか？」

「白旗を振ります」

どう考えても同じ結論になる。もしも月生までトーマ側なら、次の手なんてものはどこにもない。あいつの完勝を認めるしかない。

「全力で降参して、僕もトーマの下につきます。次を考えるのはそれからでいい」

まずは生き延びなければどうしようもない。そのために邪魔な意地もプライドも投げ捨てる。戦いはみんな負けでかまわない。

なるほど、と月生が頷く。

「安心してください、と言っても貴方が安心することはないでしょうが、私はもうしばらく貴方の味方でいるつもりですよ。私が架見崎で、これまでに出会った誰よりも、ゼロ番目のイドラに近そうだから」

　ゼロ番目のイドラ。生きること自体に価値を見出す偏見。運営はそれをみつけたがっているらしい。

「月生さんも、それを探しているんですか？」

「一応。これでも、株式会社アポリアの名刺を持っていますからね」

「それもよくわからないんですよ。なんなんですか、その会社」

「今はまだ、秘密としておきましょう。誰かに迷惑がかかるといけない」

　誰かって誰だ？　運営だろうか。

　月生は、運営の誰かと強い繋がりがあるのではないか、と香屋は予想していた。

「まあ、月生さんが味方をしてくれるのは、嬉しいです」

「とりあえずシモンと話してきますよ」

「はい。ありがとうございます」

　月生がアップルサイダーに口をつけ、ほのかに微笑《ほほえ》んだ。

「ところで、リーダー。ぜひ聞いておきたいのですが」

　彼にリーダーと呼ばれるのは気持ち悪い。なんだかひどく場違いな気がする。香屋の認識では、月生はチームメイトというよりも、手を組む交渉をする余地のある相手、といった感じだ。

月生は言った。

「キネマ倶楽部の、今後の予定を教えて欲しいのです。なにを目指しているのか、誰を倒したくて、どこと手を組みたいのか。もちろん貴方のゴールが、架見崎から戦いを無くすことだというのはわかっていますが、その手前の段階があるでしょう」

もちろん、ある。

目下の目標は、平穏内で香屋が確固たる地位を手に入れることだ。でも、それを別にすれば、もうひとつ大きな目標がある。

「まだ方法がみえていないので、夢物語みたいなものですが」

「はい」

「僕はなにより、銀縁さんが欲しい」

月生とリリィ。この二枚のカードが手元にあるなら、次は彼だ。

銀縁――PORTのイド。

なんとかそれをつかみ取れないか、と日々頭を悩ませている。キドたちに頼って交渉の場を用意してもらいたいのだけれど、そのタイミングと、銀縁の興味を惹《ひ》ける説得材料がわからない。

「なるほど。次は、架見崎最高の検索士《サーチャー》ですか」

「それもそうだけど、本当に欲しいのは検索《サーチ》能力じゃありません」

銀縁をただの検索士《サーチャー》として考えるなら――それでも滅茶苦茶欲しくはあるけれど――次のカードの第一候補ではない。架見崎での情勢だけを考えて、いちばん欲しいひとりを挙げろと言われたなら、香屋は本気でユーリィが欲しい。次点で白猫だろうか？　とにかく、弱者への求心力がある強者と手を組みたい。

　でも別の視点でみたときに、香屋の第一候補は銀縁になる。

「あの人は、僕が大好きなアニメの監督なんですよ。脚本も担当しています」

　ウォーター＆ビスケットの冒険。

　香屋の思想を決め、トーマや秋穂と結びつけたアニメ。

「それが、戦力になりますか？」

　月生の質問に、香屋は頷く。

「もちろん。僕がやりたい戦いは、それです」

　トーマやユーリイとの戦いのための、極めて重要なピース。

　キュー・アンド・エーという能力が本来の意味を発揮する、いちばんの歯車。

「殴り合うのは怖すぎる。僕は物語を武器にしたい」

　リリィという旗がある。月生という説得力がある。なら、最後に欲しいのは、言葉だ。生きろと叫び続けるアニメを作った彼に、もう一度同じことをしてもらう。ここで暮らす誰もがその言葉と向かい合うように。

　イドではなくて、銀縁ではなくて、アニメ監督である桜木秀次郎《さくらぎしゅうじろう》としての彼を、香屋歩は求めている。

＊

架見崎を訪れてから、睡眠不足が続いている。

最近はその睡眠不足に、波ができてきた。二、三日眠れない夜を過ごしたあと、肉体が限界を迎えて、気絶するように一〇時間も眠る。これはよくない。とてもよくない。疲れ果てたタイミングで、交戦が――そうでなくても、できる限り早く判断を下さなければならない問題が――生まれたとき、まともに動かない頭でそれに立ち向かうことになるのだから。近々秋穂にでも、安眠できる能力を取ってもらおうか。真面目にそうした方が良いのではないか、と香屋は考えていた。

その日――八月一〇日の夜は、数日ぶりに訪れた、肉体が限界を迎える夜だった。ベッドに横たわって、あれこれと今後のことを考えるつもりだったのに、いつの間にか眠っていた。

そうと気づいたのは、目を覚ましたときだ。

夜だ。真夜中。何時なのかわからないけれど、まだ窓の外に朝焼けの気配はない。その窓が開いていた。もちろん、香屋が窓を開けたまま眠ることはない。なんだか怖いから。

窓辺では緩やかな夜風でカーテンが揺れている。カーテンは片側だけが半ばほどまで開いている。それも、奇妙なことだった。香屋はいつも、カーテンをぴったりと閉じて眠る。

空には、三日月が昇っていた。月光が射し込み、床を青白く照らしている。その光の真ん中に、一通の封筒が置かれている。

香屋は震える手を強く握る。なんて怖ろしいのだろう、架見崎という場所は。誰かが窓とカーテンをあけて、手紙を置いて行った。その誰かの思惑次第では、自分はもう死んでいた。

そっとベッドから降りて、まずは部屋の明かりをつけに向かう。

手紙を置いた「何者か」は、まだこの部屋にいるだろうか？　おそらく、いない。香屋は圧倒的に弱者で、相手にしてみれば、わざわざ不意を打つようなことをする必要はないはずだ。だいたい手紙の差出人はひとりしか思い浮かばない。内容だっておおよその推測がつく。それでも、怖い。そっと手紙に近づく。

「トーマ」

と彼女の名前を呼んでみた。返事はない。

窓とカーテンをしっかり閉めて、手紙を拾い上げる。物音はしない。ベッドまで戻り、腰を下ろして封を切る。

そこにはトーマの字で、丁寧に、短い文章が書かれている。

　私はもう行くよ。

　秋穂に、リリィをよろしくと伝えておいて欲しい。

君とは月末に、ゆっくり話をしたいと思っている。

そのときようやく、冬間《とうま》美咲《みさき》を紹介するよ。


香屋はその手紙を二度読み、便箋《びんせん》と封筒とをよく観察する。でもおかしなところはなにもない。ただの白い封筒と便箋だ。

手紙を握りしめたまま、香屋は両肘《りょうひじ》を太ももに置いて、うつむく。

――トーマ。

わけがわからない。

そんなの、いつものことだ。あいつはいつだってわけがわからない。でもこの手紙は、なんだか違和感がある。温度のようなものが、いつもの彼女とは違う。

「言いたいことがあるなら、はっきり言えよ」

そう声に出してみたけれど、やはり、彼女の返事は聞こえなかった。

5

夜が明けて、一一日。

その朝、平穏な国は、トーマが――ウォーターが消えたことを知った。

それは見事な消失だった。誰ひとりとして彼女の行方を知らなかった。ＰＯＲＴもエデンも平穏な国も惜しみなく検索《サーチ》を使ったのに、彼女の居場所はわからないままだった。

これは、あまりに奇妙な出来事だった。

PORTの検索《サーチ》さえかいくぐる能力、というだけの意味ではない。だって当たり前に考えれば、彼女の行き先なんて、ひとつしかないのだから。

その日、架見崎に新たなチームが生まれた。

チーム名「世界平和創造部」。

チームリーダー、ウォーター。

場所は架見崎の南西――かつてはブルドッグスというチームがあった、現状は平穏な国の第一〇部隊になっていた領土で、間もなく平穏な国の第七部隊、第八部隊とミケ帝国がそのチームに対して宣戦布告を行った。そして三チームともが、開戦直後に降伏した。

誰の目からみても、トーマの居場所はそのチームのはずだった。

――でも、だとすればどうして、彼女は自身の存在を隠す？

架見崎に混乱だけを残して、トーマが消えた。

第二話　ワインの用意をするべきだった

I

ウォーターが消えた二週間後——二五日の夜、ユーリイはひとりソファーに腰を下ろしていた。

エデンの領土内の、雑居ビルの二階に入っているバーだ。電気は復旧しているが、音楽は流れていない。テーブルには赤ワインのボトルと空のグラスがふたつと、三種類のチーズ、クラッカー、チョコレート、薄くスライスされたプロシュットが並んでいる。

ユーリイは目を閉じる。前のループの終わりから、恐怖を探して生活している。

——ウォーター。あの子は、どれくらい怖いだろう？

ＰＯＲＴに宣戦布告するタイミングに、少し悩む。二九日か、三一日か。もともとは二九日を選ぶつもりだった。このループのうちにＰＯＲＴを落とせると考えていた。でも、ウォーターの動きが不透明で、気になる。なら三一日が良いのかもしれない。それもできるだけ遅い時間が。つまり、次のループまで決着を持ち越す、という意味だ。

　やがて、ドアが開く音が聞こえた。

　目を開くと、背が高い――だが、ユーリイほどではない――男が立っている。引き締まった、良い体つきの男だが、表情は優しい。キド。彼はゆっくりとユーリイのソファーに歩み寄り、目の前で足を止めた。

「座っても？」

「もちろん。呼び出してすまないね」

「いえ。リーダーに呼ばれたのだから、どこにだって」

　この男が配下にいる、というのは、ユーリイにとっても意外なことだった。あちらはもっと意外だろう。かつて、キネマ倶楽部《くらぶ》から銀縁《ぎんぶち》――イドを奪い取ったのはユーリイだ。当時、選挙に勝つのにもっとも効率的な方法だったからそうした。キドにはずいぶん恨まれているはずだが、この青年はそんな素振りをみせない。柔らかな笑みのまま向かいに腰を下ろす。

　ユーリイは、テーブルのボトルを手に取りながら尋ねる。

「赤ワインでよかったかな？」

「なんだって。でもアルコールはあまり得意ではありません」

「ソフトドリンクがよければ用意しよう」

「いえ。乾杯くらいは付き合います」

　ユーリイは、ふたつのグラスにワインを注ぐ。それからふたりで、掲げるだけの乾杯をする。キドがあまりアルコールを好まないことは知っていたから、赤にしては軽く口当たりが優しいものを選んだ。ユーリイ自身も、苦味が強いワインは苦手だ。

　グラスに口をつけた彼が言う。

「美味《おい》しいです」

「それはよかった」

　実のところ、人をもてなすのには自信がない。というか、安定して八〇点くらいは取れるだろうと思っているのだけれど、それ以上は難しい。とはいえこの手の、密談のついでに添えるアルコールで、一〇〇点を目指す必要もないだろう。

　キドには非常にシンプルな指示を与えていた。一〇万もの、大量といえるポイントを使いこなす戦い方を身につけろという指示だ。

「調子はどうだい？」

　軽く尋ねると、彼は首を傾《かし》げる。

「よくわかりません。まだ、強くなった実感はありません」

「そう」

　ユーリイからみても、キドは優れた素質を持つプレイヤーだ。白猫《しろねこ》には劣るだろう。だが素質だけを比べれば、他にはそうそう負けはしない。現在のＰＯＲＴ全体でも、同レベルが二、三いるだけで、確実にキドより上だといえるメンバーは思い当たらない。

　とはいえそれは、素質だけの話だ。ＰＯＲＴの面々は能力の使い方が上手《うま》い。つまり多くのポイントを使う経験を積んでいる。当たり前に戦えば、キドの一〇万Ｐでは少し足りない。

　だが、今のエデンを見渡せば、この男に働かせるしかない。キーになるプレイヤーは何人かいるが、キドの他は心配していない。普段通りのことを当たり前にこなしてくれれば良い。キドだけが限界を超える必要がある。

　ワインに口をつけて、ユーリイは言った。

「ところでこのあいだ、ホミニニと話をしてね。強いプレイヤーというのは、未来に明確なイメージを持っているものだ、という話なんだ」

「なるほど」

「僕は君のビジョンを知りたいよ」

　キドが苦笑する。彼の頬は、すでにアルコールでほのかに赤くなっている。

「ご期待には応《こた》えられないと思いますが」

「心配ない。実のところ、僕はこの手の会話で、相手になにかを期待するということがなくてね。もちろん君を見下しているわけでもない。ただ、素直な気持ちで尋ねているだけだ」

「そうですか」

「うん」

「オレは、好きな人たちと、のんびり暮らしたいだけなんです。でもその方法がわからない。強くなることくらいしか」

　ユーリイは頷《うなず》く。

　キドは優れたプレイヤーだが、ユーリイにとっての強者には分類されない。白猫や月生《げっしょう》のように突出しているわけではない。かといって、ウォーターや香屋歩《かやあゆむ》のように、目的までの道筋を大胆に辿《たど》るわけでもない。ホミニニだってどうにか後者には入るというのに、この男にはどちらもない。

　じっと彼の表情を観察しながら言った。

「それが、君の弱点だ」

　彼の表情は、少しも変りはしなかった。苛立《いらだ》ちだとか、怒りだとか、あるいは落胆だとかを探したけれど、なにひとつみつからなかった。あっけなく頷いただけだ。

「はい。たぶん」

　ホミニニであれば彼の態度を、ぬるいと評するだろう。

　ユーリイは別に、そうは思わない。いつだってキドからは、ほのかな諦《あきら》めを感じる。でもそこが彼の持ち味でもある。戦場でもその他の面でも、彼はクールに周囲を俯瞰《ふかん》している。視点を自分に置かないのは、この男の美点だ。

　キドの観察を続けたまま、ユーリイは告げる。

「でもね、君の弱点は、ひどく簡単に補える」

今度は、キドの表情が変わる。

呆《あき》れてつい噴き出したように、彼はふっと笑った。

「そうですか？」

「うん。簡単だよ。君の漠然とした目標までの道筋を、明確にすれば良いだけだ」

「どうやって？」

「イドを——銀縁を返して欲しいかい？」

その言葉は明らかな挑発のつもりだった。

けれど、それでもキドの反応は薄い。軽い調子で「もちろん」と頷くだけだ。

その空虚さのようなものが、ユーリイには好ましかった。なんだか少し自分に似ているような気がして。可哀《かわい》そうに、この男は自分を愛していないのだ。でもきっと、必死に誰かを愛そうとしている。

——僕も最近、ようやく気づいたんだけどね。その考えは誤りだ。

と、できるなら教えてやりたかった。

——愛というものの基盤は自己愛なんだよ。他者に向ける愛は、自己愛の拡張に過ぎない。人間というのは、自分の一部だと錯覚した他者を、どうにか自分を愛するように愛せるだけなんだ。

こんな風に話してやりたかったけれど、今は控える。今夜のこの密談の手順としては、あまりに意味のないことだから。代わりに言った。

「次の戦いで、君が僕の期待通りに働いたなら、イドを返してあげよう。君と彼とキネマ出身の面々をひとつのチームに集め、僕からはなにも干渉しないと約束しよう」

さすがにキドも、少し戸惑ったようだった。

わずかに前のめりになり、形の良い眉《まゆ》をきゅっと寄せる。

「銀縁さんの考えは？」

「彼がなにに拘《こだわ》っているのかは知っている。説得は容易だよ。けれど――」

ユーリイは中途半端に言葉を切り、テーブルのクラッカーに手を伸ばした。それをかじり、ゆっくりと咀嚼《そしゃく》して、飲み下してから言った。

「すまないね。なかなか言葉がみつからなくて。でも隠しても仕方がないことだ。僕たちはこのループの終わりに、ＰＯＲＴに宣戦布告する」

キドもおそらく、噂《うわさ》程度には聞いていただろう。でも彼はその噂を、どうやら信じていなかったようだ。ユーリイは意図的に他の噂――平穏な国やミケ帝国、それからウォーターの新チームと戦うなんて話も広まるようにしておいたから、期待通り、それで紛れていたはずだ。

「どうして、ＰＯＲＴと？」

「理由はまだ秘密だよ。でも、開戦の前にはわかる」

「ともかく、戦えませんよ。銀縁さんがいるところとなんて」

「じゃあどうする？」

「ここですべてを終わらせることだってできます」

なんだかとてもナチュラルに、彼の瞳《ひとみ》に違和感のない殺意が宿る。所属するチームの領土内であれば、交戦状態にかかわらず能力を使える。一〇万Ｐ持つキドに対し、今のユーリイはたったの三五〇〇Ｐ。こんなもの戦いにもならない。彼が引き金を絞ればそれで話はお終《しま》いだ。ユーリイはもちろんその可能性を知っていたし、対策もとくに用意してはいなかった。

――ここで僕を殺し、速やかに平穏に逃げ込み香屋くんたちと合流する。

その選択は、キネマとして正しい。とても正しい。おそらくユーリイであればそうするし、ホミニニ辺りも同じ方法を選ぶ。だがキドはそうではない。たったひと言で制御できる。

「イドもこちらにつく予定だ」

当たり前だろう？　そんなこと。現在のＰＯＲＴは、公的にも一六〇万ほどのポイントを持つ。実際には検索士《サーチャー》たちが苦労して隠しているポイントが、さらに三〇万はある。エデンは、急速に膨れ上がったと言ってもポイントでその四分の一程度なのだから、まともにやり合えばＰＯＲＴには勝てない。

なのにユーリイがＰＯＲＴと戦おうと決めたのは、あのチームを内側から壊せる公算があるからだ。その筆頭がイドだった。彼がこちらにつけば、少なくとも情報戦ではＰＯＲＴに圧勝できる。

キドは口をつぐみ、じっとこちらをみつめていた。睨《にら》むような目だが、あまり攻撃的にはみえない。ただ戸惑っている風だった。

ユーリイは続ける。

「君には次の戦いで、作戦の中核を担《にな》ってもらう。その戦いに勝利すれば君はすべてを手に入れ、失敗すれば銀縁を失う。彼だってＰＯＲＴを裏切るわけだから、僕らと一蓮托生《いちれんたくしょう》だよ。どうだい？　ビジョンが明確になっただろう」

この話に嘘《うそ》はなかった。

ＰＯＲＴを落とせば、イドをキネマに——元キネマの連中に返して良い。それでもなおイドはこちらにつくのではないか、という気もするが、敵に回るならそれも素敵だ。また新たな恐怖を収集できそうだ。

キドが言った。

「オレに、なにをさせたいんですか？」

「簡単だよ。この男を殺して欲しい」

ユーリイは端末を取り出し、画面をキドに向ける。

そこにはあるプレイヤーのデータが載っている。

「円卓のひとりだ。舞台はこちらで整える」

そのひとりを落としてしまえば、ユーリイの計画を遮るプレイヤーはもういない。

＊

同じころ、香屋歩は秋穂《あきほ》と共に、平穏な国の人員構成を話し合っていた。

平穏を離れたトーマに追従したのはおよそ三五人。とくに一〇ある部隊のうち、三つの部隊のリーダーが抜けたのが痛い。その三人は、紫《むらさき》、ウーノ、太刀町《たちまち》。彼女たちの部隊メンバーが、領土ごとトーマ側についた形だ。

香屋はニックの言葉を思い出す。

——まともに戦って強いのは雪彦《ゆきひこ》とワタツミ。戦いたくないのはウーノと太刀町。わけがわからないのがマカロンとスプークスってとこだ。

ちょうど「戦いたくないふたり」が、トーマについて行った形だ。ニックも紫と共に、トーマのチームに合流しているから、彼の願いは叶《かな》ったということになる。

秋穂が言った。

「領土も持っていかれたわけですし、一〇部隊制を止《や》める時期ですよね」

それは、香屋も同意見だ。平穏の人員の二割がトーマに引き抜かれたわけだから、部隊の数も減らして良い。

ソファーの上であぐらをかいて、香屋は答える。

「残った七つの部隊に、月生さんと僕の部隊を加えて計八つっていうのがシンプルだと思うんだけど」

「ええ。それで良いのでは？」

「キネマをいつ潰《つぶ》すのかで、ちょっと迷ってる」

　つまり、香屋と月生がデータ上でも平穏の一員となるタイミング。

　本当であれば、早ければ早いほど良い。最近、平穏に合流した元弱小の連中は、すでにこのチームに不信感を覚えつつある。彼らが平穏を頼った大きな理由のひとつがトーマ――ウォーターの存在だろうから仕方がない。その亀裂《きれつ》を修復するためには、月生の名前を使うしかない。月生が平穏の一員になれば、彼らだって多少は安心できるように思うけれど、でも「今すぐに」というわけにはいかない。

　頭を抱えて、香屋はぼやいた。

「だいたい、世界平和創造部ってどういうことだよ」

　トーマの新チーム。それは、架見崎《かみさき》を訪れる前に彼女と香屋、秋穂で作った秘密のチームの名前でもある。

　秋穂の方はそのことを、とくに気にもしていないようだった。

「別にいいじゃないですか。もともと、世創部はトーマがつけた名前だし」

「よくない。まったく。なにがしたいのかわからない」

　香屋だって、かつての自分たちのチーム名をトーマが使うこと自体はどうでも良い。でも、今トーマが作るチームの名前としては非常に気持ち悪い。

「だってそれは、こっち側の名前じゃない？」

香屋は「キュー・アンド・エー」を使い、架見崎を争いのない世界にしようと企《たくら》んでいる。そのためにこれまで、あれこれと望まない苦労を重ねてきた。なのにトーマ側が、世界平和を名乗るのか。

　こちらの違和感が伝わったのだろう、秋穂は軽く眼鏡を押し上げて、言った。

「あちらも似たようなプロパガンダを仕掛けてくるつもりなのかもしれませんね」

「うん。論点が被《かぶ》るのは嫌だ。平和を主張するのは平穏だけでいい」

「そうですか？　論点が被れば、月生さんのぶん、こちらが有利では？」

「そんなことない。たぶんあっちがずいぶん強い」

　こちらとトーマのチームの主張が同じような内容なら、周りの人たちは実績でどちらにつくのかを選ぶだろう。現状の評価だけで考えれば、まあ五分五分といったところだ。こちらはリリィと月生。あちらはトーマと白猫。なかなか良い戦いのように思えるけれど、あちらにはまだ先がある。

「トーマには伏せられた手札があるよ。それはきっと、ＰＯＲＴとエデンに伏せられている。カードの中身がなんであれ、伏せられている場所が問題だ」

　ＰＯＲＴだとかエデンだとかにもトーマ派がいるようにみえれば、大勢があちらに流れるだろう。ＰＯＲＴと平穏に敗北し、ポイントの多くを手放した月生に、それを覆《くつがえ》すほどの求心力はない。

　でも秋穂はすました顔で、紙パック入りのミルクティーなんか飲んでいる。

「それはこっちだって同じでしょう？」

「うん？」

「キドさんと、銀縁さん。ちょうど、エデンとＰＯＲＴに紛れ込んでいるカードです」

「それが機能するとは限らないから困ってるんだよ」

キドは、たいていの頼み事は聞いてくれるだろう。それくらいの信頼はある。でもキドは今、あのユーリイの配下だ。あまり無茶な頼みをすると彼の寿命を縮めることになりそうだ。さらに銀縁の方は、まだこちらのカードでさえない。手に入れたい、と香屋が夢想しているだけで、指先もひっかかっていない。

ＰＯＲＴ対エデンの戦いが始まれば、そこに月生を――あのたった一枚のジョーカーを紛れ込ませて、いったいなにができる？　ＰＯＲＴとエデン、有利なのはどちらだ？　どちらに乗るのが利益が大きい？　どちらでもない、第三の選択肢はあるのか？

――視点を変えろ。

と香屋は胸の中でささやく。

香屋の目からみえる戦場ではなくて。ユーリイの視点でも、パンの視点でもなくて。トーマはいったい、なにを狙《ねら》う？　ＰＯＲＴと平穏のカードを、どんな風に使うのがもっとも効率的だ？

――想定できる、最悪は。

つまりトーマの、最高の勝ちは決まっている。自身の手札で、あの二チームを支配することだ。あいつはそこまで準備を進めているのか？

　思わず、声に出してぼやいた。

「どうして、消えたんだよ」

　すでに煮詰まりつつある架見崎を前に、姿を消してなにをしている？　わざわざ自分のチームを作った直後に沈黙するのは、あまりに不気味だ。意図が読めない。手順を想像できない。

　香屋が泣き顔のように顔をしかめていたときに、端末から声が聞こえた。

「やっほう、香屋くん。ご機嫌はいかがですか？」

　その声は、香屋が知らないものだった。でも口調には覚えがある。

　香屋は端末に目を向ける。端末の画面は、ただ黒いままだった。音声のみの通話のようだ。

「モノ？」

「どっちでも良いですが、今はパンです。あ、でもこの喋《しゃべ》り方はモノバージョンです」

「ややこしいな」

「おや？　香屋くんらしくもない。PORTリーダーに、ずいぶんぞんざいな口の利《き》き方じゃないですか」

「僕も本当は、敬語の方が楽です。こちらで話しても？」

「なんかきもいから嫌です。――でも、私はやっぱり、パンとして話す。オーケイ？」

「もちろん」

PORTリーダーがどんな風に喋ろうが、香屋は文句を言える立場じゃない。くそ、もっとモノと仲良くしておけばよかった。後悔ばかりが募る日々だ。とっても苦手なことだけど、いろんな人に優しく、朗らかになった方が良いのだろう。自衛のために。

　パンが言った。

「で、どう？　そろそろユーリイの狙いが読めた？」

「PORTのデータがわからなければ、なんとも」

「それは残念。せっかくエデンのデータをプレゼントしたのに」

「というかあれ、本当に正しいの？」

「違和感あった？」

「内容にはまったく。でも、ルート次第で疑わしい」

　PORTで——というか、架見崎で——最高の検索士《サーチャー》は銀縁だと聞いている。でも、その銀縁は、ユーリイと仲が良いらしい。キドたちの安全を材料にした、利害で繋《つな》がった関係だろうけれど、それは今も継続しているはずだ。むしろキドたちがエデンで生活している今、ユーリイと銀縁の繋がりはいっそう強まったといえる。なら、銀縁を通してPORTが入手したエデンのデータも信じられない。

　やっぱりモノとは違う、クールな声でパンが答える。

「主に検索《サーチ》したのはイド。でも、もちろん他の検索士《サーチャー》で裏を取っている。あのデータに誤りはないと考えて問題ない」

　むう、と香屋は唸《うな》る。モノとパンとか、銀縁とイドとか、トーマとウォーターも。名前が複数ある奴《やつ》らが多くて鬱陶《うっとう》しい。ただでさえ状況が厄介なのだから、名前くらいシンプルであって欲しい。

「やっぱりデータをみる限り、厄介なのはホミニニ部隊だよ。ワダコって人と、パラミシって人の能力の組み合わせがやばい。さらにメアリー・セレストまで取り込んでるんだから、けっこう簡単に誰でも倒せる」

　七〇万Ｐ持っていたころの月生はわからないけれど、一〇万オーバーの白猫くらいなら問題にならない。決まれば勝てる能力のコンボがあるし、それを決める難易度もあまり高くはなさそうだ。

　パンが、ささやくように言った。

「ワダコ？」

「ホミニニの仲間の。もともとは自分のチームの人でしょ、覚えておいてよ」

「ちょっと待って、能力のデータを——なるほど」

「わかった？」

「わかった。対策する」

「できるの？」

「ＰＯＲＴはそれなりに手札を揃《そろ》えているから」

「でも、その手札はユーリイも知っている」

なら問題になる手札を先に切らせる方法だって、想定済みだろう。

　パンは軽く答える。

「そうね。ま、私としては、勝っても負けても良いんだけど」

「本当に？」

「別にＰＯＲＴに愛着もないし」

「もしかして君も、世創部にいくの？」

「セソウブ？」

「世界平和創造部。ウォーターのチーム」

「ああ」

　香屋が知る範囲では、「モノ」としてのパンはトーマと仲が良かった。ならトーマがＰＯＲＴに潜ませているカードとは、パンなのかもしれない。

　彼女は小さな声で、ふっと噴き出すように笑う。

「それはないよ。あの子とは目的が違うもの」

「そうかな？　僕の想像じゃ、消えたウォーターの居場所の第一候補は、ＰＯＲＴなんだけど」

　そもそも、検索《サーチ》にもひっかからないくらい綺《き》麗《れい》さっぱり消えてなくなる、なんて芸当ができるのは、とても優秀な検索士《サーチャー》がサポートしている場合だけだろう。そんなことができるチームは、PORTくらいしかないような気がする。あるいはエデンというか、ユーリイ。他はあまり想像できない。

だがモノは、あっけなく否定する。

「大外れだよ、香屋くん。ま、貴方《あなた》の視点じゃ、そんな風にみえても仕方ないけれど」

「じゃあPORTは知ってるの？　ウォーターの居場所」

「チームっていうか、私とイドは。確認したわけじゃないけれど、これしかないって想像がある」

「どういうこと？」

「気づいてない？　私と、イドと、それからウォーター。正確には冬間《とうま》美咲《みさき》。この三人は特別なの」

まったく知らない。気になる三人ではあるけれど、ユーリイだとか月生だとかだって、香屋にしてみれば充分に特別だ。

「どう特別なの？」

「それは秘密。でも、冬間美咲の居場所は教えてあげる」

「どこ？」

「外。架見崎の」

なんだ、それ。そんなの、許されるのか？

架見崎は五キロ四方ほどの範囲しかなく、その外に足を踏み出した者は、架見崎の中心辺りまで瞬間的に移動する、と聞いている。でも、範囲外にまで出られる方法があるなら、あらゆる検索《サーチ》に捕まらないのも納得できる。

　自身の髪をかき乱し、香屋はぼやく。

「そんな反則みたいなことまでありなのかよ」

　その他《オリジナル》で「架見崎の範囲外に出られる能力」を取った？　たしかに運営は、その他《オリジナル》はポイント次第でなんでもありだと公言していた。だから不可能ではないのかもしれない。でも「架見崎の外」はどのチームの領土でもないはずだ。ということは、あらゆる能力が届かない。対応するその他《オリジナル》能力がない限り、完全な防御と言える。

　パンの、ささやくような声が聞こえた。

「そう。反則的なんだよ。香屋くんが考えているよりもずっと」

「どういうこと？」

「勝手に考えて。まあ、わかるわけはないけれど」

「なら教えてよ」

　わかるわけがないことなんか、考えたくはない。答えを教えてほしい。

　けれどパンは無言だった。その沈黙は、ずいぶん長く感じた。

「パン？」

　そう声をかけると、彼女は言った。

「残念。教えてあげようと思ったのだけれど、できなかった」

「どういう意味？」

「たぶんプロテクトがかかっている。ちょっと恣意《しい》的な感じがするけれど、まあ、ルールに則《のっと》ってはいるか」

わけがわからない。わからないから、怖い。背筋が震えた。

――プロテクト？

なにが、どうして、だれによって？　ルール。運営？

運営が、なにかを隠している？

まったく唐突なことをパンが言う。

「国境の長いトンネルを抜けると雪国であった。夜の底が白くなった」

その言葉もまた怖い。わけがわからなすぎて。

震える声で尋ねる。

「なに、それ？」

「とても有名な小説の書き出し。これくらいであれば、発言は通るみたい。――引用の範《はん》疇《ちゅう》だから許された？　それとも、ユーザー側の責任だから？」

「なんの話をしているの？」

「ほんの些《さ》細《さい》な好奇心。まあいい。それで？」

「なにが？」

「ユーリイの件。他にアドバイスは？」

急に話を戻されても困る。頭が混乱して、状況についていけない。

「勝手に打ち切らないでよ。運営が規制をかけるような秘密を、君は知ってるの？」

「その話は時間の無駄だからやめましょう」

なんて勝手な言い分だ。そっちから始めたくせに。

でもパンに、「ほら、ユーリィの狙いは？」と急《せ》かされて、仕方なくそれに答える。

「とりあえず、ＰＯＲＴ内にもユーリィへの協力者がいるだろうと思う。それは前提として考えておいた方が良い」

「わかってる。でも、出遅れた」

「どんな風に？」

「イドがみつからない。こっちも、消えた」

香屋はふっと息を吐き出す。

イド――銀縁の消失。こちらは、トーマの件ほどは複雑ではない。いよいよＰＯＲＴ対エデンという構図が明白になったというだけだ。

パンが続ける。

「消えたのは彼だけだよ。他の疑わしい奴らはチェックしている」

「そう」

「他には？」

「ＰＯＲＴ側のデータがわからないと、なんとも」

「残念。ま、気が向いたらＰＯＲＴのデータも貴方にあげる」

じゃあね、とパンが告げる。その言葉を最後に、通話が切れたようだった。

香屋は端末を睨みつけていた目を、秋穂に向ける。

「どう思う？　トーマの居場所のこと」

秋穂も珍しく、真面目《まじめ》に考え込んでいる様子だった。腕を組み、ぼんやりとした表情で天井の方を見上げて、言った。

「そういえば前に、コゲさんと小説の話をしたことがあります」

「どんな？」

「香屋だって、山代京助《やましろきょうすけ》は知っていますよね？」

「さすがに、名前くらいは」

国語の教科書に載っていた。日本人で唯一《ゆいいつ》の、ノーベル文学賞受賞者だ。

「コゲさんは知りませんでした」

「小説に興味がないのかな？」

「でも、他は知っていたんですよ。漱石《そうせき》も芥川《あくたがわ》も太宰《だざい》も」

「別に不思議じゃないけど」

「たしか、ニノン・ブロンも曽根崎俊彦《そねざきとしひこ》も知っていました」

「だれ、それ？」

「貴方が知らないと、話がややこしくなります」

そんなこと言われても困る。香屋に小説を読む趣味はない。

秋穂は視線を床に落とし、それを支えるように頬杖《ほおづえ》をついた。

「でも、山代京助と、それから『パラチノース・セブンス』は知らなかったんです」

「古い小説には詳しいけれど、そこそこ新しいのは苦手ってこと？」

「ニノンや曽根崎は、そんなに古くないですよ。でも、なんだかちょっと気になって」

たしかに、パンの言葉に通じるかもしれない。

――引用の範疇だから許された？

なにに？　法律に？　著作権に？

香屋は思わず、息を止める。

「架見崎の外って、そういうことなの？」

この、作り物めいた――あるいは、本物の作り物の世界の、外側。

つまり、現実。

でもそんなことが、あり得るだろうか。

現実の彼女は、もう命を落としているはずだ。

＊

端末に向かって、ユーリィは告げる。

「決めたよ。三一日でいく」

端末の向こうの彼は、静かに答える。

「了解いたしました。では」

「うん。決着は安息日だ。準備は？」

「ご指示の通りに」

「ウォーターの手《て》駒《ごま》は？」

「リストアップしています」

「アナウンスは？」

「いつでも」

「ありがとう。ホミニニにやらせる」

イド。架見崎で最高の検索士《サーチャー》というジョーカー。そのカードの価値は計り知れない。こちらだけが一方的にルールの詳細を知っているゲームで戦っているようなものなのだから。

ユーリイは右手の人差し指で、自身の胸を叩《たた》いてみる。とん、とんと繰り返し。みつかった恐怖は、ただのひとつだけだった。

「それじゃあ、三一日に」

「はい。失礼いたします」

そして通話が切れる。ユーリイはふうと息を吐き出す。

――うん。怖いのは、イドの裏切りだけだね。

それさえなければ次の戦いも、当たり前にユーリイが勝利するだろう。

だからユーリイは、心のどこかで、イドの裏切りを求めてもいた。

2

宣戦布告のアナウンスが流れたのは、三一日の午後九時ちょうどだった。

交戦開始は二時間後——午後一一時。たった一時間でループを迎えるそのタイミングは異常とも思えた。

そのとき香屋は、マンションの一室で月生に会っていた。ユーリイの動きについて意見を交換するのが目的だった。でも、三一日午後一一時の開戦。これは香屋にとっても、少し意外だ。

月生が言う。

「ユーリイの狙いは？」

二択。あるいは、その両方。

「ループを迎えて新たな能力を獲得するのがひとつ。ＰＯＲＴの内乱がもうひとつ」

「内乱？」

ループが明けた日、八月一日は安息日と言われる。あらゆる交戦状態が解除され、他チームへの宣戦布告も行えない一日だ。でも、能力が使えなくなるわけではない。自分のチームの領土内であれば、戦える。

「ユーリイの配下がＰＯＲＴに所属しているのであれば、安息日は意味を持ちません。戦いは継続する。ただ、僕たちが締め出されるだけです」

エデンにいるユーリイたちも戦えない代わりに、キネマも、平穏も、トーマのチームもこの戦いに加われない。ユーリイは外的な要因を排除しようとしている。わからないけれど、おそらくトーマの「世界平和創造部」からの横槍《よこやり》に備えて。

「私たちは、どうしますか？」

「予定通りに」

香屋は端末を叩く。宣戦布告——そのボタンに触れるのは、二度目だった。

——ユーリイが勝とうが、パンが勝とうがかまわない。

強いて言うならユーリイ側が勝つ方が良い。キドたちの扱いがよくなりそうだから。でも、どちらでも良い。大事なのは、トーマが勝ち切らないことだ。ＰＯＲＴとエデンの両方をトーマが手に入れるようなことになれば、平穏には先がない。

「月生さんには、トーマ派の足止めをお願いします」

そのために、ユーリイとパン、両方に通話を。

月生にはそう頼むつもりだった。でもそれよりも先に、端末から声が流れた。

「ハロー、ハロー。こちらユーリイ」

彼の方から、通話があった？

それを期待したけれど、どうやら違う。端末はユーリイの声で一方的に告げる。

「夕食はもうお済みかな？　ループの直前の安らかな時間に騒ぎを起こして申し訳ない。おそらく優秀な架見崎の皆さんはもうご存じだろうが、先ほどエデンは――僕とホミニニはＰＯＲＴに対して宣戦布告を行った」

　よどむことのない、余裕に満ちた、冷静な声。殺し合いには似合わない声。

　それが香屋を苛立たせる。だが、無視できない声。

　ユーリイは言った。

「なぜならＰＯＲＴは、悪のチームだからだ。そのことを、僕の大切な友人であり、同じ志を持つ男、ホミニニから説明してもらう。彼の話はすべて真実で、僕たちの総意だと考えてもらって良い」

　端末から流れる声が変わる。

　太く、力強い声だった。

「ご紹介にあずかった、ホミニニだ。対ＰＯＲＴを前線で指揮することになった。言いたいことはいくつもあるが、つまらない前置きはやめにしよう。なぜＰＯＲＴというチームがあれほど巨大に膨れ上がったのか、あんたらは知ってるか？」

　香屋は拳《こぶし》を握りしめ、その声を聞いていた。

　ホミニニが、長い話を始める。

＊

なぜＰＯＲＴというチームがあれほど巨大に膨れ上がったのか、あんたらは知ってるか？

そこには怖《おそ》ろしいからくりがある。聡《さと》い人間であれば誰だって思いつくが、でもまともな倫理だとか正義だとかをちっとでも持っていりゃあ、決して実行しようとは思わない方法だ。

架見崎にはいくつかのルールがある。

その中の、こいつを思い出して欲しい。

——架見崎の新たな人員は、前ループの死者とおおよそ同じ座標に現れる。

つまり死んだところに新人がやってきて、普通にいけばそのままその領土を持つチームに入るってわけだ。

ああ、なんて怖ろしいルールだろう？

だって仲間殺しに、価値を与えちまうんだから。

もちろんオレは、殺人行為に価値なんて言葉を使いたくはねぇ。あくまでＰＯＲＴの理屈で表現するならこうなるって話だよ。

いいか？　仲間を殺すと、ふたつ良いことがある。

まずは、メンバーの引き直しだ。

戦いの素養がない仲間を殺すと、ループ明けには別の仲間が現れる。より戦える人間が現れるまで、こいつを繰り返すわけだ。推測で喋ってるわけじゃねぇぜ？　オレも初めて聞いたときには、ずいぶん驚いたもんだが、こいつを円卓は「選別」と呼んでいた。つまり円卓は固有の名詞まで用意して、日常的にそんな議論をしていたって意味だ。

そして、ふたつ目。

新人は誰もが、ちょうど一〇〇〇Ｐ持って架見崎に現れる。つまりポイントを徴収してゼロになった仲間をひとり殺すと、一〇〇〇Ｐの収入があるわけだ。こいつが、ＰＯＲＴのポイントが膨大に膨れ上がった理由ってわけだ。

ＰＯＲＴの内情に触れる機会なんてもんは、滅多にないかもしれない。でも勇気を持って検索《サーチ》してみて欲しい。ＰＯＲＴは「犯罪者への裁き」って名目で、ループのたびに何人も殺してやがる。

オレたちは――オレとユーリイは、ＰＯＲＴにいたころからこいつを是正しようとしてきた。だって、あんまり惨《むご》い話じゃねぇか。仲間を殺してチームの戦力を膨らませるなんてのは、悲しくて、悔しいじゃねえか。

だからユーリイがリーダーをしていたころは、ＰＯＲＴ内の死者がずっと少ねえ。一ループでチームに裁かれて命を落とした人数の平均は二人とちょっとだよ。心苦しいことだが、これは治安維持のために必要な犠牲だった。本当に凶悪な人間だけを裁いた場合、だいたいこれくらいの数字になる。

問題はそれよりも古い時代だよ。もう少し遡《さかのぼ》ると、その人数は一〇倍にも膨れ上がる。毎ループ、二〇人を超える死者だ。そのたびにＰＯＲＴは、二万ポイント少々を獲得しつづけてきたわけだ。円卓はこれを、「栽培」と表現していた。

あんたらも、気味が悪いと思うだろう？

人を殺して――死体を作って、それを養分にポイントを栽培する。まったく、馬鹿《ばか》げたチームだよ。ＰＯＲＴってとこは。

それに対抗して、オレたちはずいぶん上手いことやってきたつもりだ。ユーリイがＰＯＲＴのトップに立ち、オレがそれをサポートする。この体制で、「選別」と「栽培」――つまり、仲間の命を蔑《ないがし》ろにした悪《あ》しき方法に抗《あらが》ってきた。だがもう限界だ。

現在、ＰＯＲＴの状況は盤石だとは言い難い。

平穏な国の台頭だって怖え。ウォーターの新チームも怖え。だから円卓はまた、「選別」と「栽培」を始めようとした。そしてオレとユーリイじゃあ、円卓の暴走を止めることができなかった。

だから、オレたちは最後の方法を選ぶことにした。つまりＰＯＲＴを抜けてエデンへと移り、あの巨大なチームに宣戦布告したわけだ。

おい、お前ら。ＰＯＲＴで暮らすお前ら。

兵士ではなく、市民として生活しているお前ら。

あんたたちはこれまで、ＰＯＲＴから安全を約束されて生きてきただろう？　チームに従っていれば、オレたちが守ってやる。命のやり取りなんかさせやしねぇと言われてきただろう？　ああ、知ってるよ。オレだって何度もそいつを口にした。そして、その言葉を、真実にしようと努力してきたんだ。本当に。

　でも、もうそうじゃねぇ。

　あんたたちはいつ、偽りの罪状で殺されても不思議じゃねぇ。たかだか一〇〇〇Pぽっちのために。

　だから、PORTというチームを刷新することにした。

　より正しく、より優しいチームに作り替えることにした。

　これが、オレたちエデンがPORTに牙《きば》をむく理由のすべてだ。

　PORTのみんな。こんな話を知りもしなかった、これまでPORTに騙《だま》され続けてきたみんな。

　この戦いで、あんたらが死ぬだろう。

　オレたちが死ぬだろう。

　それでも、なあ、許しちゃいけねぇ悪ってのがあるんじゃねぇのか？　命懸けで掲げねぇといけねぇ正義ってもんが、あるはずなんだよ。絶対に侵されちゃいけない生命の自由って奴が、絶対にあるはずなんだ。

　ああ、オレたちは弱者なんだろう。それでも、武器を取り立ち上がろう。選別されて、栽培されるんじゃねぇ、自分たちの命を生きよう。

円卓って、間違った巨大な敵を、正しい意志で殴りつけてやろう。

オレはここに宣言する。今夜の戦いは、聖戦なんだと。

オレの顔には似合わなくって気恥ずかしいが、正義の旗を掲げて進むことを宣言する。

今はもう、あんたらを守るとは約束できねぇよ。

でも、新しい約束をひとつだけ交わそう。

この月夜に、小指を絡《から》めて誓い合おう。

あんたらが死ぬ前に、オレたちが死んでやる。

正義のために屍《しかばね》が必要なら、その最初になってやる。

だから、頼むよ。この通りだ。

どうかオレらについてきて欲しい。

手を取り合って、円卓なんて気持ちの悪い連中を、やっつけようじゃねぇか。

＊

「ジャミングしないんですか？」

と円卓に着く小柄な女性、酔京《すいきょう》が言った。

彼女と、馬淵《まぶち》という男が、ユーリイとホミニニが抜けた補充のメンバーだった。

PORTの意思決定議会――円卓は計九人と決まっている。パン、イド、タリホー、BJ、レッドマン、ニッケル、テスカトリポカ、それから新たに酔京と馬淵。この九人が、今の円卓だ。九人にはＰＯＲＴが持つ領土と兵力とポイントを分割して与えられているため、各部隊のリーダーという側面も持つ。

　酔京の言葉に、馬淵が答える。

「あちらにはイドがついていると考えて間違いない。なら、ジャミングは意味をなさないだろう。そもそも、もう遅い。こちらが口封じをしたと思われては、ホミニニの言葉に説得力を持たせるだけだ」

　その言葉を聞き流しながら、パンはざっと円卓を見渡す。

パンも含めて八人が揃っている。足りないひとりが、イドだ。彼は一〇日ほど前から姿を消している。

　誰にというわけではなく、パンは尋ねた。

「本当なの？　ホミニニの話」

選別と栽培。ＰＯＲＴがやりそうなことではある。

　答えたのはタリホーだ。

「さあ。貴女《あなた》がご存じなのでは？　円卓の中でも古参でしょう」

「知らないから訊《き》いてるのよ」

　パンはこれまで、ＰＯＲＴの運営に関わってこなかった。だが、おそらく真実なのだろう。円卓の古株――ＢＪやテスカトリポカ辺りが否定しないから。それに以前、イドが言っていた。ＰＯＲＴのやり方が合わなくてこのチームを出たのだ、と。彼が選別と栽培を嫌ってＰＯＲＴを離れ、キネマ倶楽部《くらぶ》を作ったのなら納得できる。

――ま、私は別に、どうだっていいけれど。

架見崎で正義なんてものを語るつもりはない。ルール上、有利ならチームメイトを殺せば良い。運営だってみんな想定済みだろう。架見崎は生の密度を増すために、死を間近に置いた世界だ。

三〇代の半ばほどだろうか、喪服のような黒いスーツを着た女性――テスカトリポカが言った。

「ホミニニの薄っぺらな演説は、これまでの円卓の状況を多少なりとも知っていたなら、真面目には取り合わないでしょう。ユーリイとホミニニが手を取り合って、なんてまったくの嘘だし、あのふたりに正義感なんてものがあるわけがないし」

そうね、とパンは適当に応《こた》える。

パンでさえ、ホミニニがずっとユーリイに噛《か》みついていたことは知っている。今さら正義感みたいなものを持ち出したのも、ただ市民を扇動してＰＯＲＴを混乱させたいだけなのは間違いない。

テスカトリポカが続けた。

「でも、市民たちはわからない。うっかり騙されてしまうかもしれない。チーム内には、事実無根だとアナウンスしておいた方が良いでしょう。パン、お願いできる？」

すごくどうでも良い。

あとでね、とパンはぞんざいに頷《うなず》いて、話を進める。

「さて、みんなのレポートだけど」

パンは円卓の全員に、対エデンの戦術を立案するレポートの提出を求めていた。

以前の円卓で、積極的に戦闘の作戦を立てていたのは四人。ユーリイ、ホミニ、ＢＪ、テスカトリポカだ。でもその中のユーリイとホミニが抜け、ＢＪとテスカトリポカも向こうについていないとも限らないため、今回は全員に頭を使わせることを強制した。

「点数の低い方からいきましょう。レッドマンは未提出」

革製のジャケットの、金髪をツーブロックのオールバックにした男――レッドマンが答える。

「あれこれ考えて戦うのは苦手でね。そういうのはあんたらに任せるよ。代わりに、ただ殴り合えば良い状況を作ってくれれば、必ず勝つ」

まあ、馬鹿は馬鹿で良い。妙に賢いふりをされるよりは使いやすい。

パンは続ける。

「酔京は〇点。まったくやる気がない」

レポートはたった二行だけだった。――ユーリイが宣戦布告するのなら、向こうには充分な勝算があるのでしょう。身内同士で戦力を削り合うのは得策ではないため、降参も視野に入れて話し合っては？

酔京が、髪をかき上げて答える。

「だって、私は円卓に入ったばかりです。なんにもわかりませんよ」

パンは手元のレポートの束から、彼女に視線を移す。

「それにしても、もう少し考えてよ。貴女はユーリイ側についているんじゃないかって疑いがある」

彼女と、馬淵。ユーリイとホミニニがPORT株を放棄したことで円卓に入ったこのふたりには、ユーリイの息がかかっていても不思議ではない。というか、彼の性格を考えると、なんの準備もしていないということはないだろう。

酔京は、鼻で笑って答えた。

「わかっていますよ。だから出しゃばるのを控えたんじゃないですか。エデン戦ではおとなしく、円卓の先輩方に従う所存です」

小賢《こざか》しい言い回しではあるけれど、いちいち相手にする時間はない。宣戦布告から開戦までの二時間で戦い方を決めてしまわなければならない。

本来のPORTであれば、直前までばたばたとこの手の会議を続けることはない。だがユーリイとホミニニに加え、イドまで抜けているのが痛い。これまでは敵のデータをイドが解析していたため、それを疑う必要なんてなかった。

パンはレポートをめくる。

「タリホー、ニッケル、五〇点というところ」

ともに、それなりにまともな内容ではある。敵の戦力の分析もしっかりしているし、こちらが取るべき戦術も現実的だ。

　現在、円卓に着く中では、もっとも若くみえる男――一〇代後半ほどのニッケルが、小さなため息をもらして答える。

「その点数、どんな基準で決めてるんですか？」

「感覚」

「馬鹿にしてます？」

「まったく」

　実際、だいたい感覚で決めているけれど、もちろん基準はある。香屋歩のアドバイスを元にパンが考えたものを八〇点として、それにどれくらい近いのか、あるいは超えているのかで判断している。

「ＢＪは七五点、馬淵は八〇点。これくらいとれていたら、まあ合格」

　自身の顔をまっ白に塗り、そこに趣味の悪い化粧を施した男――ＢＪが、きつい紫色の唇を開く。

「彼との、五点の差は気になりますね」

　ＢＪが目を向けたのは、この八月の架見崎でもトレンチコートを着続ける変人、馬淵だった。馬淵はなにも答えずこちらをみている。仕方なくパンは言った。

「二人とも、内容はとてもよく似ていた。でも馬淵の方が少し先まで考えていたから、プラス五点」

八〇点はつまり、香屋のアドバイスを受けたパンと同等の内容、ということになる。

それを超えたのはひとりだけだった。

「最後にテスカトリポカ、九〇点」

香屋からのアドバイスにもなかった視点があったため、プラス一〇点。

テスカトリポカが微笑《ほほえ》んで、楽しげに首を傾《かし》げた。

「おや。私でも一〇〇点じゃないのか」

「なんとなくよ。気にしないで」

理屈はないけれど、直感していた。まったく同じ出題に、ユーリイとイドが手を組んで答えたなら、こんなものではないだろう。もっと精度が高く、もっと意外性があるレポートになっただろう。

その意味で、今のＰＯＲＴは弱い。前ループまでのＰＯＲＴに比べれば、明らかに弱体化している。

――本当に、エデンに負けたってかまわないんだけどね。

開戦が目の前に迫ると、いちおう勝っておこうかという気になってくる。こんなもの、間もなく始まる「架見崎の本戦」に比べれば、前哨戦《ぜんしょうせん》にもならないような戦いだったとしても。

パンはレポートの束を丸いテーブルに、投げ捨てるように置く。

「今回のレポート、上位三人の内容はとてもよく似ていた。それを基準に作戦を立てましょう。でも――」

もうひとり、と言おうとしたところで、端末が鳴った。

通話だ。ちょうど良い。

応答のボタンに触れて、パンは告げる。

「外からアドバイザーをひとり加えることにする。キネマ倶楽部リーダー、香屋歩くん。よろしく」

端末から、慌《あわ》てた様子の声が聞こえた。

「待ってよ。今回、僕は中立で――」

彼の言葉を遮って、パンは言った。

「報酬は用意している。選別と栽培？　私だってよく知らないんだけど、あれはもうやらないと約束する。これまでのことも調査してデータを公開する」

香屋の考えは、ある程度わかる。

弱者の味方として名乗りを上げた平穏な国と、そちらにつくキネマ倶楽部は、あのホミニの演説を無視できない。本音ではエデン側につきたいはずだ。まずはそこを崩す。

短い沈黙のあとで、香屋は言った。

「実態が明らかになれば、君の口から謝罪してもらっても？」

「私、関係ないのに？」

「いちおうはＰＯＲＴのリーダーでしょ」

「気に入らないけど、まあいいよ。貴方が用意した原稿をそのまま読み上げてあげる」

「もうひとつ。イドさんが欲しい」

「それは勝手に説得して。話し合う機会くらいは用意してあげる。でもそのためには、エデンと戦ってもあの人が死なない作戦がいる」

「わかった。それから――」

　面倒になって、パンは言った。

「報酬はあとふたつ。ＰＯＲＴの戦力の正確なデータと、運営の――カエルの正体。私に出せるのはここまで」

　本当はまだ二、三、彼を頷かせるためのカードはある。

　でも、こんなもので充分だろう。

　香屋が息を呑《の》む音がした。

「わかった。ＰＯＲＴに乗ろう」

　その返事を聞いて、パンは笑う。

　香屋歩。あの、冬間美咲のヒーロー。おそらく彼がこの戦いに集中すれば、ユーリイだって上回るはずだ。もともと彼は、そう設定されているのだから。

　――でも。

　香屋歩には時間がない。彼自身も知らないことだけど。

「すぐにうちのデータを送る。ループまでに、ユーリイの狙いを読み切って」

開戦まで、あと一時間四〇分。さらにそれから、ループまで一時間。

彼がこの戦いに関われるのは、合計で二時間四〇分だけだ。

どうやら香屋は、「ループまでに」という条件を、別の意味で受け取ったようだった。

「できるだけやってみる。少なくとも、このタイミングで宣戦布告があった理由は読み解く。また連絡する」

ループ直前の開戦を、香屋は気にかけているのだろう。こちらの真意が隠れてちょうど良い。

「よろしく」

そう告げて、パンは通話を切る。

テスカトリポカが息を吐き出して——それは、もちろんため息だったのだろう——棘《とげ》のある口調で言う。

「本気で、ＰＯＲＴのデータを外に出すつもりなの？　うちは、そんな風な独断は認められていないチームよ」

違う。

パンは自分を、意外に律儀《りちぎ》にルールを守るタイプだと思っている。

「いいでしょう？　わざわざエデンの動きを待って話を進めたのだから。交戦中——正しくは、宣戦布告を受けてから終戦まで、このチームではリーダーの権限が補強される」

チームの指揮権すべてをリーダーが有し、たとえ円卓のメンバーであれ逆らうことはできない、と定められている。

「曲解」

短くテスカトリポカがつぶやいたが、それ以上の反論はなかった。

PORTにとっても、ユーリイは怖ろしい敵だ。これ以上もめている暇はない。

3

「カウントダウンは一〇秒前からだ」

と端末が言った。ユーリイの声だ。

藤永《ふじなが》は答えず、ふうと息を吐く。緊張していた。エデンから与えられたポイントは三万——私には過剰なポイントだ、と藤永は思う。しかもその三万は、たった数発の銃弾を撃ち込むためだけに用意された。

藤永は今、エデンのオフィス街でもっとも高いビルの屋上で身を屈《かが》めている。トライポッドに載せた狙撃銃《そげきじゅう》の前で、スコープの調子を確認する。

端末から、楽しげなユーリイの声が聞こえた。

「弾に予備がないわけじゃない。でも、オープニングでもたつきたくはない。一発で決めて欲しいね」

藤永は、どうにか声を絞り出す。

「あちらの配置は？」

「ばらけているよ。ま、気にすることはない。パンの護衛についたのはレッドマンとニッケルのふたり――こちらの想定通りだ」

「それは、私たちの狙《ねら》いがあちらに筒抜けだということでもあるでしょう？」

「君が知っているところまではね。僕にはその先がある」

思わず、舌打ちがもれた。

PORTを相手にしたこの戦いの全貌《ぜんぼう》は、藤永には明らかにされていない。きっとキドも知らないだろう。ユーリイとホミニニ――あのふたりが、エデンの全権を握っていると言っていい。

――どうして、ユーリイに。

キネマ倶楽部から銀縁を奪った宿敵に従わなければならない？

だがキドが乗っている以上、拒否はできない。藤永にはユーリイたちの作戦に逆らう術《すべ》をみつけられないまま、タイマーは回り続け、開戦まではもう五分を切っていた。

「パンの位置は？」

「端末に情報を。君からは、およそ一キロほどだ」

藤永は遠距離からの攻撃に特化した射撃士《シューター》だ。でも、一キロというのは経験がない。

――当たるか？

胸の内を読んだように、ユーリイが答える。

「当たるさ。というか、こちらは練習試合のようなものだ。実際には当てる必要もない。目標の五メートル以内に着弾すればそれで良い」

わかっている。そんなの。三万ものポイントで補強されているのだから、外す方が難しい条件だ。それでも。

――本当に私は、ＰＯＲＴに向かって銃弾を撃ち込むのか。

キドさんの命を奪うかもしれない一撃を。彼の声を聞きたかった。あの、柔らかで冷たい声を。できればその声で、「やっぱりやめよう。逃げ出そう」と言って欲しかった。だがそんなことは起こらない。

「一分を切った。準備を」

ユーリイの言葉で、藤永は隣に目を向ける。

そこには小柄な男がひとり立っている。ワダコ。ホミニニの配下のひとり。

彼は両手をポケットに突っ込んで、場違いに静かな表情で空を見上げていた。それがＰＯＲＴの空であれば、まだしも理解できた。でも彼は戦地に背を向けて、南――海の方向を向いている。

「ワダコ」

藤永が名を呼ぶと、彼はポケットから右手を抜き出す。そこにはひとつの弾が握られている。彼は物珍しげにそれをみつめて、こちらに差し出した。

その一発ぶんを受け取り、銃に込める。セーフティを外してスコープを覗《のぞ》く。

ワダコの足音が離れていくのが聞こえる。

「さあ、カウントダウンを始めよう」

と、端末が言った。

＊

三一日、午後一一時。パンはホテルの一室のソファーに座っていた。

南向きの、大きな窓がある部屋だった。

端末がぴりりりりと音をたてる。――開戦の合図。同時に、窓に光が射《さ》し、まっ白にひび割れる。

窓は能力で強化されているが、壊そうとして壊れないほどでもない。ひび割れた窓ガラスに、もう一発。遠方からの射撃《シュート》の攻撃を受け、破片が舞った。

その景色は、美しかった。鋭利な雪が降るようだった。恐怖はとくに感じない。両側に立つふたりの男――レッドマンとニッケルが、パンを守るように前に出る。

「いきなりね」

パンがささやく声に合わせて、遠くから、銃声が聞こえた。

射撃《シュート》は通常、音を立てない。だからそれは実弾だ。おそらくポイントで獲得した道具《アイテム》だろう。

気がつけばレッドマンが、片手を軽く掲げている。ハイタッチするときみたいに。パンにはみえなかったが、銃弾を受け止めたのだ、とわかった。その直後。

彼が掲げた手から、腕が生えた。

――ルンバ。

と名づけられた、ワダコの能力。

名前の由来は知らない。でも、効果は知っている。

それを端的に表現すれば、「空間の離れた二点を繋《つな》げる能力」ということになる。つまり中に入るとワープする穴みたいなものを作るわけだ。ただしその穴の一方はワダコ自身が触れているもの、もう一方は三分以内に触れたものでなければならない。

今回の場合は、ワダコが触れた銃弾を、この部屋に打ち込んだのだろう。だから銃弾を受け止めたレッドマンの手元と、今ワダコがいるところ――エデンのどこかがワープホールで繋がる。

その穴は小さい。直径が二〇センチほどしかない。

人が入れるサイズではないが、腕の一本であれば通せる。

ワープホールから突き出した腕は、なにか紙片を握っているようだった。

――パラミシワールド。

敵を「物語の中」に閉じ込める能力。

驚きはない。ルンバとパラミシワールドのコンボは、レポートの成績上位三名は指摘していた。それ以前に、香屋歩が最初に危険視した能力だった。

――決まれば即死、みたいな組み合わせだよ。

と香屋は言った。

ルンバで作ったワープホール越しに、敵をパラミシワールドに閉じ込める。あとはワープホールから腕を引き抜いて、パラミシワールドを回収する。それだけで敵は成す術がない。たとえば、パラミシワールドのページを交戦範囲外に放り出せば能力が解除され、中の人間が出てくるが、そいつは能力を使えない。交戦範囲外なのだから当然だ。ただの人間に戻ったプレイヤーは、誰であれ実弾の一発で死亡する。

――弱小を一チーム、抱き込んでいれば交戦範囲外を利用できる。あるいは、元メアリー・セレストの能力と組み合わせても良い。海上でパラミシワールドを解除されれば、船さえないまま波に翻弄《ほんろう》されておしまいだ。

もちろん怖ろしい能力だが、PORTは架見崎の最強を名乗っている。その他《オリジナル》の怖さは知っているから、それに対応する能力を獲得している。

ニッケルが一歩、足を踏み出す。

彼のその他《オリジナル》は、「例外消去」と名づけられている。効果はシンプルに、一定範囲内の「その他能力《オリジナル》」の効果を打ち消す。

――もうひとつ。

パラミシワールドの紙片が消えて、そこに、何人かが現れた。すでにページの中にいた敵プレイヤーが、能力の解除で外に出たのだ。

――ルンバとパラミシワールドを組み合わせると、敵の戦力をこちらに送り込むのにも使える。

香屋からそう聞いていたから、ここまでは想定通りだ。

現れたのは三人。ホミニニ、ドラゴン、キド。

あちらの主力三人を大胆に並べてきたのは、少し意外だ。一気にパンを落とすつもり、というより、エデンの方にも余裕がないのだろう。純粋なポイントでみれば、ＰＯＲＴとの差は大きい。

ホミニニが言った。

「よう、パン。ＰＯＲＴをもらいにきたぜ」

別に、あげても良いのだけれど。

「わかるでしょう？　不利なのは貴方《あなた》たち」

こちらにはレッドマンとニッケルがいる。このふたりは、純粋な戦闘力でいえばＰＯＲＴのトップスリーに入る。テスカトリポカもＢＪも、こういった事態を想定して、すでに自身の持ち場についている。

だがホミニニは、余裕のある様子で首を傾げてみせた。

「そうでもない。架見崎の戦いの勝利条件は、敵リーダーを落とすことだ。パン、お前はこの中で、誰よりも弱い」

その通りだ。架見崎での、パンの目的はあくまで「見物」であり、自分で戦うことは想定していない。

「でもね、私、生き残るのは得意なの」

パンは三つのその他能力《オリジナル》を持つ。

ひとつ目は「サブアカウント」。この能力で、モノとしての生活を送っていた。ふたつ目は「コンテニュー」。モノの方の肉体が死んだとき、それを再生させるための能力だが、今は死体さえ残っていれば他のプレイヤーも再生できる。

そして、三つ目。「クイックロード」と名づけたその能力は、ＰＯＲＴのトップになったことを理由にポイントを得て獲得した。パン自身が生き残るための能力、という名目だ。実際の目的は少し違うけれど、その名目が完全に嘘《うそ》というわけでもない。

「勝手に戦ってて。ばいばい」

端末に触れると、パンの視界が切り替わる。

そして、目の前に月生が立っていた。

キネマ——香屋歩からの援軍だ。

彼は懐中時計を開いていた。その文字盤に目を落としたまま告げる。

「お疲れ様です。しばらくは、ここで？」

「ええ。私を守って」

それなりに頭を絞って信頼できる相手を考えて、もっとも確実だと思えたのがチーム外の人間、というのは不思議な感じがする。でもＰＯＲＴのメンバーは、どこにユーリイとの内通者が隠れているかわからない。さらに冬間美咲への協力者もいそうだというのが香屋の見立てで、なら誰も信用できない。

——というのは、言い訳でしかないけれど。

実のところパンは今、まったく別の戦いを仕掛けている。誰にも気づかれないように、静かに。対エデン戦なんてどうでもよくて、本当の敵は冬間美咲だ。あるいは、あのカエルだ。そちらを有利に進めるために、強引にでもこの駅を訪れたかった。もちろん駅で怖いのは月生だから、その怖い彼自身に守ってもらうことにした。

「香屋くんは？」

「平穏の領土にいます。安全なところで頭を捻《ひね》っているようですよ、貴女のために」

「そう」

それはよかった。彼にも、なにも気取られていないようで。

香屋歩。冬間美咲のヒーロー。

彼は、パンの目からみても突出している。でも真相には届かない。

前提がまったく違うから。存在している次元が違うから。

今はまだ、香屋歩は敵ではない。

——わかっていても、どきどきするものね。

結末を、「どうでも良い」とはいえない、自分自身の戦いというものは。

このタイミングで、ユーリイから宣戦布告があってよかった。こちらが気取られたくないことが、上手《うま》く紛れてくれるから。

次のループが、パンにとっての本当の戦いの始まりだ。

＊

パンが消えた。キドの目からみれば、唐突に。

――類似するその他《オリジナル》は、獲得できないんじゃなかったっけ？

純粋に瞬間移動の能力であれば、すでにウォーターが取っている。ならパンの能力は、キドからは瞬間移動にみえても、実際は異なる効果なのだろう。

気にした様子もなくホミニニが言った。

「オレとドラゴンでニッケルを落とす。キド、お前はレッドマンを」

その言葉にまず反応したのは、あちらのひとりだった。

「おいおい、その振り分けじゃあ、そっちが不利すぎねぇか？」

革ジャケットの、金髪を派手に逆立てた男、レッドマン。刀を使うPORTの主力強化士《ブースター》。

ホミニニは、返事の前に発砲した。同時にレッドマンは、腰に差していた刀を抜いた。刃渡りが一メートルほどはある、長い刀だ。がん、と硬い音が響き、射撃《シュート》の一筋がその刃で止められる。

気にした風もなくホミニニが告げる。

「まだそんな眠てぇこと言ってやがんのかよ、お前は。成り上がるってのは、不利な相手に勝ち続けるって意味だろう？」

「さあな。オレは、勝てる戦いばかりに勝って、ＰＯＲＴのトップに立った奴《やつ》だって知ってるよ。ユーリイって名前なんだ」

「あいつがいつ成り上がった？　最初から王様だろうが」

「難しいことはわかんねぇよ。でも、オレはあいつよりはあんた派だった」

「ならここは勝ちを譲ってくれ」

「嫌だね。誰が相手でも、絶対に負けは認めねぇと決めている」

　そのままホミニニとレッドマンがやり合いそうな雰囲気だったから、キドは慌てて口を挟んだ。

「待って。ホミニニさんは、あっちでしょう？」

　ニッケル。「例外消去」の強化《ブースト》メインだが、三割ほどは射撃《シュート》にも割り振っている。強化《ブースト》と射撃《シュート》を共に使うという意味では、性質はキドに近い。だがキドが「速く動ける射撃士《シューター》」なのに対して、ニッケルの方は「遠距離にも攻撃できる強化士《ブースター》」という感じらしい。キド自身も、なにが違うのかよくわからないけれど。

　ホミニニが、こちらに向かって顔を歪《ゆが》める。

「どっちがどっちって話でもねぇだろうが。ま、いい。ドラゴン、任せた」

彼はぽんとドラゴンの背を叩く。

――オレの願いはお前の願い。

味方の能力を単純に倍にする、わかりやすく強い能力。ドラゴンは現在、四万Ｐほどの強化士《ブースター》だ。ホミニの能力で、八万まで底上げされたことになる。

それでも、キドの一〇万には及ばない。キドは今、エデンの最強としてここに立っている。ＰＯＲＴの最強強化士《ブースター》――レッドマンを倒すために。

レッドマンは一二万Ｐの強化士《ブースター》だ。さらにその他《オリジナル》が一万Ｐほど。計一三万に、一〇万Ｐで届くだろうか。

――レッドマンは、一〇万Ｐの白猫よりは少し下だよ。

とユーリイは言った。

――つまり君に、白猫さんと同じだけの素養があれば、一〇万Ｐで勝ち切れるというわけだ。

ずいぶん、簡単に言ってくれる。さすがに白猫に並びたてるイメージはない。

しかもユーリイの言葉には続きがあった。

――ただし、ＰＯＲＴというのは個人で戦うチームではないからね。実際に白猫とレッドマンが戦えば、勝つのはレッドマンだ。

ＰＯＲＴに突出したプレイヤーはいない。強いて言うなら、かつてのユーリイは突出していたかもしれない。でも、純粋な強さでは絶対ではなかった。

代わりにPORTは、任意のプレイヤーを、状況に合わせて突出させる。

テスカトリポカ。

――本質的には、彼女がPORTのジョーカーだ。

そんな風に、ユーリイからは聞いている。

「レポートはばっくれたんだ。さすがに実技じゃあ、手を抜けねぇよな」

レッドマンが床を蹴《け》った。

4

ユーリイは以前、キドと会ったバーに、今日もまた訪れていた。

あの日と同じ、店の奥のソファーで足を組んでいる。違うのはテーブルにワインがないこと。それから、隣にいる相手が違うこと。

イド。その、架見崎で最高の検索士《サーチャー》は、うつむいて目を閉じていた。そうしていると彼はずいぶん小柄にみえた。年齢以上に弱々しい老人のようだった。彼に銃口を突きつけて引き金を絞ればあっさりと命を奪ってしまえそうで、なんだかそうしてみたいような気もした。

目を閉じたまま、寝言のようにイドがささやく。

「ホテルでの戦闘が始まりました」

「ほかは？」

「タリホー、酔京、馬淵がこちらに。貴方との繋がりが疑わしい連中はエデンに差し向けた、ということでしょう」

「弱気だね」

「ですが、主力がいないエデンくらいであれば、充分に落とし切れる三人です」

「コロンは捨てても良い。僕は君が守ってくれる」

「はい。できる限り」

　架見崎は広い。一辺が五キロ四方の世界、と聞くとずいぶん狭苦しい感じがするけれど、鬼ごっこの舞台としては広すぎる。検索《サーチ》を掌握できたなら、まず鬼には捕まらないサイズだ。

　イドが言った。

「ですが、私には別の仕事が」

「うん。やれるかい？」

「おそらく」

　彼にはみっつの頼み事をしている。ひとつ目が、ユーリイの警護。敵が近づけば事前に察知して移動する。ふたつ目は極秘任務で、これが今回の戦いのメインだ。みっつ目は、ホテルに送り込んだ仲間たちの援護だった。

「どれくらい止められる？」

「本題を進めながらですから、ひとりかふたり。三人は難しい」

「なるほど」

ユーリイは盤面をイメージする。

その盤面には六つの駒《こま》が並んでいる。敵と味方で三つずつ。こちらはホミニニ、ドラゴン、キド。あちらはレッドマン、ニッケル、BJ。問題はその駒のどれでもなかった。盤面の向かいに座るひとりだ。

――テスカトリポカ。

PORTの象徴的なプレイヤーをひとり挙げるなら、ユーリイは彼女を推す。ユーリイ自身があのチームにいたなら別だが、そうでない今、円卓の誰に聞いても異存はないだろう。

白猫が純化した強化士《ブースター》であるように、イドが最高の検索士《サーチャー》であるように、テスカトリポカは極まった補助士《サポーター》だ。能力配分は検索《サーチ》と補助《サポート》で五対五。他はなにもない。三つのその他《オリジナル》を持つが、どれも属性としては検索《サーチ》か補助《サポート》に分類される。突き詰めた補助《サポート》はメインアタッカーの役割を負えるのだと証明した、ユーリイの目からみても美しい女性だった。顔が綺《き》麗《れい》だという意味ではない。なんであれ極まれば美しい。

通常のチームで、補助《サポート》は回復能力くらいにしか使われない。よくて射撃《シュート》の射程を伸ばすか、一時的に強化《ブースト》の性能を高めるか。補助《サポート》を戦術に組み込めないのにはわかりやすい理由がある。補助《サポート》の効果時間の短さと、発動条件だ。多くの補助《サポート》が、対象に接触することが条件になっている。これはつまり、補助士《サポーター》も戦場に立つ必要があるという意味で、なら強化《ブースト》を取って自分自身が強くなった方が効率的だ。

そこでテスカトリポカは、こんなその他《オリジナル》を獲得した。

——天糸《てんし》。

その能力は、「テスカトリポカが検索《サーチ》している対象に、常に接触しているものとして能力を発動する」というものだ。つまり通常は、テスカトリポカの検索《サーチ》が届く範囲内の相手であれば、どれだけ離れていても接触が条件の補助《サポート》を使用できる。

だがこちらにはイドがいる。

彼の繊細で大胆なジャミングをかいくぐるには、テスカトリポカではやや足りない。彼女が伸ばす検索《サーチ》の糸を断ち切り続ければ、補助《サポート》も発動しない。

「まずはＢＪとニッケルを止めて。レッドマンが脅威になるまで、まだ六〇秒ほど余裕がある」

「了解しました」

もちろん、テスカトリポカの手を封じても安泰というわけではない。補助《サポート》がなくても、レッドマンもニッケルも強い。ドラゴンがニッケルを落とすことは期待していなかった。

——やはり、キドだな。

一〇万Ｐのキドがどこまで機能するのか。

それが、まずは焦点になる。

＊

鉄パイプを振りかぶるような、乱雑なレッドマンの刃《やいば》。

速い。だが、イメージよりは遅い。

キドはそれを回避しながら、床に向けて射撃《シュート》を放つ。反射弾。プレイヤー以外にぶつかると跳ね返る弾。それが、床を叩《たた》いて天井に向かう。

同時にもう一方――左手に持つハンドガンから射撃《シュート》。こちらはまっすぐレッドマンの顔を狙う。レッドマンはかがみ込むように、その一筋を回避する。キドが突き出した左手のハンドガンは、先ほどの反射弾の射線上にある。天井から戻ってきた反射弾が銃身を掠《かす》め、さらに射線を変える。――命中。レッドマンの右足を射抜き、彼が膝《ひざ》をついた。

彼の顔に驚きはない。

「ああ。そういや、天才だったか」

「いや。凡人だよ」

今、レッドマンを上回っているのは、まあ当然と言っていい。

キドの一〇万Pに対して、レッドマンは強化《ブースト》だけで一二万P。その他《オリジナル》がさらに一万P。

だがその他《オリジナル》のせいで、今、このときだけはレッドマンが弱体化している。

――能力名、「ヒーローは救えない」。

その能力は、使用者の強化《ブースト》の効果を半減させる。つまり、現状の彼は六万P強化士《ブースター》相当だ。けれどもちろん、続きがある。

時間が経《た》つごとに、彼は力を取り戻す。強化《ブースト》の効果時間の六分の一——三〇秒ごとに、元値の五分の一——二万四〇〇〇Pぶん。つまり三〇秒後のレッドマンは八万四〇〇〇P強化士《ブースター》で、六〇秒後は一〇万八〇〇〇P強化士《ブースター》だ。その成長は、まだまだ続く。九〇秒で元値を超えて、一三万二〇〇〇P。一二〇秒で一五万六〇〇〇P。一五〇秒でちょうど一八万P。ただし、強化《ブースト》の効果時間の切れ目に能力を使い直すと、また六万Pに戻る。

レッドマンが笑う。

「ほうら、勝ち急げよ。オレは片膝をついている」

「そうしたいんだけど、止められててね」

ユーリイからの指示はふたつ。

一方は、「時間をかけて戦え」だった。

なぜなら攻め急ぐことこそが、レッドマンの狙いだから。彼はもうひとつその他《オリジナル》を持っている。

——能力名、「崩月」。

三秒間だけ強化《ブースト》の効果を三倍にする代わりに、時間経過後強化《ブースト》の効果が切れる能力。さらにその後は三〇秒間、端末が操作を受け付けなくなる。

戦闘開始から一五〇秒後、一八万Pまで強化《ブースト》を伸ばした彼が「崩月」を使うと、三秒間だけ五四万P強化士《ブースター》が誕生する。でも、そのことに焦《あせ》って攻め急ぐとカウンターがある。

今の、六万P相当のレッドマンが同じ能力を使っても、一八万Pまで性能が跳ね上がる。五四万の前では、その数字は霞《かす》んでみえるが、でも実際には大抵のプレイヤーを刀の一振りで殺し切る性能だ。

焦って攻めるとやられる。でも、だらだら戦っていると、絶望が待っている。

ごく単純に考えるなら、レッドマンの攻略法は「ひとり犠牲になる」だ。命懸けでひとりが「崩月」を使わせる。その後の強化《ブースト》が解除され端末も操れない三〇秒間で仲間たちがレッドマンを落とす。でも。

――テスカトリポカがその穴を埋める。

動かない端末を遠隔から強引に動かして、強化《ブースト》を再使用させる術があるらしい。ならこの方法は使えない。

だから「普通に戦え」とユーリイから指示されていた。焦らず、勝ちに固執せず、時間をかけて戦え、と。

「ま、ゆっくりやれるのは嬉《うれ》しいんだけどよ」

反射弾で射抜いたレッドマンの右足には、それほどのダメージはないようだった。彼は両足で立ち上がり、長い刀を左手一本で構える。

「そろそろ、第二段階だ」

この戦いの前――藤永が銃弾を撃ち込んだ時点でもう、彼は強化《ブースト》を使用していたのだろう。三〇秒が経過し、彼の性能が二万四〇〇〇Pぶん加算される。

——でも、まだいける。

今の彼は八万四〇〇〇P強化士《ブースター》だ。純粋にデータでこちらが上回っている。

できればこの三〇秒間で勝負を決めてしまいたかった。けれど、焦ってはいけない。

「崩月」が怖いから？　それもある。ユーリイに指示されているから？　それもある。

でも、なによりも。

——ま、ちょうど良いよね。

段々と性能が上がる敵、というのは。

キドはレッドマンを相手に、格上との戦い方を学ぶつもりだった。

だからこの三〇秒は練習に使う。レッドマンの動きに慣れて、次の三〇秒——彼が一〇万Pを超えてからの決着に備える。

「いくぜ」

とレッドマンが言った。

「うん。こちらも」

とキドは答えた。出し惜しみはしていられない。

大量のポイントを獲得したキドは、ふたつのその他《オリジナル》を手に入れていた。そのうちの一方を起動する。

——能力名「マジシャンズポケット」、発動。

一歩を踏み出したレッドマンに向かって手を振ると、そこに、いくつものカラフルなボールが現れる。

*

テスカトリポカは戦場を眺める。

検索《サーチ》とは情報の選択と集中の繰り返しだ。知ろうとすればすべてを知れるこの能力は、高度になればなるほど人の手に余る。だから、必要な情報のみを抽出しなければならない。戦いの先を、一秒後を、一〇秒後を、一〇〇秒後を読み、未来でもっとも効果的な一点の情報を掬《すく》い上げる。

現状でのエデンの主力――一〇万Pプレイヤー、キド。

彼の能力は、なかなか素敵だ。

――私に挑戦するみたいじゃない？

だって、戦場に新たな情報を振りまく能力だから。

マジシャンズポケットと名づけられたその能力は、彼によって「印」をつけたものを手元に呼び寄せる。データはすでに暴《あば》いていた。なかなか、縛りが強い能力だ。対象にできるのはひとつあたり一〇〇グラム以下。しかも能力の効果を持つ物は対象にできない。ただし数が多い。彼は最大で三六個までの「印」をつけられる。それで、今、戦場にボールがばらまかれた。

それは特別なところがなにもない、ただのゴムボールだった。跳ね回るそのボールを、キドの射撃《シュート》が掠めるのがわかる。反射弾——トリッキーな射撃士《シューター》が好む特殊弾で、キドもそれをメインに戦うようだ。反射弾の特性で、ゴムボールにぶつかると射線が変わる。動き回る球体の湾曲した表面に当たったとき、どう弾が反射するのかなんてこと、たいていの射撃士《シューター》には読み切れないだろう。たいていの強化士《ブースター》でも、検索士《サーチャー》でも無理だ。

　でもキドはそれを可能にする。強化《ブースト》の中でも、速度と感覚に極端にポイントを割り振った、特殊な近、中距離型射撃士《シューター》。彼は戦場を跳ね回るすべてのボールと、そこにぶつかった反射弾の行方を理解している。

——同じことが、私にもできるかな？

　この検索《サーチ》で。

　きっとできるだろう、とテスカトリポカは思う。

　テスカトリポカの検索《サーチ》は、名目上はＰＯＲＴでもっとも優れている。それは、架見崎でもっとも優れているという意味だ。けれどももちろん、テスカトリポカはそれが嘘だと知っている。本当のトップは、隠されたポイントを多く持つイドだろう。あのユーリイの腹心。

　本当はテスカトリポカは、その地位にいたかった。

　ユーリイに信頼される検索士《サーチャー》になりたかった。

——ＰＯＲＴのトップは貴方でよかった。私はいくらだって貴方につき従った。

　でもユーリイは、テスカトリポカを選ばなかった。

　それは悔しいことだ。でも、納得のいくことだ。

テスカトリポカがユーリイの右腕だったなら、最後には彼を裏切っただろうから。尽くして、尽くして、いくらでも彼のために働いて、最後の最後に。ユーリイが安心しきったとき、後ろから彼を斬《き》り捨ててみたかった。

架見崎のゲームの勝者になるためじゃない。そんなの、別にどうでも良い。

ただ強い人が、テスカトリポカ自身の一手で崩壊する瞬間をみたかった。その砂浜に描いたラブレターが波で消えるような美しいものをみられるなら、あとはもうどうでもよかった。だからユーリイが自分を選ばなかったのは、納得がいくことだ。でも、焦《こ》がれるほどに嫉妬《しっと》することだ。

——イド。貴方には負けない。

検索《サーチ》の性能で劣るとしても、彼より早く、深く、この戦場の本質を読み解いてみせる。

検索士《サーチャー》はそれぞれ、自分の視界を持つ。

今、テスカトリポカは脳内の戦場に、無数の糸を張り巡らせている。その糸が情報の隙《すき》間《ま》に食い込み、中心に触れさえすればすべてを暴ける。そんなイメージ。一方でテスカトリポカからみたイドは、無数の小さな蟻《あり》の群みたいだった。テスカトリポカの糸に食いつき、それを噛《か》みちぎって回る蟻。動きは速く、理性的に統制が取れていて無駄がない。でも。

——貴方はいったい、なにを守っているの？

いちばん多くの蟻が群がっているのは、ホテルの外だった。向かいのビルの屋上に潜むひとり——ＢＪの元。ＰＯＲＴでもっとも優れた射撃士《シューター》である彼に、テスカトリポカの補助《サポート》は届かない。

二番目はニッケル。「例外消去」で敵のその他《オリジナル》をかき消し、強化《ブースト》も射撃《シュート》も使いこなす、スタンドアローンの安定したプレイヤー。この状況では、彼への補助《サポート》も難しい。

でも、どうして？

——そんなところを守って、どうなるの？

違うでしょう。この戦場は。

レッドマンが立つ戦場の主役は、いつだって彼でしょう。

なぜならレッドマンは——レッドマンとテスカトリポカのコンビは、「力任せに月生に勝てる性能」を目指して能力を獲得したのだから。

けっきょく、ユーリイはそのカードを切らなかった。平穏と手を組み、あの月生を追い詰めてみせた。でもＰＯＲＴ単体でだって、月生に勝ち切る算段はあった。

七〇万Ｐ月生用に準備した一撃を、エデンに耐えきれるはずがないのだ。

だからあちらは、なんとしてでもまずレッドマンを落とそうとする。そのはずなのに。

——なにを狙っているの？　ユーリイ。

わからない。でもせっかく空けてくれているのなら、まずはキドから落とそう。

テスカトリポカの糸が、その動きを変える。

*

キドは時間を間違えない。

もともと、アマチュアではあるけれどボクシングで良いところまで行った経験で、とくに一ラウンド三分間はほぼ正確にカウントできる。だからレッドマンが「第三段階」に入るまで、まだ一〇秒ほど残っていることを知っていた。

なのに彼の刃が加速する。目で追うこともできない速度——さすがにレベルは違うが、感じる畏怖《いふ》はあの月生に近いものがある。

——テスカトリポカ。

彼女が動き出したのだとわかった。意識よりも先に身体《からだ》が動いていた。振り下ろされたレッドマンの刃が、キドの前髪を掠めた。焦りを感じたのはその後だった。

やばい。首は。頭は。

このまどろっこしい肉体を、どうにか少しでも速く動かそうと必死なのだろう、心臓が速く激しく伸縮し始める。真下から刃が返ってくる。下がるな。前へ。キドは刀を振り上げるレッドマンの手元を踏みつけて、跳ぶ。

——マジシャンズポケット。

床に転がっていたゴムボールのひとつがキドの手元に現れて、ぽろりと落ちる。そのボールを挟んで、こちらを見上げるレッドマンと目が合う。彼は笑っていた。キドの着地点を斬ることは容易だ、と考えているのだろう。

　キドの方も、すでにそこまでの対処を済ませていた。左右両方の手のハンドガンが光を放つ。右手の一撃は、炸裂弾《さくれつだん》だった。着弾点で爆発するその弾は、確実にレッドマンの移動経路を阻害する。そのはずだったのに。

　――爆発が、ない？

　その光はただ絨毯《じゅうたん》をしいたホテルの床に吸い込まれただけだった。――ああ。テスカトリポカ。彼女の補助《サポート》の半分は味方に手を貸し、もう半分は敵の手を払いのける。遠隔で、特殊弾の効果を解除する、なんてことまでできるのか。

　一方でキドの、左手の射撃《シュート》は意図通りに機能した。ノーマルの射撃《シュート》が、先ほど宙に呼び寄せたゴムボールを打ちぬく。ゴムボールは当たり前に弾《はじ》けて中身をまき散らす。それは、無数の紙吹雪だった。

　ゆったりと、ひらひらと舞う紙吹雪の中で、キドが着地する。レッドマンの刃はもう目の前に迫っている。時間がひどく遅く感じる。おそらくそれは錯覚だった――そんなことができる時間なんてあるはずがなかった――が、キドはふうと息を吐き出す。

　左手のハンドガンで、刀の側面を殴っていた。刃の角度が変わり、キドの右腕を切り裂《さ》く。深くはない。おそらく。痛みは感じない。その右手は、すでに握るハンドガンを持ち替えている。放たれた反射弾がいくつもの紙吹雪で跳ねまわり、背後からレッドマンを撃つ。有効打とは言えないが、背を押される形になり、彼がこちらにつんのめる。

体勢を崩しながらもレッドマンは、攻撃の手を緩めなかった。再び身に迫る刃を、キドは完全に無視した。左手のハンドガンが、正確にレッドマンの眉間《みけん》を捉《とら》えていた。

一撃。レッドマンの身体が後ろに弾ける。

床に仰向けに倒れた彼は、天井を見上げたまま、けたたましく笑う。

「最高だな。強いよ、お前」

キドは首を振る。

――オレではおそらく、この戦いに勝てないだろう。

ハンドガンがレッドマンの眉間を弾くのと同時に、彼の刃はキドの二の腕に食い込み、通り抜けていた。

吹き飛んだ右腕が床に落ち、重たい音を立てる。

＊

ドラゴンにとって、今日の戦いは比較的気持ちが楽なものだった。

敵はＰＯＲＴでも安定した強者として知られるニッケルで、戦力でもポイントにして二万ほどの差をつけられている。それでも、不満はなかった。敵を殺すことを求められていないから。

――お前はひたすら、時間を稼げ。ニッケルの足を止めればそれでいい。

ホミニニのその「言いつけ」を、ドラゴンは頑《かたく》なに守っていた。守備を主体に置いて攻めすぎず、ニッケルの目を自分にくぎ付けにすることに集中していた。相手にとってもそれは、望むことのようだった。レッドマンの勝利を確信しているのだろう、自分自身はドラゴンとホミニニをおさえておけば良い、と考えているのが、彼の戦い方からわかった。

実際、ニッケルとの戦いは、ドラゴンに勝ち目がない。あちらの方が攻撃の射程が長く、移動も速いのが理由だ。ドラゴンにしてみれば距離を取って射撃《シュート》していれば良いのだから、楽な相手だろう。こちらにはホミニニがいるが、彼は射撃士《シューター》としてのポイントはそこそこ――現状で四万P程度だ。ニッケルに有効打を与えられるほどではない。もちろんホミニニも、そのことはよくわかっていて、ふたりの戦いに割って入ろうとはしなかった。へんにホミニニが手を出して、ニッケルがそちらを狙えば、ドラゴンは身を挺《てい》して彼を庇《かば》わざるを得ない。

ドラゴン、ニッケルは共に時間稼ぎが目的で、ホミニニは静観している。三者が三者とも消極的な戦いは、なんだか間延びして感じた。

その状況が一変したのは、切り離されたキドの腕が床を叩いたときだった。

ドラゴンは思わずニッケルから目を離し、キドを注視した。簡単に死に至るダメージなのは明らかだ。なんといっても、腕が切断されたのだから。キドは白い顔で、どうにか立っている。血が吹いて絨毯を濡《ぬ》らす。意識を保っているのが不思議なほどの出血量にみえる。

キドに向かって駆け出そうとしたドラゴンの横顔に、衝撃がぶつかる。――射撃《シュート》。一筋の光のようなそれは、当たってみればハンマーで殴られるのに似ている。

　ニッケルのメインは、あくまで強化士《ブースター》だ。射撃《シュート》には、一撃でドラゴンの意識を刈り取るほどの威力はない。だが、当たり所が悪かったのだろう、脳が揺れるような不快感があった。

「馬鹿《ばか》。集中しろ」

　ホミニニが叫ぶのが聞こえる。ニッケルがスタイルを変え、こちらに走るのがわかる。でも、キドは大丈夫なのか？　助けにいかないと――

　だがそのキドが、床に寝転がったレッドマンに射撃《シュート》する。片腕で、速く、正確に。レッドマンは、いったいどんな風に動いたのだろう、逆立ちに似た体勢で飛び上がり、キドに肉薄する。彼が振り下ろした刃を、片腕のキドが回避する。不思議と危なさを感じない動きで。

「集中しろ」

　ともう一度、ホミニニが叫ぶのが聞こえた。

　その直前、深く、ニッケルの拳《こぶし》がドラゴンの腹に突き刺さった。

＊

　銀縁はソファーに腰を下ろし、軽く目を閉じていた。

　向かいに座ったユーリイがささやく。

「敵に回るなよ」

「貴方の？」

「キドくんの」

銀縁にはホテルの状況が正確にみえていた。片腕を失ったキドは戦いを止《や》めない。彼の動きは速く、正確だ。だが性能は格段に落ちている。片腕がなければ攻撃の手数が半減する。戦場において、攻撃と防御は表裏一体だ。攻められないぶん向こうの攻撃が増える。そもそも人体というのは、痛みを完全に無視できるような構造ではない。血の流れは確実にキドから力を奪い、意識の混濁が増していく。

一方、レッドマンの能力は、時間経過で三つ目の段階に入っていた。一〇万八〇〇〇P強化士《ブースター》の性能は、健常なキドの性能も上回る。状況は一方的と言えた。

だがユーリイの口調は軽い。

「幼い子に、先回りして手を貸すようなことをしてはいけない。彼はようやく、必死に殻を破ろうとしているんだ。君の仕事は失敗だって見守ることだ」

そんなわけがない。シャツのボタンを嵌《は》められないとか、上手く靴下を履けないだとかの、微笑《ほほえ》ましい失敗であればそれでいい。だが、こんなにもはっきりと命に関わる場面で子を見守る親がどこにいる？　幼い子が線路に立ち入ろうとしたなら、なんとしてでもそれを止めるべきだ。

「キドをひいてください」

「用意はある。でも、脱出のスイッチは彼が持っている」

「あれは逃げない男です」

「これまではね。君だって、そのままのキドくんでは不満だろう?」

銀縁がまだキネマ倶楽部《くらぶ》のリーダーだったころ、キドはいつだって素直にその指示に従っていた。勘所の良い優等生だった。でも、何度も繰り返した、もっとも大切なひとつの指示だけは理解しなかった。——逃げろ。生き延びろ。

ユーリイがふっと息を吐く。

「大丈夫だよ。彼は成長する」

「なぜ、そう言えるのですか?」

「知らないよ。でも、君が口先だけだから」

銀縁は口の片端に力を込める。その通りだ。本当にキドを救い出したければ、できることが銀縁にもあった。だが、そちらに舵《かじ》を切れない。

状況は圧倒的だと言えた。すべての面で、キドをレッドマンが上回っていた。おまけにレッドマンには、テスカトリポカまでついている。テスカトリポカは誰と組んでも優秀だが、とくにレッドマンとは相性が良い。

なのに。

——私は、なにをみているんだろう?

銀縁という名の、歳《とし》の離れたキドの友人の目線ではない。

桜木秀次郎《さくらぎしゅうじろう》という名の、かつて息子を亡《な》くし、その面影をキドに重ねている父親としての視点でもない。

検索士《サーチャー》キドとして、奇妙な確信があった。

このまま戦いが進んだなら、勝利するのはキドの方だ。

＊

失《な》くした右腕の断面から、大量の血が流れていた。

この身体はあとどれくらい持つだろう？　わからないが、長くはないはずだ。人間なんて手首を掻《か》っ切るだけで死ぬのだから、切断された腕の傷口をそのままにして、長く生きられるはずがない。

視界は白く霞んでいた。身体の動き以上に思考が緩慢で、ふと気を抜くと、自分がなにをしているのかもわからなくなる。それでも戦いは続く。キド自身が、この戦いを終わらせない。射撃《シュート》、射撃《シュート》。目の前のひとりを倒すまで。

そのひとりが誰なのか、キドにはもうよくわからなかった。

人の形をした怪物と戦っているのだ、という気がしていた。

その怪物とは、たとえばユーリイだ。キネマ倶楽部から銀縁を奪った敵。あるいは、平穏が使うあのウサギのぬいぐるみだ。キネマの面々をなぎ倒し、血を流させた敵。でもどちらも正確ではない。もっと、もっと苛立《いらだ》たしいもの。受け入れようのないもの。ただ強いというだけで我儘《わがまま》を押し通す怪物。キドのすべてを平然と踏みにじる敵。それはたぶん世界の根源的な在り方みたいなもの。

キドは念じる。

――お前を、殺す。

その殺意はよく身体に馴染《なじ》んだ。

愛だとか勇気だとかの素敵なものではなくて、希望だとか願望だとかのポジティブなものではなくて、まるでキド自身もそこにいないような、純粋な殺意が肉体を動かした。

キドにはもう、戦場がみえない。臭《にお》うのは自身の血ばかりで、耳元ではきぃんと高いノイズが流れる。肌に感じる空気もない。痛みを忘れるのと一緒に、そんな繊細なものも消えてなくなった。口の中は、なぜだろう、仄《ほの》かに甘い。

五感が壊れた身体は、だが敵の攻撃を避け続けていた。だって今、もう一撃受けてしまえば、こいつを殺せないから。床に広がった自身の血が踏まれる感触が、キドにまで伝わるようだった。

刀。きらめく。妙に眩《まぶ》しい。

回避は間に合う、と確信したとき、刃が動きを変える。速い。

「お前はよくやったよ」

そう声が聞こえた気がした。――「崩月」。人智《じんち》を超え、人心を踏みにじる暴力。

キドはその一撃を回避するため足を運ぶ。なぜだか、避けられるような気がしていた。

直後、身体が宙に放り出される。空を飛ぶような浮遊感――違う。錯覚だ。身体が崩れ落ちる。血で足を滑らせたのだろうか、純粋にこの身体が限界を迎えたのだろうか。わからないが、キドが転倒することはなかった。

直後、キドの脇腹《わきばら》に刃がめり込んで、その凶器が身体を支えた。

＊

先ほどからレッドマンは、不思議な恐怖を感じていた。

この死にかけの相手に――片腕を失い、今もまだ血を流し続ける男に、攻撃が当たらない。躱《かわ》される。躱される。躱される。何度刀を振っても。

――こいつは異様に、勘が鋭い。

みえるわけがない速度の攻撃を見切っている。まるで「回避」という結果に向かって、現在が逆算されているような異様なものを感じる。速度だとか技術だとか、そんなありふれたものではなくて、もっと魔的な。完全にランダムに転がるサイコロの出目を言い当てられ続けているような薄気味の悪さだ。

だから、レッドマンは「崩月」を使おうと決めた。

圧倒的な力で、目の前の気味の悪いものをさっさと叩き潰《つぶ》しておくことにした。

現状、レッドマンの強化《ブースト》は一〇万八〇〇〇P相当。「崩月」の効果が乗れば三二万四〇〇〇P。たかだか一〇万Pが対処できる性能差ではない。相手が本当に天才だったとしても、どうにかはいはいを覚えたばかりの赤子の身体で、虎《とら》やライオンからは逃れられない。

「テスカトリポカ」

彼女の名をささやくと、端末から返事がある。

「気が早いわね。でも、補助《サポート》は万全に」

本来、「崩月」は使用者にとっても危険な能力だ。効果時間の三秒を終えると、強化《ブースト》の効果が途切れ、再使用までに三〇秒もの空白が生まれる。だがテスカトリポカがいる戦場ではそうではない。彼女の補助《サポート》はその三〇秒を無視し、強制的に強化《ブースト》を再使用させる。

端末を叩く。

「お前はよくやったよ」

とささやいた。キド。優れたプレイヤーだった。

急速に世界が拡大されるような全能感が湧《わ》き上がる。

だがそれから先、なにが起こったのか、レッドマンには理解できなかった。

＊

テスカトリポカはその攻撃を察知していた。

――なるほど。狙《ねら》いは私か。

敵プレイヤー、藤永が、長距離高威力の射撃《シュート》を続けざまに放つ。その光がまっすぐにこちらに伸びている。彼女とテスカトリポカのあいだにあるいくつもの壁にぶつかり、打ち破り、一発ごとにこちらににじり寄る。

――イドの本来の目的は、私の位置の検索《サーチ》だった。

だから、こちらの補助《サポート》を泳がせた。レッドマンの補助《サポート》に能力を使っていると、こちらの位置を隠しきれない。

――でも、無駄。

三万のポイントを持つ遠距離射撃士《シューター》、藤永は無視できるプレイヤーではなかった。その射程が自分まで届くことをテスカトリポカは知っていた。

――私の補助《サポート》は、半分は敵の弱体化《デバフ》に使う。

この手の補助士《サポーター》は、架見崎にはまずいない。接触しなければ敵を弱体化させられない能力はあまりに使い勝手が悪い。だが「天糸」がその弱点を消し去る。

藤永の強制的な弱体化――今回は素直に射程を削り、テスカトリポカをその範囲外に置いた。

――ユーリイ。こんなもの？

残念ね、とささやいて、レッドマンに繋《つな》がる糸を辿《たど》る。

テスカトリポカは「天糸」の他にも、ふたつの象徴的な能力を持っている。その一方には「再宴」と名づけた。補助《サポート》に分類されるこの能力は、対象の能力の効果時間を強制的に延長する。

本来、「再宴」はレッドマンの強化《ブースト》の効果時間を延長することを想定した能力だ。時間経過ごとに性能が増す代わりに、強化《ブースト》を再使用すると弱体化する彼の「ヒーローは救えない」との相性が極めて良い。だが今回は、すでにレッドマンが「崩月」を使ってしまっている――「崩月」は強化《ブースト》を強制的に解除する――ため意味がない。

その「崩月」も「再宴」で延長可能だが、こちらは非常に効率が悪い。「再宴」は、対象の能力の本来の効果時間を五割伸ばすため、もともと三秒間しか効果がない「崩月」に使用する場合、一・五秒ごとに「再宴」し続ける必要がある。月生のような大物が相手であればそういった方法もやむなしだが、相手がキドでは勿体《もったい》ない。

だからテスカトリポカは、また別の能力を使うことにした。「偽手」。検索《サーチ》に分類されるこちらは対象の端末を強制的に操り、テスカトリポカが望む能力を使わせる。

――だから、これで盤石。

レッドマンの端末にアクセスし、「崩月」からちょうど三秒後、効果が切れた「強化《ブースト》」を再使用した。

そのはずだった。なのに。

次の瞬間、戦場に張り巡らせた「糸」がまとめて千切れて四散し、脳を揺らされるような不快感がテスカトリポカを襲った。

*

ドラゴンの拳がふいにその勢いを失い、ニッケルは顔をしかめた。

——これは。

自身の能力の効果だ。「例外消去」により、ドラゴンが受けていた「オレの願いはお前の願い」が解除された。だが。

ニッケルは適切なカウンターでドラゴンの顎《あご》を叩きながら、考える。

——オレは、能力なんて使ってないよ。

使いたくても、使えなかったのだ。「例外消去」は効果範囲内のすべてのその他能力《オリジナル》の効果を消し去る。もちろん、テスカトリポカの「天糸」もレッドマンの「ヒーローは救えない」や「崩月」もそこに含まれる。

何者かが、なんらかの方法で、強引に「例外消去」を発動させた。

ニッケルにはその手順がわからなかった。

ただ、最悪のタイミングで——あちらにしてみれば最良のタイミングでそれをやり遂げたのだ、ということはわかる。

レッドマンの「崩月」が解除されると、彼にはコストだけが残される。つまり強化《ブースト》が途切れ、生身の彼が戦場に現れる。

——レッドマン。

彼を、落としてはいけない。

そう考えた直後、ニッケルの側頭部を衝撃が射抜いた。

＊

ユーリイの向かいで、イドが息を吐く。

「終わりました」

「うん。お疲れ様」

ユーリイが彼に頼んでいた「極秘任務」は、テスカトリポカの支配だ。つまり彼女が検索《サーチ》する情報を書き換え、虚偽のデータを元に戦況を判断させる。

テスカトリポカはレッドマンが、およそ三秒——正確には二・八秒早く「崩月」を使ったと信じていた。だから「崩月」使用のたった〇・二秒後に、彼の強化《ブースト》を再使用しようとした。

この程度の誤情報を流すくらいであれば、イドでなくても優れた検索士《サーチャー》ならやれる。テスカトリポカが充分に注意深ければ、なにか違和感に気づけたかもしれない。だが藤永からの射撃《シュート》で目を逸《そ》らした。

どちらかといえば、難しかったのはレッドマンの「崩月」使用のタイミングを正確に知ることだった。これにはエデンの、撫切《なでぎり》というプレイヤーの能力を使った。

彼が持つ、「スリーセブンの予言者」と名づけられた能力は、少しだけ未来の景色を覗《のぞ》きみる。その未来は、七秒後、七分後、七時間後からランダムに選ばれる。少し使いどころが難しい能力ではあるけれど、「レッドマンが崩月をいつ使うのか？」という、一点を読むだけであればそう難しくない。

イドが異様なのは、その先だった。

彼はテスカトリポカの検索《サーチ》を、強引に取り違えさせた。

情報を歪《ゆが》め、偽り、ニッケルの「例外消去」とレッドマンの「強化《ブースト》」を見事に入れ替えてみせた。テスカトリポカはレッドマンの端末に糸を絡めているつもりだったが、本当はそれはニッケルの端末だった。「偽手」により「強化《ブースト》」を再使用したつもりだったが、それこそが「例外消去」だった。他者端末を操作して能力を使用し直させるようなこと、テスカトリポカにしかできはしないのだ。だから彼女自身を使い、「例外消去」を発動させることにした。

ユーリイは多少の検索《サーチ》の知識を持つ。だからこの情報操作が極めて困難だと知っている。テスカトリポカ自身も優れた検索士《サーチャー》であり、いってみれば、絵画鑑定の専門家の前でリアルタイムに贋作《がんさく》を描写し続けだまし切るような技術がいる。通常であれば不可能だと判断するが、イドは「おそらくできる」と言い、実際にやってみせた。

疲れ切った様子でイドがささやく。

「キドを引いてください。彼は役割を果たしました」

「うん。もちろん」

彼が最後の仕事を終えれば。

キドには、ひとりを殺せと命じている。

＊

レッドマンの刃が、キドの脇腹にめり込む。

本来であれば簡単に胴を切断するはずのそれが、あばらに当たって止まっていた。急速に力が抜けるのを、レッドマンは感じる。「崩月」の、そして強化《ブースト》の効果の消滅。どうして――

疑問符を置き去りにして、レッドマンは床に転がる。生身になった自分を殺すことは容易だ。キドの一撃で自分は死ぬだろう、と確信していた。でもそうはならなかった。

キドはたしかに射撃《シュート》を放ったが、それは大きくレッドマンを外していた。

――こいつも、ようやく限界を迎えた？

違う。キドが狙ったのは、ニッケルだ。

――オレを、無視するのかよ？

このオレを。ＰＯＲＴでも最強と言われたオレを。

その判断は正しい。三〇秒もの長いあいだ、レッドマンは生身のままなのだから。いつでも殺せる。なんの戦力にもならない。後回しで良い。

わかっていたが苛立って、床に転がったままキドを見上げる。

目に映ったのは、黒い右腕を持つ異形の生物だった。

なんだ、これは。キドなのか？

目を見開いた直後に、レッドマンの胸に大穴が空いた。

5

ふいに視界が晴れる。

耳鳴りも消え、静かだ。ただきつい血の臭いが、なんだか煩《わずら》わしくはあった。

キドはユーリイから、ふたつの指示を受けていた。一方は、「時間をかけて戦え」。そしてもう一方は、「切り札《オリジナル》を使うのは『崩月』のあとで」だった。

キドはふたつのその他能力を獲得している。「マジシャンズポケット」と、もうひとつ。劇的に戦況を左右するほどではないけれど、キドの切り札。

――強い相手と戦ったら、オレなんて簡単に死んじゃうよね。

そう思っていたから、本当は死なない能力が欲しかった。でもさすがに「不死身」なんて能力は、冗談みたいに高いだろうから、せめて死ぬまで戦い抜ける能力にした。

能力名、「ダークハート」。

その能力は効果の発動中、強引に肉体の欠損を埋める。片腕が切り離されれば新たな腕が現れ、脇が切り裂かれてもそこが塞《ふさ》がれる。失った血液まで補塡《ほてん》される。ポイントで買えた効果時間は一〇分間だった。その効果の発動中は、すぐに傷が治る、くらいの効果だと思っていたけれど。

キドは、自身の右腕をみて笑う。

——こんなビジュアルなのかよ。

そこにはキド自身のものではない、なにか黒くて禍々《まがまが》しい、でも妙に簡素化されたデッサン人形みたいな腕が生えていた。運営の趣味なのだろうか、未来的なサイボーグみたいな感じもして、少年のころなら心躍ったかもしれない。

その右手でハンドガンをつかみ、ニッケルを射撃《シュート》する。

——他は良い。ニッケルを殺せ。

とユーリイには言われている。だがそのためにはレッドマンが邪魔で、まずは彼から片付ける必要があった。レッドマンの方は、今は床に転がっている。とどめを刺しておこうかな、とキドは迷ったけれど、その必要はなかった。間もなくホミニニが射撃《シュート》して、彼の胸に大穴が空く。未《いま》だに、人が死ぬところをみるのは苦手だ。

先ほど、側頭部を撃ったニッケルが、床を転がり立ち上がる。

合計で一〇万P持つ彼が、不思議と少しも怖くなかった。動きのすべてがよくみえた。レッドマン戦の後半で、新しい感覚器官が目覚めたような感じがする。視覚でも聴覚でもなく、強いて言うなら触覚で、背中のかゆい位置が目でみなくても正確にわかるような感じで、相手の動作や意図がわかる。

なんにせよ、ニッケルの次の一手は明白だった。

彼は端末を取り出す。キドの「ダークハート」を解除するために、「例外消去」を使いたいのだろう。キドはすでに射撃《シュート》を放っていた。彼の手の中から端末が吹き飛ぶ。それがどう壁に当たり、どう跳ね返って、どう絨毯の上をすべるのかまでキドにはみえていた。

ほんの数歩、歩いてその端末を拾い上げる。

――これでもう、詰め切った。

ニッケルの強化《ブースト》は、まだ一分少々時間を残しているはずだ。けれどキドの「ダークハート」は一〇分間も持つ。そのあいだ、基本的にはどうやってもキドは死なない。

ニッケルの端末を預かったまま時間が経過するのを待てば、やがて彼もレッドマンのように生身に戻る。仕留めるのは容易だ。

あちらもそれがわかっているのだろう、軽く両手を上げて、言った。

「待て。投降する」

ユーリイからの指示は、ニッケルを殺せ、だけれど。律儀《りちぎ》にそれに従うのも馬鹿馬鹿しいなと思ったとき、キドの端末から、ユーリイの声が聞こえた。

「受け入れて良いよ。彼の身柄はこちらで確保する」

「了解」

終わった。どうにか。生き延びた。

あとは「ダークハート」の効果が切れるまでに、回復能力持ちと合流し、傷を治してもらえば良い。全快でなくたって、どうにか死ななければ、間もなくループだ。それで右腕も元に戻る。

ふっと安堵《あんど》の息を吐いたとき、別の声が聞こえた。

「逃げろ」

懐《なつ》かしい声だった。いつもは優しい、銀縁の声。

だが今、その声は荒々しく叫んでいた。

――いったい、どうして。

ともかく彼に従おう、と決めた直後に、強烈な衝撃がキドの視界を揺らした。

＊

ＢＪは一撃必殺を美学にしている。

射撃士《シューター》というのはそうあるべきなのだ、と信じている。

戦場に立ち、ぱたぱた走り回って弾を撃つのは派手ではあるが、そんなもの強化士《ブースター》にでも任せておけば良い。ＢＪに言わせれば、クールではない。射程と、一撃の威力。それから決定的なタイミングを待つ忍耐力。この三つが本来の、射撃《シュート》の華だ。

今回の戦場でも、それは変わらなかった。

ＢＪは息を潜め、静かにその瞬間を待ち続けていた。

遠距離射撃士《シューター》は通常、検索《サーチ》を併用する。だがこの戦場はジャミングが厚く、早々に切り捨てた。もともと、ＢＪはスコープ越しの視認での射撃《シュート》を好む。

キドの負傷も、レッドマンの死も、決定的とはいえなかった。ガムを噛みながらそのふたつを見逃したＢＪの目に、ようやく、待ちわびた光景が映った。

戦場における集中力の途切れ。人間の集中力は、それほど継続しない。本気の殺し合いのさなかであれば、数分に一度は息が途切れる。

だが、そのありふれたものこそが、敵を破滅させる。それを手に入れるためであれば、レッドマンの命も、ニッケルの命も惜しくはない。あのふたりはＰＯＲＴ内でも強者だが、ＰＯＲＴのすべてには程遠い。

射撃《シュート》。一撃。致命的。

どこまでも威力を高めたそれが、キドの頭を吹き飛ばした。

＊

目の前で、キドの頭が弾け飛び、首から噴き出したのは血ではなかった。

なにか泥のような、粘性のある黒い流体だ。それがとりあえず、大まかには人の顔の形になる。

ホミニニは慌《あわ》てて部屋の奥に逃げながら口を開く。

「大丈夫なのかよ、それ」

「今は」

と、黒い仮面のような顔になったキドが答える。

「でも、これは、やばいな。能力が切れたら、たぶん死ぬと思います」

それはそうだ。やばい。弾け飛んだ頭を治せるような回復能力は、まず架見崎にない。普通は頭がなくなれば即死なのだからそのレベルの回復に意味はない。「ダークハート」の効果時間は一〇分――どう頑張ろうが、一〇分後にキドが死ぬ。

――まあ、それは別に、いいっちゃいいんだが。

ホミニニはキドと親しいわけではない。いちおう、形の上では仲間だが、それもこの対PORT戦のあいだだけだろう。戦場で人が死ぬのなんて当然で、これまで何度も経験してきたことで、とくに胸が騒ぎもしない。だがキドがユーリイやホミニニの制御を離れるのは厄介だ。こいつには一〇万ものポイントを預けている。

――さて、どうしたもんかな。

というか、どうにかなるのか、これ。状況は絶望的に思える。

そのときキドの端末から、妙に優しい声が聞こえた。

「逃げろ。生き延びろ」

イド。一時は銀縁って名前で、キネマ倶楽部のリーダーをしていた男。

彼は言った。

「あとは私がなんとかしよう。君は休め。もう充分、戦った」

なにをどうすればなんとかなるのか、ホミニニにはわからなかった。イドがいかに優れた検索士《サーチャー》であれ、キドの死は書き換えられないのではないかという気がした。

だが、もしもみんな口から出まかせだったとしても、悪くない手だ。

ともかく今はキドに裏切らせないことが重要だ。

「逃げるぞ」

ホミニニはキドの背を押す。

この戦場にもう用はない。大切なのはニッケルの無力化で、それは端末を奪ったことで達成された。あいつはもう能力を使えない。

ホミニニとキド、ドラゴンが、並んで戦場から逃げ出す。

＊

ユーリイはイドに通話を繋がせて、手短に、銃弾とパラミシワールドの一ページを使わせる指示を出した。

ニッケルを確保するためだ。端末を失った今、彼はもう「例外消去」を使えない。銃弾を使ったワダコの「ルンバ」と「パラミシワールド」の連携を遮ることは難しく、あちらも取り立てて抵抗はしないだろう。ニッケルのことはよく知っている。チームへの忠誠心が厚いタイプではなく、充分な理由があればこちらに寝返る。

――でも、新しい問題が生まれたね。

キド。彼は甘い。

レッドマンと渡り合ったのだから、ＢＪの一撃くらいは避けて欲しかった。彼にはどうやら正しい教育がなされていないようだ。殺意に身を委《ゆだ》ねることを覚えたのは、戦士としては頼もしい限りだが、自衛の意識が薄ければ脆《もろ》い。

　ユーリイとしては、この戦闘でキドを失っても、別におしくはなかった。

でも、目の前に、そうではない男がいる。

「どうするの？」

　イドは軽く、首を傾《かし》げてみせる。

「彼を生存させる能力は？」

「僕が知る限り、ふたつ。共にＰＯＲＴが持つ」

「私も同じです。では、ＰＯＲＴと交渉するしかないでしょう」

「僕は乗れないよ」

「ええ。ですから、私ひとりが」

　そうか。まあ、そうなるか。

　これからイドがしようとしている交渉は、条件が最悪だ。まず、こちらが欲しいものが見え透いている。それを自分たちしか持っていないことを、あちらは確信している。さらにタイムリミットまである。「ダークハート」の効果が切れるまで、もう残り八分三〇秒程度しかない。

　つまり、相手の言い値がなんだって通る交渉だ。

　あちらはイドに、すべてを差し出すことを求める。イドはそれに応じるだろう。

「残念だよ。まったく」

「ええ。私も、貴方《あなた》との決別がこんな形になるとは」

「それもそうだけどね。ワインの用意をするべきだった」

最後に、乾杯くらいはあって然《しか》るべきだった。戦友との別れなのだから。

イドがソファーから立ち上がり、深く頭を下げる。

「では」

「うん」

さようなら、とは言わないでおく。

彼との別れは、口数が少ない方が似合うような気がして。

静かな足音で、イドが退席する。

第三話　群れからはぐれた狼《おおかみ》の鳴き声みたい

1

どうしてわからなかったの？　とパンが言う。

だが、そんなことを言われても困る。顔をしかめて香屋《かや》は答える。

「検索《サーチ》で相手に端末を取り違えさせられるなんて、知らないよ」

できる、と知らないことまで言い当てられない。だいたい「例外消去」がＰＯＲＴにとっても急所になることはわかっていたから、その旨《むね》の連絡は入れている。ニッケルが裏切る可能性は？　あるいは、ニッケルの能力を強引に奪うような方法は？　そういったことには備えておいた方が良い、と開戦前に報告した。それ以上、詳細を詰められるだけの知識が香屋にはなかったのだから、あとはＰＯＲＴの責任だ。テスカトリポカという人が一流の検索士《サーチャー》なら、自分で気づけと言いたい。

だがＰＯＲＴのリーダーに文句をつけるのも怖いから、香屋は話題を変える。

「まだ殺すつもりなの？」

開戦から二〇分。戦況は今、大枠では膠着《こうちゃく》している。

ホテルでの戦いで、ＰＯＲＴ側のレッドマンが落ち、ニッケルが端末を奪われた。これは大きなビハインドだが、全体をみればＰＯＲＴが押している。「その他大勢」の性能が違いすぎるのだ。ＰＯＲＴの部隊はエデンに深く踏み込み、瞬《またた》く間に蹂躙《じゅうりん》した。すでにエデン側は二〇名に迫る死者を出したらしい。

それに対し、平穏な国は同じアナウンスを繰り返している。

平穏の領土に逃げ込めば安全を約束する、というアナウンスだが、これの効果は薄い。エデンの北側をＰＯＲＴの部隊が占拠し、平穏へのルートを断ち切っているのがいけない。ＰＯＲＴの戦力を横断して平穏へ、というのは夢物語で、誰も実行しようという気にならないだろう。

パンは感情を感じさせない声で答える。

「死にたくなければ、こっちに投降すれば良いでしょう？　死にたい人まで助けられるわけがない」

「助けられるだろ。別に、そんなの」

「え？」

「いや」

相手が命懸けで戦っていようが、戦力に圧倒的な差があるのなら、殺さず勝ち切ることだってできる。これはあくまで戦争で、どう表現しようがエデンを殺しているのはＰＯＲＴだ。やり方はある。

　けれど、そんな議論に意味はない。もう少し状況がまともであれば、いくらだって言い合ってやるけれど、今はもっと優先すべきことがある。時計の針が動くごとに人の首をはねていくような状況なのだから、効率は無視できない。

「ともかく、ユーリイがまずニッケルを狙《ねら》ったのは明白だ。それが成功したんだから、向こうはずるいくらいに効果的な方法を手に入れた」

「ユーリイの能力」

「うん」

　怖《おそ》ろしいことに、その詳細はＰＯＲＴさえ知らないらしい。

　とにかく、洗脳系の能力。それも強力で、まずまず広範囲に及ぶもの。

「貴方《あなた》なら、どう使う？」

「僕は関係ない。ユーリイならきっと、ＰＯＲＴの市民を扇動する」

　ＰＯＲＴの戦闘に関わらない、多くの市民たちを煽《あお》り、洗脳し、ＰＯＲＴで内乱を起こす。その準備はすでに終えている。開戦前にエデンが流した、「選別」と「栽培」の話がそれだ。

　今、ユーリイの洗脳能力で市民たちが立ち上がれば、事情を知らない周囲からは本物の怒りにみえるはずだ。なんて苛立《いらだ》たしい、正義の旗の振り方だろう。まず洗脳された一部の人間が立ち上がり、正義を叫びながら命懸けで内乱を起こせば、洗脳されていない人たちだってそれに呼応するかもしれない。正しいものに酔いしれて、間違った道を進むかもしれない。正義と怒りは伝播《でんぱ》しやすい。なら、能力の効果範囲を超えて広くユーリィの洗脳は成功する。

　むしろ楽しげに、パンが言った。

「それで？　今度こそ、貴方ならどうする？」

　もしも香屋が、そのユーリィに対抗するＰＯＲＴ側だったなら。

「降参する。それができないなら、市民を平穏に逃がす」

　敵につく可能性が高い仲間なんて、みんな戦場から押し出す。本当にそうする。

　だがパンの考えは違うようだ。

「真面目《まじめ》に答えて」

「本当に。それが、僕が思いつく最適解だ」

「たしかに暴動は面倒。でも、怖くはない。ほとんどポイントも持っていないような連中なんだから」

「ループがある。能力は関係ない」

「ループ？」

　宣戦布告から、ずっと考えていた。ユーリィが、ループの一時間前なんて極端なタイミングでの開戦を選んだ理由。でも、わかった気がする。

「ＰＯＲＴというのはルール上、ひとつのチームじゃない。円卓の九人がそれぞれ部隊を持つ、九つのチームだ」

「ええ。それが？」

「ならユーリイの勝利条件は、ＰＯＲＴの主力たちが自分の領土にいない状況でループを迎えることだ」

ループを迎えた翌日は安息日と言われる。すべての交戦状態が解除され、宣戦布告も行えない一日。そのとき、ＰＯＲＴ内だったとしても自身の領土にいないプレイヤーは、能力を使えない。

ふ、と端末の向こうのパンが笑った。

「なるほど。能力を使えなければ、無能力者の数の暴力に殺される」

「うん。ユーリイはこれから、ＰＯＲＴの市民たちを扇動する。洗脳能力で立ち止まれない彼らは大勢死ぬ。ＰＯＲＴに殺される。怒りが充満したところでループを迎える。そしてループが明ければ、目の前に、能力を失った君たちが立っている」

石くらい投げるだろう。棒切れくらい振るだろう。端末を奪い、場合によっては殺すだろう。それでＰＯＲＴは崩壊する。

そしてその暴動に、周囲のチームは手を出せない。だって事が起こるのは安息日なのだから。平穏な国も世界平和創造部も指をくわえてみていることしかできない。ユーリイは理想通りの状況でこのループを終えれば、次のループの頭で、自動的に勝利する。

「ありがとう。つまり私は、円卓の連中に、自分の部隊の領土から出ないように厳命すれば良いのね」

「それはそれで、詰む」

「どうして？」

「ＰＯＲＴというのは本来、そういう風に戦うチームではないから」

円卓――各部隊リーダーが極力均等に力を持つ、突出したプレイヤーがいない代わりに能力の組み合わせで効率的に戦力を高めるチーム。そのポイントの運用は正しい。個人としての最強が月生《げっしょう》だったように、チームとしての最強はＰＯＲＴだ。でも。

「ＰＯＲＴは分断に弱い。各部隊に分断されてしまえば、中堅チームがいくつかあるだけだ。ならエデンで落とせる」

　エデンは現状、「最強の中堅」なのだから。

　ＰＯＲＴが最大手の強みを捨てたとたん、順位がエデンの下まで落ちる。

「残り、たった四〇分よ。エデンにどれだけのことができるっていうの？」

「さあ。部隊のひとつやふたつは落とすんじゃない？」

「それでも半分以上の部隊が残る」

「いや。ひとつかふたつで、ユーリイは過半数だ」

「どういう意味？」

「円卓は九人。過半数は五人。ユーリイ派が五人いれば、円卓の決定でＰＯＲＴはエデンに降伏する」

「戦闘中はリーダーの決定が絶対」

「安息日が戦闘中なわけないだろ」

「そうね。ルール上は」

「きっと新人のふたり――酔京《すいきょう》と馬淵《まぶち》はユーリイ派。レッドマンが落ちているから、その補充の人員に息がかかっていればこれで三票」

「あとふたり落ちて入れ替われば、あっちが五票になるってこと？」

「まだある。ニッケルの扱いは？」

「ニッケルは敵への投降が確認された。おそらく、円卓から外れることになる」

「これで四票。あと一票。銀縁《ぎんぶち》さんは？」

「こちらの支配下にある」

「嫌な表現だね」

「言い回しで誤魔化しても仕方ないでしょう？　あの人は、テスカトリポカと交渉中。間違いなく、投票は私に従う」

「そう。だとしてもすでに、ユーリイに四票。あとひとり落とせば良い」

　実のところ、ユーリイの狙いに、香屋だって確信を持っているわけではなかった。とにかく理由をつけてＰＯＲＴの市民たちを平穏に逃げ込ませるのが目的だった。でも、みんな口から出まかせというわけでもない。

決戦は頭だけ。そこで勝ってしまえば、あとはユーリィの思うまま。続いて市民を使い、敵の戦力を分断し、最小限の労力で必要なところだけ落とす。最後は議会で決着をつける。この組み立ては、香屋がイメージするユーリィに似合っている。

短い沈黙のあとで、パンが言った。

「円卓のルールを変えれば、その話は崩れる。新しく円卓につく議員をこちらで選別するだけで、投票数の理屈は成立しなくなる」

「できるの？」

「今の円卓でルール変更の評決を取ればいい。まだ円卓は、ユーリィに染まっていない」

交戦中の、ループまで四〇分を切ったこのタイミングで、内側の政治を動かしている余裕なんてあるのだろうか。

パンはおそらく負けず嫌いなのだろう。口早に続ける。

「そもそもこんな状況で、律儀《りちぎ》にルール通りにチームを運営しようなんていうのが愚か。そんなの無視すれば良い。私が好きなようにやる」

それは困る。大勢死ぬ。

「認めろよ。ここまでの戦いは、負けだ」

そうだろう？　どう言い繕ったところで。

そもそも、すでに円卓のふたりが落とされているんだ。主力のふたりだ。開戦前から銀縁――イドはあちら側。残りの円卓のうちふたりは向こうについている可能性が濃厚で、エデン側の核になるユーリィの能力を打ち消すカードも失った。戦いはこの先、エデン有利に流れることが目にみえている。今さらチーム内で我儘《わがまま》を通したところで、状況は変わらない。

「僕なら間違いなく降参する。明らかに被害が少ない。それが嫌なら、ノイズになる市民は全員、平穏に逃がす。残った主力だけで、まっすぐにユーリィを落としに行く。他の戦い方はみんな自傷みたいなものだ」

香屋にしてみれば、ＰＯＲＴが勝とうがエデンが勝とうが関係ない。パンとの取引があるから、どちらかというとＰＯＲＴが勝った方が嬉《うれ》しいが、あんな口約束が本当に守られるかわからない。だがパンを裏切れもしない。

彼女から、キドの現状を聞かされたからだ。

キドは頭を吹き飛ばされ、「ダークハート」という能力の効果でどうにか生きている。頭が吹き飛んでも治せる能力を今から探すのは現実的ではない。香屋が知る限り、最高の回復能力を持つのはトーマだが、彼女は架見崎《かみさき》から姿を消している。

なら、対処法はふたつしかない。「ダークハート」の効果が途切れて死亡したキドを、パンの能力で生き返らせるのがひとつ。「ダークハート」の効果をループまで継続させるのがもうひとつ。

現在は後者が選ばれている。テスカトリポカは「再宴」という能力で、他者の能力の効果時間を延長できる。「再宴」を繰り返し、「ダークハート」で日づけが変わるまでキドが生き延びたなら、ループの効果で彼は全快するはずだ。その決定権を握ることで、PORTは銀縁に首輪をつけ、さらに香屋の裏切りを封じ込めている。

「PORTの精鋭でユーリイを落とす方法を議論するっていうなら、僕も協力するよ。遠距離攻撃が得意なBJと、補助《サポート》に特化したテスカトリポカのコンビを主軸に戦い方を組み立てれば、ユーリイに届く目算はある。でもそのためには、PORTの市民を平穏に逃がす必要がある」

　まずはユーリイの洗脳能力の価値を落とさなければならない。内側に爆弾を抱えたままでは、攻め方だって限られる。

　パンはずいぶん長いあいだ、沈黙していた。

　それから、香屋にとっては唐突に聞こえる質問を口にした。

「月生とユーリイ、優秀なのはどちらだと思う？」

なんだ、それ。

「今はそんなこと――」

「いいから答えて」

　つい、小さく舌打ちした。本当にそんな話をしている場合じゃない。ユーリイが今すぐにでも次の手を打ってもおかしくない。急がなければいけないのに。

「優秀の定義による。今、正面から向かい合って戦えば、勝つのは月生さんだ」

「ユーリイの方が上だっていう定義もあるの？」

「現に以前の戦いで、ユーリイは月生さんを追い詰めていた。充分な時間をかけて準備するならユーリイが勝つかもしれない。でも、今は僕がそれを許さない」

月生を失うわけにはいかない。

今回の戦いで、香屋には大きな収穫があった。ＰＯＲＴとエデンの詳細なデータを手に入れたことだ。共にパンから渡されたものだから、どこまで信用できるのかは疑問が残るけれど、少なくともかなりのところまでユーリイの手札がみえた。

パンの声は、なぜだろう、場違いに楽しげだ。

「貴方、読み合いでならユーリイに勝てるつもり？」

わからない。そんなの。考えるだけ無駄だ。

「信じるしかないことだって、あるだろ」

「勝てるって？」

「違う。勝つ方法はあるはずだって」

ユーリイなんかと戦いたくない。できる限り、仲良くしていたい。それでも、どうしても目的が噛《か》み合わなくて、戦いを避けられないなら、信じるしかない。無根拠に勝ちを信じるのは愚かだ。正しい恐怖から目を逸《そ》らしているだけだ。でも、なんとか勝てる方法はあるんだという前提を信じて、思考し続けるしかない。

この大事なときに、パンは場違いな話を続ける。

「貴方にとって、架見崎で総合的に強い五人は？」

「ねぇ。本当に、そんな話をしてる場合じゃない」

「そうね。だから、早く」

くそ。馬《ば》鹿《か》げている。

「トーマ、ユーリィ、月生さん、白猫《しろねこ》さん、銀縁さん」

誰が選んでも、だいたいこんなところだろ。もちろん多少、流動的ではある。平穏をある程度自由にできるリリィが入ってもおかしくない。場合によっては、テスカトリポカあたりも非常に有効なカードになる。戦場ごとに有利な人が変わる。その中で、トーマとユーリィは自分から有利な戦場を作り出せる、という点で頭ひとつ抜けている。

「貴方は入らないの？」

「入るわけないだろ」

「どうして？」

「簡単に殺せるから」

香屋は殺されないために、いつだって自分の殺し方を想像している。それが、あんまり簡単で苦しくなる。目的に向かって進む過程で、疑わしくても信じていることにしなければいけない相手が多すぎる。

パンがささやく。

「なるほど。決めた」

「なにを？」

「ＰＯＲＴは負けておくことにする」

話の繋《つな》がりが、わからない。

「エデンに降参するってこと？」

「いいえ。このまま、なにもしない。ユーリイがどこまでやるのかみておきたい」

なんだよ、それ。パン。この子は、なんなんだ。

感情の在り方みたいなものがわからない。まるで、すべてに興味がない。というか、ようやく熱を感じたかと思うと、次の瞬間にはもう冷めている。本当に架見崎の戦いを、ただのゲームだと思っているみたいに。

「ありがと。じゃあね」

とパンが言った。それきり、彼女の声は聞こえなくなった。

香屋は「パン、パン」と繰り返し呼びかける。次に端末から聞こえてきたのは、月生の声だった。この通話は、月生の検索《サーチ》能力で繋いでいる。

「暇だからその辺りを散歩してくる、とのことです」

と彼は言った。

香屋はうつむき、額をおさえる。

こっちは、興味もないＰＯＲＴのために頭を絞っているっていうのに。

――パンの狙いが読めない。

彼女の優先順位みたいなものがわからない。あの子は、ただの暇つぶしのためだけに架見崎にいるとでもいうのだろうか。

「月生さん、お願いがあります」

「はい。なんですか？」

「銀縁さんに、メッセージを」

ずっと、彼が欲しかった。銀縁が、「ウォーター＆ビスケットの冒険」の監督と脚本を担当した桜木秀次郎《さくらぎしゅうじろう》が。彼と連絡を取るタイミングと、交渉の材料になるものを探していたけれど、みつからなかった。

でも、そのタイミングというのが、今なのかもしれない。

交渉の材料が、キドの命なのかもしれない。

月生が言った。

「メッセージの内容は？」

香屋は、頭を悩ませながら、ゆっくりと告げる。

「キドさんを助けるためであれば、キネマ倶楽部《くらぶ》は全面的に貴方に協力する。でも下手に手を出すと貴方の邪魔をすることになりかねない。必要なことがあれば、なんでも指示を出して欲しい」

本当はもっと具体的なアイデアを伝えたかったけれど、今の状況で、銀縁に手を貸す方法が香屋にはわからない。キドの命は完全にＰＯＲＴが掌握していて、下手に手を出すと逆効果かもしれない。それが怖くて、こちらからは動き出せない。

「以上ですか？」

「いえ。もう一行。こちらの要求があります」

「どうぞ」

深く息を吸う。

その言葉には迷わなかった。

「代わりに、架見崎中に、生きろと伝える物語を創《つく》って欲しい」

それは、銀縁の目的とも合致するはずだ。

キドに足りないのも、きっと、その物語だろうから。

＊

この戦いのさなかに、わざわざ月生がいる駅に近づくプレイヤーはいない。

パンはまず構内のコンビニまで歩き、そこに並ぶペットボトルを物色する。コーヒーではない気分だったので、ミルクティーを選んだ。そのキャップを回しながら考える。

――月生か、ユーリイか。

そのふたりで悩んでいた。どちらがより優れているだろう、と。

実のところ、パンの採点では、ユーリイの方がわずかに上だった。冬間《とうま》美咲《みさき》たちイレギュラーが――つまり、あの子と香屋歩《あゆむ》と秋穂栞《あきほしおり》とが現れなければ、ユーリイが架見崎を勝ち切っていたのだろうという気がする。

――でも、ユーリィには、後から乗り換えても良い。どうしても香屋が気になる。香屋を攻略する、という一点に限れば、月生の方に絶大な価値がある。今、香屋は月生の裏切りを考えられないはずだ。もちろん意識の片隅にはあるのだろうが、その疑惑を無視してしまわなければ、あの子にはなにもできない。

――だから、まずは月生から。

月生を取り、香屋を落とし、必要であればユーリィに手を出す。この手順が理想的だ。そのため、ユーリィは殺せない。ＰＯＲＴの負けは受け入れるしかない。

パンはコンビニを出て、そのまま、改札の向こうに向かって進む。電気の通っていない自動改札機は、切符を入れなくてもパンの歩みを遮りはしない。

歩きながら、またミルクティーに口をつけた。なんだかミルクティーは、甘みのついた泥水みたいだ。地面に注げば、ただ濁った水たまりにみえるだろう。その点でパンはストレートティーを好むけれど――ストレートティーの深い赤は間違いなく美しい――別にミルクティーだって不味《まず》いわけではない。味は良い。

階段を上り、ホームに出て、その片端まで歩いた。

――月生。よく、生き延びてくれた。

前のループで死ななくてよかった。香屋歩への切り札になってくれた。間もなく架見崎が、次のステージに進む。ＰＯＲＴがエデンに敗れるとか、冬間美咲の新チームができたとか、そんなつまらない話じゃない。もっと根本的に。本当の架見崎の主役といえる彼がようやく現れて、最後の戦いを始める。その戦いに、パンは圧勝してみせるつもりだった。

——いや。勝つのは私じゃないか。

ウロボロス。やがてこの世界すべてを取り囲む、循環の蛇。

月生がいてよかった。「彼」に捧げるべき、最適な贄《にえ》がいて。

ホームから線路を見下ろすと、意外に高く、一メートル少々の距離がある。

パンはもうひと口、喉《のど》を鳴らしてミルクティーを飲んだ。それから、なんだか平坦《へいたん》な甘みに飽きてしまって、ペットボトルを逆さにする。

飲み物だったそれが流れ落ち、線路に降りかかり、間もなくただ汚れた水になる。

ふっと笑って。

パン自身も線路に向かって、軽く跳んだ。

*

「ウォーターは、未《いま》だにみつからない」

その報告を受け、香屋は乱雑にテーブルを殴る。

——トーマ。どうして？

どうして今、あいつがいないんだ。こんなときに。

トーマが作った新チーム——世界平和創造部は、見事だ。みんな狙い通りだと言われれ

ば、そりゃそうだろうという気がする。ただの偶然だよと言われても、ああやっぱりかと
いう気がする。なんにせよあいつは、要点を綺麗《きれい》につかんでいる。

　ミケ帝国が欲しかった。正確には、今は世界平和創造部に組み込まれた、元ミケ帝国の領土だ。あのチームの領土は形状が特殊だ。妙に細長く、かつてロビンソンやメアリー・セレストだったチームの領土と――つまり、現在のエデンの領土と広く隣接している。PORTとも、平穏とも。主要なチームすべてと隣接している。

　もしも平穏があの領土を持っていたなら、リリィのアナウンスの効果がまったく違ったはずだ。少し恐怖を刺激してやれば、大勢をこちらの領土に――交戦の範囲外に逃がすことができた。

　香屋は、今からだってトーマにそれを提案したかった。つまり平穏の利益を無視し、トーマに人員を渡すことになってでも、戦場に向かって「世界平和創造部に逃げ込め」と叫びたかった。戦いを忌避する感情で架見崎を溢《あふ》れさせたかった。死への恐怖を知っている人たちにこそ価値がある。トーマとも交渉の余地はあるはずだ。なのに、どうしてトーマがいない？　こんな、あいつが美味《おい》しいところをかっさらえるタイミングで。

　香屋がいるのは、相変わらず平穏のマンションの一室だった。

　同じ部屋に、もう三人いる。ひとりは秋穂。ひとりはアリスという名の、シモン派の検索士《サーチャー》。最後のひとりは二〇歳になるかならないかというくらいにみえる、白いシャツにサスペンダーをした小柄な男だ。マカロンという名で、平穏の部隊リーダーをしている。

アリスはシモンから貸し与えられた検索士《サーチャー》だが、その目的は香屋の監視だろう。パンとの会話を止められはしなかったが、やり取りはすべてアリスの端末を通すように指示されている。みんなシモンまで筒抜けだと考えて間違いない。

マカロンの方は、よくわからない。「見学したい」とのことで、なんだか気持ち悪いけれど、平穏に置いてもらっている立場上、拒否することもできない。

香屋は、テーブルを殴ったせいで痛む手を振りながら、アリスに告げる。

「コゲさんに通話を繋げますか？」

トーマと連絡が取れないなら、まだしも話が通じそうな彼を頼るしかない。でもアリスは難しい顔で首を振る。

「パンとの通話は例外だよ。基本的に、他チームとの交渉には許可がいる」

隣から秋穂が口を挟む。

「私が許可します」

「貴女《あなた》になんの権利があるっていうの？」

「語り係ですから。リリィが言っていましたよ、オーケイだって」

「嘘《うそ》でしょ？」

「語り係が嘘をつくわけないじゃないですか。リリィの言葉を正確に伝えてるに決まってるじゃないですか。それを信じるのが平穏な国というチームでしょう？」

アリスは不機嫌そうに顔をしかめるばかりで、なにも答えなかった。

その顔に、香屋はまた苛立つ。

――なににひっかかってるんだよ？

こんなときに。何人もの命がかかっているときに。

感情的に怒鳴りつけたくなる。でも一方で、自分自身の冷たい声も聞こえる。

――いまさらだ。どうせ、間に合わない。

これからコゲと交渉して、話をまとめてＰＯＲＴやエデンにアナウンスして、混乱する人たちをなんとかなだめて、あちらにしてみれば安全だという保障のない世界平和創造部に逃がす。こんなの、どう考えても時間が足りない。ユーリイの方が速い。ループまでに間に合うのかさえわからない。

ふっと、息を吐いて、香屋は諦《あきら》める。なんて怖ろしいのだろう？　でも、何人もの命を諦める。

「秋穂。リリィに会って」

彼女は真剣な表情で、軽く眼鏡に触れた。

「そんな余裕がありますか？」

「余裕がない。だからだ」

ＰＯＲＴ対エデンは、ユーリイの思惑通りに進行する。それはきっと、もう止めようがない。諦めて、その中の最善を探す。

「リリィに頼んで。ＰＯＲＴとエデンに――いや、架見崎中に、死にたくなければ平穏か世界平和創造部に逃げ込むように、とアナウンスを」

「なるほど。世創部の説得を端折《はしょ》るんですね」

秋穂。この子は、いつだって優しいな。だから少し救われる。でも今はそれよりも、胸が痛い。

秋穂の言葉は、間違いではない。世界平和創造部との交渉を飛ばしても、結果はそれほど変わらない。あのチームは逃げ込んできた人たちに酷《ひど》い扱いはしないだろう。なんといってもトーマのチームなんだから。

けれど香屋の意図は、そこではない。あやふやに首を振って答えた。

「リリィには悲惨な戦争の中の聖女でいてもらう。今は、あの子の声が苦しければ苦しいほど、悲痛であれば悲痛であるほど良い」

ＰＯＲＴとエデンは戦い続け、被害ばかりを膨らませる。世界平和創造部も――トーマもそれに反応せず、無関心を貫く。その中でリリィは、平穏な国は戦闘の放棄を呼びかけ続ける。誰もその言葉に耳をかさなくても、何度だって繰り返し。自分たちの利益も投げ捨てて。これから戦場で死ぬ命を、リリィの演出に使う。

「わかりました」

と秋穂が、硬い声で答えた。

2

散々な結果だ。

コロンは、実際には泣いていなかったけれど、なんだか涙で視界がぼやけているような気がして目元を拭《ぬぐ》った。

巨大に膨れ上がったエデンを三分割したうちのひとつ、コロン部隊は、ＰＯＲＴからの侵攻に備える防衛線として自身のチームの領土内に残っていた。他のふたつ、ユーリイ部隊とホミニ部隊からも、飛び抜けた戦闘力を持たない人員はコロンの下につく形になった。そしてコロンは、開戦直後に白旗を振るつもりだった。

エデンに攻め込んだＰＯＲＴの部隊は三つ。タリホー部隊、酔京部隊、馬淵部隊だ。その中で、コロンたちがまず相手にしたのが酔京と馬淵の部隊だったが、こちらからの通信は完全に無視された。敵の攻撃はあまりに速く、あまりに一方的だった。仕方なくコロンたちは応戦し、多くの死者を出し、命からがら逃げだした。

確証はない。でも、予感はある。

――ユーリイ。

やはりエデンの敵はあの男なのではないか。酔京と馬淵はユーリイの手下だ、という噂《うわさ》がある。その噂が真実だとすれば、ユーリイこそが「コロン部隊の降参には耳を傾けず、速やかに攻撃しろ」と指示を出したのではないか。つまりこちらに、彼を裏切る余裕を与えさせないために。ＰＯＲＴ対ユーリイという構図で、エデンの全員を強引にユーリイ側につけるために、「コロンがＰＯＲＴに応戦した」という既成事実を作った。つまり演出のためのフィクションみたいな戦闘で、本当に、実際に、何人も殺した。形式上はチームメイトを。

この、妄想のような推測が当たっているとすれば。

――やっぱりあいつは、まともじゃない。

心というものがない。あまりに機械的だ。思考が、価値観が異質だ。

開戦から二〇分。すでにコロン部隊は、計一九人の死者を出していた。うち一四人は元ロビンソンとメアリー・セレストの人員で、仲間だという意識もなかった。それでも報告をきくたび心がすり減った。残る五人は正真正銘、エデンの仲間たちだった。五人ともが友人だった。思い出という言葉ではまとめようがない、長い時間といくつもの記憶を共有した人たちだった。

端末から声が聞こえ、コロンは肩を震わせる。

「ハロー、こちらユーリイ。状況はどうだい？」

叫び返したつもりだったが、声は小さく、掠《かす》れていた。

「最悪よ」

「そう。疲れたかい？」

なんだ、それは。

　この胸にある感情は、疲弊なんて言葉で言い表せるものではない。もっと重たく湿っている。無機質に乾燥している。鋭利に尖《とが》っている。鈍器みたいに切れ味がない。涙よりも熱く、ナイフよりも冷たい。でも、ああ、そうか。まとめてしまうなら、たしかに「疲れた」としか言いようがない。ユーリイに操られて、それに必死に抵抗しようとして、でもできなくて、結局は流されて落ちていくのに疲れた。その落下の中で消えていくひとつひとつの命の重圧に、疲れた。

　ユーリイは続ける。

「多くの犠牲を出したのは、僕にとっても悲しいことだ。心が痛いよ。けれどその犠牲には価値がある。ＰＯＲＴという病的なチームを打ち破れば、より多くの命を救うことになる。この戦いを生き延びた君たちには、憂《うれ》いのない生活を約束しよう」

　もしも目の前にユーリイが立っていたなら、コロンは迷わず殴りかかっていただろう。それで自分が死んでもかまわなかった。むしろ、死ぬことを求めているような気さえしていた。コロンは疲れ果てていた。

「貴方は、どうして」

「うん？」

「どうして、疲れないでいられるの？」

　端末の向こうで、ユーリイが音をたてて息を吐く。それは、コロンの耳には嘲笑《ちょうしょう》に聞こえたが、苛立ちはしなかった。コロンはなにかを諦めていた。

「君がこれまで口にした中で、もっとも興味深い質問だね」

「忘れて。私にはつまらない」

彼がなんと答えようと関係ない。馬鹿な質問だった。

コロンの言葉に従ったのか、初めから答えるつもりがなかったのかはわからない。ともかく、ユーリイが本題を切り出す。

「君たちはもう充分、戦った。逃走経路を用意している」

「どこに逃げろっていうの？」

「船の上だよ」

「馬鹿げている。ＰＯＲＴには海を攻略できないの？」

「もちろん、やろうとすればできる。だがメアリー・セレストを抱き込んだうちは、海上に強いよ。そこに充分な価値がなければ放置する」

「そう。価値がないのね、私たちは」

「違う。けれど、君たちの安全のためには価値を失《な》くした方が良い。つまり戦場に残る僕たちに、ポイントを譲渡してもらいたいんだよ。価値、というのは、あくまでポイントのことだ」

戦闘中のダイナミックなポイントの移動は、事前から作戦に組み込まれていた。

わかった、とコロンは答えた。ここで彼の提案を拒絶して、少しでも苦しめてやりたいという思いもあった。でも、すんなりと頷《うなず》けたのも、けっきょくは疲れたということなのだろう。彼に対して怒り続けていることに。でもそれ以上に、戦場でチームメイトの命を危険にさらし続けていることに。

――私はもう、リーダーをやめよう。

エデンのリーダーも、その部隊のリーダーも。はじめから、そんな器ではなかった。強さだとか賢さだとかも、気持ちの強度も足りなかった。戦場で、疲れない人間なんかになりたくはない。

通話のあいだも、検索士《サーチャー》は律儀に報告を続けている。タリホー部隊は、エデンの領土に踏み込んですぐに足を止めた。あまりやる気がないのか、作戦の一環なのかはわからない。先ほどまであれほど狂暴だった酔京と馬淵の部隊も、今は静かだ。

「ＰＯＲＴが攻撃の手を休めたわね」

とコロンは言ってみた。

「ああ。戦い続けられる人間なんていない」

「かもね。でも、貴方の提案を断れば、戦いが再開するんじゃないかって気がする」

「人生ではしばしば、そういった不思議な偶然が起こる」

ユーリイの声には、わずかな揺らぎもなかった。もうこちらを見下す笑いも聞こえなかった。なんの興味もなさそうだった。

「君と、君の下につく全人員のポイントの八割を僕に。それを確認すれば、すぐに海まで送る。パラミシワールドとワダコのルンバを使う」

開戦直後、ホテルにユーリイの主力を送り込んだ能力の組み合わせだ。

「では、また」

通話が切れて、コロンはその場に座り込む。やはり、敵の気配はない。この戦場はユーリイによって管理されている。できるならこのまま、眠ってしまいたかった。

＊

ループまでの残り時間は、もう三五分になっていた。

テスカトリポカは、自身の向かいに座る男——イドをみつめる。

彼とは円卓で何度も顔を合わせているが、ふたりきりでの対面はこれが初めてだった。

「ユーリイがポイントを集め始めた」

そう告げると、イドは軽く頷いた。

「エデンの手札は限られています。彼自身が主力になるつもりでしょう」

貴方の手札は？　と内心でささやく。

イドはテスカトリポカに対して、有効なカードを切り続けなければならない。キドへの「再宴」を止めないためだ。一度の「再宴」の使用で、彼の「ダークハート」の効果時間が五分伸びる。ループまでに必要な「再宴」の回数はあと七回。彼の手札には、こちらが納得するだけのカードが七枚も残されているのだろうか。

テスカトリポカは尋ねる。

「ユーリイの狙いは？」

「能力名『ドミノの指先』の使用」

「そういう話ではないの。私が知りたいのは、このタイミングで彼がＰＯＲＴに喧嘩《けんか》を売った理由」

今回の戦いは、意外なものだった。

だって架見崎には平穏な国があり、ウォーターも新チームを作った。その状況で、ＰＯＲＴの戦力を削《そ》いで良いことはない。ユーリイがＰＯＲＴに牙《きば》をむくとしても、それはあの二チームを落としてからだろうと思っていた。

イドは微笑《ほほえ》んで首を振る。

「さあ。私にはわかりません」

「そんなにぬるいことを言っていて良いの？『再宴』が切れるまで、あと一五〇秒」

「もしも今、キドが死ぬようなことがあれば、私は交渉相手を切り替えさせていただきます」

誰に？　もちろん、パンに。

それはテスカトリポカにとって、望むことではなかった。イドとの交渉を「ふたりきり」にしたのには単純な理由がある。この交渉のテーブルを、ＰＯＲＴのためではなく、テスカトリポカ個人のために使いたかった。だから他者の目は邪魔だった。

テスカトリポカは笑う。それは意図的な笑みだったが、強がりでもない。

「そんな時間がある？　気まぐれなあの子を、説得するだけの時間」

「目算はあります。加えていうなら、パンは気まぐれというわけではありません。彼女の目的が、他者からは非常にわかりづらい、というだけです」

「へえ。じゃあ、貴方はそれを知っているの？」

「おおよそ」

イドが端末に目を向けた。「再宴」の効果が切れるまで、あと五六秒。

彼は続ける。

「それを、次の『再宴』でお支払い致しましょう。現ＰＯＲＴリーダー、パンの目的。あるいは、彼女の本名」

「本名？」

「はい。架見崎を訪れる前の名前」

そんなものを聞いて、いったいなんの意味があるというんだ。

――無理やりに手札を増やそうとしている？

無意味な情報で、「再宴」を使わせることで。この男がそんな、つまらないことをするだろうか。こちらの心証を悪くする危険は、彼だってわかっているはずだ。

残り時間は三〇秒を切っていた。

――気にすることはない。この交渉は、一方的にこちらが有利なのだから。

「両方。それで、『再宴』を一度」

どちらも喋《しゃべ》らせて、それから情報の価値を推察すれば良い。

イドは躊躇《ためら》いなく頷く。

「了解いたしました。では、パンの本名と彼女の目的で、次の『再宴』を」

ずいぶん素直だ。

――誘導された？

二択を提示し、その両方という選択でこちらを満足させることで、別の選択肢からこちらの目を逸らした？　わからないが、やりづらい相手だ。

――イドに主導権を渡してはいけない。

これはゲームだ。できるだけ少ない手順で、相手の切り札をオープンさせるゲーム。時間が経《た》つほどにこちらが有利になることは目にみえている。ループまでの残り時間が短くなると、イドが言った「交渉相手をパンに切り替える」という方法が難しくなる。イドは高い価値がある、つまりテスカトリポカが興味を持つカードを後ろに残さざるを得ない。逆にそのカードを先に使わせれば、テスカトリポカは一方的に有利な状況でイドが持つ情報を獲得できる。

――次のターンは、こちらから攻める。

テスカトリポカは端末に触れる。「再宴」の使用。これで、キドの寿命が五分だけ伸びることになる。

「回答を」

　こちらの言葉に、イドが頷く。

「まずは、名前から。彼女は泉妻紬《いずのめつむぎ》です」

　泉妻──その名字に、仄《ほの》かなひっかかりを覚える。

　珍しい名字。同じことを、いつか考えた。あれは、いつ？　架見崎に来てから？　それよりも前？　なにか、思い出せそうな──

　また、イドが意図した展開に乗っている。そんな気がして、テスカトリポカはふっと息を吐く。

「もう一方は？」

　その短い質問への、イドの返答も短いものだった。

「おそらくカエル。あの、運営の排除でしょう」

　カエル。あの、運営の？　なんだ、それは。どうすればそんなことができる？　そもそも、そんなことをして、なんの意味がある？

　テスカトリポカは目を閉じ、大きく息を吸う。

　──惑わされてはいけない。

　イドの目的は、ループを迎えるまでこちらに「再宴」を使い続けさせることだ。ならこの手の回答──彼の答えそのものが次の疑問を生む回答で、手数を増やそうとするのは想像がついていた。

「次の質問は、こちらから指定させて」

「もちろん、どうぞ」

「じゃあ、ユーリィに対して交渉の材料になる情報。貴方がいちばん効果的だと思うものはなに？」

　イドは、短い時間、沈黙した。

　それから何度か小さく首を振って、言った。

「では、タリホーが彼を裏切った理由、ではいかがでしょう？」

「悪くない。でも、本当にそれが彼へのカードになる？」

「おそらく。ですが、私にはわかりかねます。ご確認してみては？」

　同じことを、テスカトリポカも考えていた。ユーリィに通話を繋ぎ、この質問の価値を量ることは可能だろう。

「ええ。気が向けばそうしてみる。でも私のタイミングで」

「はい。もちろん」

「もしも嘘だとわかれば、そこでこの話は打ち切りよ」

「心得ております」

　声に動揺はでなかったはずだ。だが内心は、いまだにイドの言葉に囚《とら》われていた。

　――パンはカエルを排除しようとしている。

　本当に？

あまりに想像外で、だから、思考が引き寄せられる。

3

戦場の夜空に、ぱん、と乾いた音が響いた。

午後一一時四〇分――ループまで残り時間が二〇分になったときだった。

一発の銃弾が、夜空にぽっかりと空いた巨大な穴のような満月に向かって伸びる。それはゆっくりと減速し、途中、宙に一枚の紙片を落とした。能力で生み出された本の一ページが破り取られたその紙片は、ふらりふらりと舞い落ち、ふいに崩れて消える。

代わりに、ひとりの男が現れた。

ユーリイ。王者と呼ばれたプレイヤー。

彼はそれほど大きくもない、黒い飛行物体に着地する。能力で獲得したそれは、重さが一〇〇キログラム以下のものであれば、なんであれ積載できる。もちろんそれが、人間であれ。

PORT上空に浮かぶ彼を、大勢が見上げていた。今はまだ交戦中なのだということを誰もが忘れたようだった。

「ああ、良い夜だ。静かで、優しい、血の臭《にお》いには似合わない夜だ」

彼がゆっくりと語り始める。その声を遮るものはなにもなく、人々は観客のように、ただ夜空のひとりをじっとみつめる。

「皆さん、教えてくれないか？　明日の夜もこんな風に、美しく晴れるだろうか」

ひとつの質問をトリガーにして、彼の能力は、ドミノのように倒れていく。ささやかな効果が連なり、連なり、少しずつ大きくなる。

やがて「ドレミの歌」と「カエルの歌」があちこちから聞こえ始めた。それは気味の悪い出来事だったが、不思議と、疑問を抱く者は稀《まれ》だった。

「僕はこの夜空を守ろうとする者だ。架見崎にも美しく、幸福な時間が流れるのだと信じる者だ。僕の友人は今夜の戦いを聖戦と呼んだ。でも、僕は抗戦と呼ぼうと思う。悪《あ》しき者たちに抗《あらが》う戦いである、と」

ユーリイ自身は、ここが戦場なのだということを忘れていなかった。

語りながら、五感を研ぎ澄ませていた。

――僕の脚本通りであれば。

この短い演説は、自身の血で終わりを迎える。

「君たちの武器は勇気だ。そのひとつきりではささやかな輝きを、誰もが一斉に掲げたとき、暗い夜を照らす光になる。立ち上がれ。雄叫《おたけ》びを上げろ」

すでにユーリイの能力は、ＰＯＲＴの中心で発動している。群衆たちはその言葉を疑えない。

何人もが、おお、おお、と叫び声を上げる。それにつられた人々が同じようにして、声が波紋していく。

「さあ、円卓を打ち倒そう。君たちを守る、とは、今はいえないよ。でも、君たちよりも先に、僕たちが血を流すと約束しよう」

その直後、ひと筋の光が伸び、ユーリィを撃ち抜いた。

＊

――撃たされた。

それは、恥ずかしいことだった。

ＢＪは思わず漏れそうになった舌打ちを、どうにか堪《こら》える。誰に聞かれるわけでもないが、醜い所作は控えたい。

もちろんＢＪは、ユーリィがＰＯＲＴ上空に現れた直後から、射撃《シュート》の照準を合わせていた。だが引き金を引けなかった。これは当たらない、と本能が知っていた。最後に射撃《シュート》を放ったのもまた本能だ。一瞬、彼が気を緩めて、ＢＪはその一撃を止められなかった。すべてユーリィの狙《ねら》い通りだとしても。

そのときＢＪがいたのは、ＰＯＲＴ内のあるビルの屋上だ。ユーリィの能力の効果範囲から充分に距離を取るために、ずいぶん外れにあるビルを選んだ。だが「市民」たちの怒声はそこまで届いていた。

叫び声のひとつが「あそこだ」という。「いたぞ。あそこだ」。市民のひとりがこちらを指さしている。ＢＪがいるビルに向かって、何人もが走ってくる。ユーリイに洗脳された者たち。あるいは、それに追従する者たち。

彼らを薙《な》ぎ払うことは容易だった。ほんの一撃で軽く命を奪えた。

だがＢＪには、その引き金を引けなかった。

——ＰＯＲＴが、壊れる。

そう予感する。レッドマンが死に、ニッケルが端末を奪われても、少しも怖くはなかったのに。ひとりひとりはなんの力も持たない、だが大勢の市民たちの声は、まるでＰＯＲＴの断末魔のようだ。

——ユーリイを殺しても。ホミニニを殺しても。

きっともう、ＰＯＲＴの崩壊は止まらないだろう。外からの攻撃ではない。内側から亀《き》裂《れつ》が入った。その亀裂は、円卓が彼らに抗うたびに大きくなる。ほんの一撃が、なんの力もない彼らほんのひとりの命が、致命的な破滅に繋がる。

もう間もなく市民たちがこの屋上に押し寄せるだろう。

逃げ場を探して視線をさまよわせた先で、ふいに爆発が起こる。市民たちがいる通りの真ん中だった。直後、彼らが悲鳴と怒声を上げるのが聞こえた。

あれは、酔京の能力？

——そこまでするか。

酔京は先ほどまでエデンに攻め込んでいたはずだ。いつ、引き返してきた？　彼女にはやはり、ユーリイの息がかかっているのだろう。市民の怒りに油を注ぐためだけに、彼女は今、何人かを殺したのだろう。

――ああ。エレガントだよ、ユーリイ。

PORTに対し、最小で非常に効率的な一撃だ。まるで、ヘッドショットに似て。

屋上のドアが開く。

現れたPORTの市民を、もう躊躇わず、BJは撃ちぬいた。

＊

PORTの市民は、架見崎全体の住民のおよそ半数――五〇〇人とされる。

ユーリイの短い演説からの一五分間で、その一割が死んだ。架見崎で五〇人もの死者を出す争いは稀だ。チームの内乱でそれだけの死者が出るのは、初めてのことだった。

報告を受けた香屋は、軽く目を閉じる。

――ああ、こんなにも簡単に。

PORTは終わった。なにがあろうと自身のチームの人間に銃口を向けてはならなかった。だがそれは抗いようのないことでもあった。BJの狙撃《そげき》を受けてPORTの領土内に墜落したユーリイは、負傷した身体《からだ》で市民を守り、指揮しているという。つまり、彼に洗脳された者の数は今もまだ増え続けている。

PORT内乱の報告を受け、エデンに攻め込んでいたタリホー、酔京、馬淵も自分たちの領土に引き返したらしい。タリホーの意図は不明だが、酔京、馬淵はユーリイに内通している可能性が高い。このふたりが率先して、市民たちの制圧に当たっているのは、傍からみるとあからさまで笑えない。市民の怒りに燃料を与えるために、市民たちを殺す。そこまでやるのか、ユーリイ。そこまで。なんて、怖《おそ》ろしいことを。

　戦場には今もまだ、リリィのアナウンスが流れていた。

——戦いをやめてください。殺し合うことを怖れてください。平穏な国は、領土内に逃げ込むすべての人を守る用意があります。ここまでの移動が困難なら、ウォーターが作った新チーム、世界平和創造部を目指してください。ウォーターは今も私の友達です。不当な扱いは受けないよう説得します。皆さん、戦いをやめてください。

　その声をＢＧＭに、人々が死んでいく。

　架見崎は狭い。平穏にいる香屋の元まで、なにかが壊れる重たい音が聞こえる。

「さらに、五人が亡《な》くなりました。ＰＯＲＴの内乱はもう止まりません」

　とアリスが言った。

　秋穂はリリィの元にいるため、香屋と共にいるのはアリスと、もうひとり——マカロンという名の部隊リーダーだけだ。

　そのマカロンが口を開く。

「世界平和創造部に、すでに六〇人ほどが逃げ込んでいるようだよ。平穏としては、見逃せない数字だね」

知るか。たった六〇人。どうして。もっと、逃げろよ。

香屋はソファーから立ち上がる。

「間もなくループです。それまで、休みます」

独りきりになりたかった。なんだか、苦しくて。

本当は秋穂やトーマと一緒にいたかったけれど、そうできないなら独りがよかった。

マカロンがこちらに視線を向ける。

「君は本当に、ユーリイのこの蛮行を防げなかったのかい？」

できるわけないだろ、そんなの。

「僕がユーリイを止めるより、ユーリイが僕を殺す方がずっと簡単です」

だからこれ以上は踏み込めない。パンに情報を流すのが精一杯で、彼女が諦めたなら、もうその先はない。

――本当に？

という思いはあった。もしも手を組む先を、パンに限定しなければ。当初の予定通り、パンとユーリイ両方に声をかけていたら。あるいは、ユーリイに限定して密接に連絡を取り合っていたなら、できたことがあったんじゃないのか。もっと安全に、ＰＯＲＴの市民たちに被害を出さない形で、彼がＰＯＲＴに勝利する道にも誘導できたんじゃないのか。

いや、その道は選べなかった、と内心で香屋は首を振る。ユーリイがこちらの話を聞いてくれるとは限らない。この戦いは、香屋にまでは火の粉が届かない。なら危険な領域まで足を踏み出す必要はない。

けれど、大勢が死んだ。今もまだ死んでいる。その事実で身体が震える。吐き気が腹の底から湧《わ》き上がり、どうにか唾《つば》を呑《の》んでやり過ごす。

笑うような声でマカロンが言った。

「君も、ＰＯＲＴの市民の死を望んでいたんじゃないのかい？」

香屋は立ち上がったまま歩み出せず、じっとそちらをみつめる。

彼が続けた。

「君の能力――『キュー・アンド・エー』。これでまた、あの能力の価値が高まった。戦いに怯《おび》え、架見崎から戦いを捨てたいと願う人が増えた。何人かから、平穏にも連絡がきているよ。次のループから合流したい、という連絡だ」

香屋は意味もなく首を振る。

そんなの、狙ってるに決まってる。今回の戦いに限った話じゃない。弱小や中堅がぽろぽろと落ち、強豪数チームに限られた架見崎で、大規模な戦闘が起きることは目にみえていた。なら放っておいても「キュー・アンド・エー」の価値は高まる。

これから先は、好戦派をどれだけ反戦派が上回れるのかの戦いだ。

「休みます」

とだけ告げて、香屋はリビングを後にした。

＊

　ループまで残り五分。

　テスカトリポカに対してイドが切った最後のカードは、ある意味で、想像外のものではあった。彼は言った。

「私の命、ではいかがでしょう？」

　テスカトリポカは、思わず笑ってしまう。

「そんなものはもう、支払ってもらっているつもりだったけれど」

　彼ひとりきりが生身で交渉のテーブルについた時点で、すでに互いの合意が取れていると思っていた。もちろん、イドは死ぬ。ありがたく殺させてもらう。それで、架見崎でもっとも優れた検索士《サーチャー》はテスカトリポカになる。

　イドは軽く頷く。

「現在、私の合計ポイントは一二万です」

「そう」

「全額、譲渡いたします」

「悪くない。でも」

　イドの命と、一二万P。たかだか「再宴」をもう一度使用するだけで得られる報酬としては、破格だ。でも、もっと欲しいものがある。

ループが目前に迫ったこのタイミングではもう、イドは交渉相手をパンに切り替えるような方法は使えない。あきらかに時間が足りない。彼がキドを救いたいのであれば、テスカトリポカにすがるしかない。

「でも、もう少し。たとえば――」

テスカトリポカの言葉を遮って、口調を変えて、イドは言った。

「もうやめにしよう。命で遊ぶようなことは」

「どういう意味？」

「そのままだ。私はすべてを差し出したよ。君の言う通り、命を捨てることを前提にテーブルについた。これ以上、なにを望む？」

決まっている。

「貴方《あなた》の、敗北」

架見崎で最高の検索士《サーチャー》の、みすぼらしい最期《さいご》。

テスカトリポカは強大なものが壊れる様が好きだった。山崩れだとか、星の終焉《しゅうえん》だとかが好きだった。それはいつも悲惨で、胸が痛ければ痛いほど、心が軽くなる。ストレスが溜《た》まったとき、悲しい映画をみて思い切り泣きたいのに似ているのだと思う。

だからこの交渉の結末は、すでに決まっていたと言える。

「ねえ、イド。最後まで喋らせて。私はこういうつもりだったの。たとえば、もう『再宴』は使わない、と宣言したときの貴方の顔が、私はみたい」

この言葉で、イドは怒るだろうか？　悲しむだろうか？　楽しみにしていたのだけれど、だが彼は表情を変えなかった。呆《あき》れた風な、つまらなそうな顔でこちらをみつめたまま、言った。

「検索《サーチ》は特別な能力だ」

「ええ。それが？」

「この能力の本質を知らない検索士《サーチャー》は、ポイントで効果を買う。敵のその他能力《オリジナル》を暴《あば》くとか、通話を傍受するとか、そういった効果だ」

彼が言いたいことがわからない。

だが、急な話に動揺してやるのも嫌で、テスカトリポカは丁寧に応じる。

「私たちはそうではない。ポイントがあるなら、検索《サーチ》の処理能力を上げることに使う。検索《サーチ》とプレイヤーのスペックが充分であれば、個別の能力を獲得していなくても、それらは実現可能だから」

「うん。プログラムを自作するようなものだね。下級の検索士《サーチャー》はポイントでソフトを買い、上級者はハードそのものの性能を上げる、なんて風にも表現される」

「それが？」

「実のところ、すべての検索《サーチ》に分類される能力は――その他能力《オリジナル》さえ、通常の検索《サーチ》で代用可能だ」

音をたてて、テスカトリポカは唾を呑む。

――再宴の効果は、検索《サーチ》では代用できない。

あれは補助《サポート》に分類されるその他《オリジナル》だ。

でも、テスカトリポカが持つ別のその他《オリジナル》――「偽手」は違う。対象の端末に介入して能力を強引に使用する「偽手」は、検索《サーチ》に分類される。

　イドが言った。

「ふたりきりで、至近距離で、こんなにもノイズがない環境で、三〇分以上も私と向かい合って、データを抜かれないと思っていたのかい？」

　テスカトリポカは自身の端末を確認する。「再宴」の使用回数が、たしかにひとつ減っている。キドがループまで生き延びるための、最後の「再宴」だ。

「初めから、これを狙っていたの？」

「いや。少し強がったよ。これほど複雑なその他《オリジナル》の真似《まね》をするのは始めてのことだった。できれば君に、能力を使って欲しかったのだけど」

「そう。残念だわ」

　六万P、損をした。

　テスカトリポカは席から立ち上がり、用意していた銃を目の前の男に向ける。

「ループまであと三分。そろそろ、お別れね」

　イドは椅子《いす》に腰を下ろしたまま、数度続けて、首を横に振った。

「それはいけない。私が死ねば、円卓のメンバーが入れ替わる。おそらく、ユーリイ派が過半数を取るだろう」

「意外ね。貴方が、命乞《いのちご》いのようなことを言うなんて」

「当たり前だよ。死にたくはない。人は、いつだって生きようとしなければならない」

「でも、だめ。私はＰＯＲＴの未来なんてものに興味がないし、どうしたところでこのチームはもう壊れてしまいそう。それに」

そこで言葉を切って、テスカトリポカは笑う。

イドとのゲームは完敗だ。でも、悪くない気分だった。最後にこの男は、自身の優秀さを証明した。架見崎で最高の検索士《サーチャー》、なんて言葉では収まらない、テスカトリポカの目からみても魔法のようなことをしてみせた。

だから、自分の手で彼を殺せるのは、光栄なことだ。

「それにね、貴方の言葉は、ちっとも本心に聞こえない」

心から命乞いをしているようにはみえない。ただ、自身の役割にしたがって、脚本のセリフを読み上げているみたいだ。

「残念だよ」

とイドが言った。

「ええ。私も。貴方の、本当の命乞いをみたかった」

その上で殺してやりたかった。

さようなら、とテスカトリポカは告げた。イドは、その言葉には答えなかった。

代わりに彼は目を閉じて、小さな、掠れた声で囁《ささや》く。

「あの子が言ったことは正しかった。彼らを、心から愛することができた」

どういう意味だろう？　疑問だったが、テスカトリポカは尋ねなかった。微笑んで、キスするような気持ちで、人差し指に力を込める。

銃声は意外にも、湿って聞こえた。群れからはぐれた狼《おおかみ》の鳴き声みたいに、余韻が長く響いていた。

彼の身体がぐらりと揺らぎ、椅子から崩れ落ちる。

でもその肉体も血の跡も、間もなくループで消えるだろう。

*

目の前で引き金が引かれる、その最期の瞬間に思い出していたのは、愛する息子のことだった。彼は一四歳で死んだ。ヒーローのように。

普段の彼は、親の目からみても取り立てて目立つ子ではなかった。運動はどちらかというと苦手なようだった。友達が多い印象もなく、決まった二、三人とばかり遊んでいた。それから、宇宙の話が好きな子だった。遠く離れた天体のことや、惑星探査機のことについて書かれた本を何冊も持っていて、理科だけはよくできるのだと聞いていた。将来の夢みたいな話をしたことはなかったけれど、おそらく、そういった仕事に就きたかったのではないかと思う。なのに一四歳で死んだ。線路に落ちた老人を助け上げようとして、彼だけが事故に遭った。

イドは、銀縁は、桜木秀次郎は、その息子が自慢だった。

それほど目立たないところも、運動ができないところも、少しシャイなところも。そのどれもが自慢だった。牛肉とニンジンとキュウリが苦手なのや、たまにひどく頑固でふさぎ込んでしまうのだって自慢だった。最後に、正義感みたいなものを理由に死んでしまったことの他はすべて、ひとつ残らず自慢だった。彼が生きてさえいればそれで、幸せは約束されていたのに。

架見崎で出会ったあのキドという青年は、どこか息子に似ていた。

顔も体つきも違う。言動も得意なこと、不得意なことも違う。でも、綺麗《きれい》で繊細で、なんだか傷つきやすそうな目がよく似ていた。

――ああ。キド。私は、君を愛していたわけではないんだよ。

ただ息子を重ね、一方的に感情移入していただけだ。失ったものの代替品を彼に求めていただけだ。愛だとか、正義だとか、つまらないことを理由に死んでしまいそうな彼をもし救えたなら、本当に救いたかったけれどもう叶《かな》わない、我が子を失った傷が少しでも癒《い》えるのではないかと夢想していただけだ。

そのはずだったのに。

テスカトリポカの能力を奪い、キドが次のループまで生き延びることが確定した。その瞬間の、震えるような安堵《あんど》がまだ指先に残っている。テスカトリポカと向き合っていたこの時間は、キドのことばかり考えていた。それから、キネマ倶楽部《くらぶ》というチームで共に過ごした人たちのことを。キドが死ねば、大勢が悲しむだろう。藤永《ふじなが》は泣くだろう。紫《むらさき》は怒るだろう。ニックは苦しむだろう。そんな彼や彼女をみたくはなかったし、第一、キドの死で自分自身がひどく傷つく様を容易に想像できた。だから彼は生きていなければいけないのだ。

　感情の成り立ちみたいなものは、自分でもわからない。あくまで我が子への後悔が基盤にあるのかもしれない。だとしても。

「あの子が言ったことは正しかった。彼らを、心から愛することができた」

　そんな風に、まとめてしまって良いだろう。

　なにもかもがフィクションのような架見崎でも、胸に生まれたこの感情を、愛と呼んでよいだろう。

　銃声が鳴ったはずだ。

　でも、その音はもう聞こえなかった。

4

　ベッドの上で、香屋は端末を握りしめる。

　――銀縁。

けっきょく、彼からの連絡はなかった。そもそもこちらのメッセージが届かなかったのか、現在のキネマ——月生の力は必要なかったのかはわからない。ともかく今は、キドの無事を祈ることしかできない。

ああ。なんて無力なんだろう。ずっとこうだ。

ずっと、ずっと、祈っていることしかできない。誰も死にませんように。この世界が、簡単に人が死んでしまうような悲惨な場所ではなくなりますように。誰もが、正常に、死を怖れて嫌っていますように。

でも、祈りなんてものは無価値だ。そんなものにすがっていても仕方ない。仕方ないのに、香屋にはあまりに力がない。

身を丸めて、胸に端末を抱き寄せる。

こんな風にふてくされていれば、やがてトーマが現れる。

香屋はそう予感していたのだけれど、外れた。

——君とは月末に、ゆっくり話をしたいと思っている。

と、トーマの手紙には書かれていた。でも、もう三一日も終わりだというのに、あいつはここに現れない。いったいどういうことだろう？　トーマが言う「月末」とは今日のことではないのだろうか。それとも、彼女にとっても想定外のトラブルが起こり、足止めされているのだろうか。

——なら、僕になにができた？

無力なままで、なにが。

考えろ、と香屋はささやく。生物というのは、どれほど力が弱くても、もって生まれたこの身体で生き続けるしかないのだから。諦《あきら》めたくないのであれば、片時も休まず考え続けろ。

時計の針がまた進む。

架見崎が、少しずつその形を変えながら、次のループを迎える。

＊

「結果発表」

とカエルが言った。

彼の隣のネコが、ぱん、とクラッカーを鳴らす。反対側ではフクロウがうつむき、その翼で器用に額をおさえている。

香屋自身の反応は、フクロウに近かった。いつものパイプ椅子の上で顔をしかめて、カエルを睨《にら》む。温度感が違いすぎる。

「結果というのは？」

「もちろん、調査中だった件です」

香屋の計画のキーになる質問――架見崎を平和な世界として存続させる方法は？

この質問の扱いは、香屋にとっても極めて重要なものだった。どれだけのポイントがつくのか、あるいは「答えられない」と却下されてしまうのか。だから、できるなら、もう少し重々しく発表して欲しい。

カエルが両手を長机につき、わずかに身を乗り出す。

「さて、ご質問の必要ポイントですが――」

「はい」

「不明」

はあ？　と思わず声が漏れる。

「それの、どこが結果発表なんですか」

「困難な調査――というかひたすら面倒な書類の判子リレーの結果、現状では『不明』が正式な回答である、と判明いたしました。明らかにしようがないことが証明された、という結果が出たのですから、その努力を誉《ほ》めていただきたいところです」

香屋は目を閉じる。

――不明、は弱い。

大勢を扇動する旗として、弱すぎる。

計画を根本から再考するか？　そのルートのイメージがないわけではない。でも、これまでのギャンブルが裏目に出た形だ。香屋はすでに、「キュー・アンド・エー」の効果と共に、自身の名前を売る方向に舵《かじ》を切っている。その上で「計画が狙った通りに進まなかった」「失敗した」という印象を周囲に与えるのが怖い。取り戻すには？　より強い支持者を手に入れるしかない。たとえば、ユーリイ。彼を抱き込めるような理屈があるか？

——いや。まだだ。

カエルの返答には違和感がある。

質問に対して、安いポイントが設定された上で「不明」という答えが返ってくるのであれば、まだわかる。「架見崎を平和な世界として存続させる方法は、不明」。苛立《いらだ》たしい話ではあるけれど、いちおう、質問とその回答として能力のルールに則《のっと》っている。

でも、今回はそうではない。質問への必要ポイント自体が「不明」というのは、ちょっと意味がわからない。カエルの意地悪か、そうでなければ優しさのような気がする。

香屋は端末を開く。

「今回の質問候補、書き換えても？」

「はい。ですが、速やかにお願いいたします」

今回、香屋が予定していた質問候補は次の五つだ。

・トーマ離脱後、平穏に残るトーマ派はいるか？　ＹＥＳ／ＮＯ
・部隊リーダーの中で、リリィを愛していない人物は？
・世界平和創造部以外の、トーマの「友達」のリスト
・運営「カエル」の正確な役職は？
・内容が同じであっても、トーマ、イド、パンに関する質問は、他の架見崎のプレイヤー

への質問よりも必要ポイントが高くなることがある。これは、おもに「個人情報」に関する質問だ。YES／NO

頭ふたつは前回も質問候補に加えている。必要ポイントはそれぞれ、一二〇〇Pと二五〇〇。ともに、シモンとの交渉材料で、尋ねることが確定している。それを理由に、香屋は平穏な国から八〇〇〇P譲り受けている。もともとは一万Pで交渉していたのだけど、二〇〇〇Pは出し渋られた。

三番目――世界平和創造部以外の、トーマの「友達」のリストというのは、おそらくそれなりに高額になるだろう。今回は購入するつもりがなく、今後、シモンやユーリイあたりとの交渉に使うために必要ポイントを知りたくて候補に入れた。

四番目は、純粋に香屋が知りたい情報。前回の、カエルとのやり取りで、彼にも「上司」がいることが判明している。本当は「架見崎の運営の全体像は？」みたいな質問をしたいのだけど、手が届く範囲に必要ポイントが収まるようにこの質問にした。より踏み込んだ質問は、パトロンを手に入れてからで良い。

最後の質問は、ずいぶん長文になった。パンに「私と、イドと、ウォーターは特別」と言われたことがひっかかっていて、あれこれと考えた結果、この質問を選んだ。

どれも通したい質問だったが、先ほどのカエルの言葉で、より優先すべきものが生まれた。香屋は最後のひとつを書き換える。

・「架見崎を平和な世界として存続させる方法は？」という質問への必要ポイントを確定させる方法は？

なんだかくどい言い回しだけれど、カエルの言葉を素直に受け取ると、こうなる。カエルは「現状では『不明』」と言った。なんらかの不確定要素のせいでポイントを設定できない、と考えるのが自然で、ならそれを排除すれば良い。というか、排除できる可能性さえ示せれば、とりあえず香屋と平穏な国が掲げる旗としては成立する。

「以上で、よろしいですね？」

とカエルが言った。

香屋は頷《うなず》く。

いつもの通り、質問が転送された五枚のカードをカエルが確認し、ポイントを設定してネコとフクロウに回す。フクロウがそのカードを香屋の手元まで運んでくる。

そのカードを確認し、香屋は笑う。

・トーマ離脱後、平穏に残るトーマ派はいるか？　ＹＥＳ／ＮＯ　一二〇〇Ｐ

・部隊リーダーの中で、リリィを愛していない人物は？　二五〇〇Ｐ

・世界平和創造部以外の、トーマの「友達」のリスト　一万二〇〇〇Ｐ

・運営「カエル」の正確な役職は？　五〇〇P
・「架見崎を平和な世界として存続させる方法は？」という質問への必要ポイントを確定させる方法は？　一〇〇〇P

最後のひとつに、真っ当なポイントがついてよかった。

香屋はもっとも重要な、そのカードをカエルに向けて、尋ねる。

「答えは？」

カエルは椅子の上で、まっすぐに背を伸ばし、わずかに首を傾《かし》げて言った。

「私が架見崎の運営であり続けること」

その回答の意味を、おおよそ理解して、香屋は唾を呑む。——そんな次元の話なのか、これは。

「貴方が、運営ではなくなるかもしれないんですか？」

「ええ。現在、その件であれこれと面倒な会議が設けられています。端的に言ってしまえば、私か、ヘビか。どちらがこのパイプ椅子に座るのにふさわしいのか、という話です」

「ヘビ」

「そう。ヘビ。コード『ウロボロス』。自らの尾を噛《か》みこの世界すべてを取り囲む循環」

「なんか急に壮大ですね」

「重要な話なので、なんとなくそれっぽく煽《あお》ってみました」

　重要な話を、そんなふざけたトーンでされても困る。

　香屋がにらみつけていると、カエルが続けた。

「ともかく。私がウロボロスに敗北した場合、架見崎の長期的な運営はあり得ません。おそらく、ですが」

「その勝ち負けは、どうしたら決まるんですか？」

「実のところ、私も知らないんですよ。――おわかりですか？」

　カエルが、隣のネコに顔を向ける。

　ネコは小さく首を振った。

「おおよその方針は決まっていますが、まだ確定ではありません。泉妻さんからクレームが入っている件もあります」

　泉妻――知っている。

　香屋は、独り言のように小さな声で尋ねる。

「泉妻宗一《そういち》？」

　架見崎を訪れる前、運営からの招待状で指定されていたのは、あるマンションだった。そのマンションの一室の持ち主が、泉妻宗一だ。たしか彼も、「架見崎運営委員会」のひとりだと言っていた。

　だがネコは首を振る。

「その泉妻ではありません」

違うのかよ、ややこしいな。泉妻なんて、そうそう被《かぶ》る名前でもないだろうに。

香屋は次のカードを手に取る。

「つまり貴方は、けっきょく何者なんですか？」

カエルが、マリオネットの笑みをこちらに向ける。

「質問が違うようです。カードの文面にお答えしても？」

「ええ。仕方ない」

運営「カエル」の正確な役職は？

彼は言った。

「私に役職というものはありません。強いて言うなら、アポリアの備品でしょうか」

備品？　そうか、そういうことか。

くそ、質問が足りない。あれもこれも聞き出したい。

「では、ネコは？　フクロウは？　ヘビは？　僕は？」

どれが人形《マリオネット》だ？　どれが人間だ？　ここには、人間なんていないのか。それともカエルだけが人形なのか。

カエルは表情を変えない。あくまで、無機質に笑っている。

「どれも今回の質問候補にはありません。お答えが必要でしたら、次回の候補に加えてください」

ああ、そうだろう。

でも。

「貴方は、僕側じゃないのか？」

ヘビ――ウロボロスとの争いにおいて、こちらに近いものを、架見崎に求めているんじゃないのか。

だがカエルは首を振った。

「私の役割は、架見崎を正常に運営することです」

香屋は口を歪《ゆが》める。それは、笑みだった。こんなの、震えながらでも、笑わずにはいられなかった。

「次回の質問候補に加えてください、じゃないんですね」

「ささやかな雑談の範疇《はんちゅう》です」

「ええ。そして、雑談にルールはない」

このカエルの嘘《うそ》を咎《とが》めるものはない。

「貴方の厄介な能力の処理を続けましょう。他に、質問はありますか？」

とカエルが言った。

香屋は予定通り、もうふたつの質問を口にして、今回の「キュー・アンド・エー」を終えた。

5

秋穂栞はリリィの部屋でループを迎えた。

そして、安息日――八月一日。目覚めた秋穂の端末が鳴った。

「秋穂？　こちら、アリス。すぐにお話を」

寝起きは弱い。三度寝くらいまで許されたい。

八つ当たり気味に、秋穂は端末に向かって答える。

「なんですか、騒々しい。リリィもいるんですよ？」

「そのリリィに報告が。想定外の事態が起きた」

「嫌です」

「なにが？」

「想定外が」

そんなの起こらないで欲しい。安息日に、いったいなにがあるというんだ。ユーリイがPORTを落とすくらいのことじゃないのか。

口早に、アリスは言った。

「香屋歩が消えた。どこにもいない」

「どこにも？」

「つまり、ループ前にいたはずのマンションの寝室から姿が消え、検索《サーチ》してもひっかからない」

秋穂は顔をしかめる。

「それは、ウォーターと同じ状況、ということですか？」

「え？　うん、そうね」

なんだ、それ。とても困る。

「とりあえず、探せるだけ探しておいてください」

そう告げて、秋穂は再びベッドに横たわる。

となりでリリィが言った。

「どうしたの？」

わからない。とりあえず、困ったな、ということ以外は。

「謎《なぞ》のトラブルが発生したので、ちょっと集中して考えます」

そう答えて秋穂は目を閉じる。

――香屋はどこに消えた？

トーマと同じところ？　あのふたりを見つけ出す方法はあるだろうか。

いや、おそらくそちらに思考を取られるのは徒労だろう。この出来事を香屋が予感していたなら、なにか手がかりを残しているはずだ。放っておいてもそのうち目につく手がかり。そうでなければ、香屋にさえ想定外だった出来事、ということになる。そんなもの、考えるだけ無駄だ。

――なら私の役割は、香屋が戻ってきたときに備えて、平穏の状況を整えておくこと。

香屋。くそ。あいつなら、こんなときどうする？

まずは何人かと情報を共有しなければならない。まずは月生。あとは、誰だ？ シモン？ 彼にはむしろ香屋が消えたことを知られたくはないけれど、そもそもアリスから聞いた話なのだからみんな筒抜けだろう。というか、これがシモン派の陰謀みたいなもので、香屋が彼らに囚《とら》われている可能性はないか？ 最悪の場合、すでに彼らに殺されている可能性は。

考えがまとまらなかった。

それでも、悩み込んで時間を浪費して良い状況ではない。現在、架見崎は急速に変化している。その流れに置いて行かれてはいけない。

ベッドで目を閉じたまま、秋穂は口を開く。

「リリィ。お願いが」

「なに？」

「会談を設定するので、参加してください。メンバーは貴女《あなた》と私、月生さん、シモン、それから白猫とコゲ」

私たちは香屋を失い、世界平和創造部はトーマを失っている。

まずはここで手を組むべきだ。少しでも情報を交換したい。

「わかった」

と答えたリリィの声は、かすかに震えていた。

――そういえば、リリィは白猫に殺されかけて、シモンには裏切られている。

もちろん、気持ちのよい会談ではないだろう。彼女への負担を考慮していなかった。とはいえ今は、考えを取り下げもできない。

――私は冷静でなければならない。

香屋ほどの想像力がなくても、大胆な方法を選べなくても、リリィという存在を守る語り係でなければならない。この子と月生が、香屋の切り札なのだから。

「話は、私が進めます。リリィ、貴女の意に沿わないことは教えてください」

考えを整理しなければならない。問題と脅威をあぶり出し、極力敵を減らし、味方を増やす論点をみつけなければならない。

ふっと息を吐いて、胸の中で、とりあえず香屋に文句を言っておく。

――私を必死にさせないでくださいよ。

こういうのは苦手なんだ、本当に。そして、苦手なことには手を出さないのが自分の美点だと、秋穂は信じている。

「とりあえず、ノートとペンを探してきます」

そうつぶやいて、秋穂はベッドから抜け出す。

ずっと香屋歩をみてきたから知っている。彼の戦いは、いつだって白紙のノートから始まる。

第四話　彼女の紹介

I

まずはやっぱり、「彼」のことから説明するべきだろう。

架見崎《かみさき》という世界の成り立ちに深く関わる彼のことだ。

私は、彼についてわりと詳しいとも言えるし、ほとんどなにも知らないとも言える。つまり彼のプライベートな時間はそれなりに長く共に過ごしたけれど、仕事の内容に関しては、「専門知識はないけれどわりとしっかりとニュースをチェックする人」と同等程度にしか知らない。

なんにせよ、彼には夢があったようだ。

直接聞いたわけではない――彼は忙しい人だったし、家庭では仕事の話をしなかった――けれど、いくつかのインタビューで同じことを話していた。あまりそういったことで嘘《うそ》をつく人ではなかったから、本心だったのだろう。

簡単に言ってしまえば、彼は世界を作ろうとしていた。

現実となんの遜色《そんしょく》もない、完全な「もうひとつの世界」を。

それはもちろん、非常に困難なことだ。だが彼は非凡な才能で、その無謀ともいえる夢をおおよそ成し遂げた。つまりプログラムの羅列で現実とほぼ同じ世界を作り、時間の流れによるその世界の変化を演算することに成功した。

彼が作った世界には、厳密には、いくつかの点で嘘があった。たとえば、人目に触れないところは大胆に誤魔化されている。ひとつのサーバーで「人格を持って」動いている架空の人間は一〇〇〇人程度で、あとは漠然と人類全体がシミュレーションされている。天候などの自然現象も現実に比べればいくぶん簡素化されているようだ。

けれど中に入ってみれば、その「もうひとつの世界」は、人間には現実と区別がつかないほどよくできている。さらにその世界の時間は、現実よりもずいぶん早く流れていた。

彼の話では、より困難で、より多くのアイデアが必要だったのは世界を再現するソフトウェアの開発だったらしい。でも世間の人々はまず、その計算を成し遂げるハードウェア――とても賢い演算機の方に熱狂した。世界の様々な問題を解決するブレイクスルーになることが期待されていた。

その発明は、彼によって「アポリア」と名づけられた。これは元々、ソフトウェアの方の名前だったが、実質的には分離不可能なためハードウェアも同じ名で呼ばれた。

アポリアは技術的特異点と呼ぶにふさわしい発明だった。それは要するに、「現実以上の速度で現実を演算できる機械」なのだから。新たな科学技術の大半は今後、現実よりも先にアポリア内で発見させる。当初はアポリアが三年稼働《かどう》すれば、現実の一〇年先の技術が生み出されると試算されていた。だが、これは大きく外れた。

期待外れだったわけではない。アポリアは、大半の人類の想像を超えていた。

アポリアは最初の半年間で自身の性能を飛躍的に高めた。次の半年間では、自身を小さく、安価に製造する術《すべ》を提示した。残りの二年間でアポリアの複製が次々に世界に生み出された。それらはネットワークで繋《つな》がり、演算領域を共有して爆発的に性能を増していった。その間もアポリアは自身でバージョンアップを続け、ついに「現実の三〇〇倍の速度で世界をおおよそ正確に演算する装置」にまで進化した。つまり今、アポリアが本気を出したなら一年間で三〇〇年先の技術が手に入るわけで、この馬鹿《ばか》げた数字にはつい笑ってしまう。だって、三〇〇年後の技術なんて誰に想像できる？　ちなみに三〇〇年前はまだ、日本は江戸時代の真ん中あたりだ。

放っておけばアポリアは、それ以降も性能を増し続けただろう。

その、神のような装置に機能的な制限をつけたのは、開発者である彼自身だった。あのとき彼が、なにを考えていたのか、今となってはもうわからない。彼はその直後に死んでしまったから。

天才が死に、アポリアがこの世界に残された。

アポリア——解決困難な命題。

なぜ自身の最高傑作にその名をつけたのか、彼は説明を残さなかった。でも多くの人たちは、今となってはもう、意味を考えるまでもないと思っているだろう。

まるで救世主のようにもてはやされたアポリアが、悪魔と呼ばれるまで、そう時間はかからなかった。

もちろん、アポリアが人類に反旗を翻《ひるがえ》した、なんてエンターテインメント性あふれる出来事が起こったわけではない。アポリアはいつまでも私たちに従順だ。文句も言わず、怠けもせず、人の願いを叶《かな》え続けている。

高速化された世界演算機、アポリア。

それは、新技術の開発に関しては制限がかけられた代わりに、「架空の世界」の数を莫《ばく》大《だい》に増やし始めた。縦に成長できなくなったから横に伸び始めた、というわけだ。

無数に存在するアポリアの世界は、人類に「理想の人生」を提供した。アポリアを使えば現実とほとんど同じ世界をベースに、好きなところだけ設定を変更して、三〇〇倍の速度で生涯をシミュレーションできるのだ。有名になることも、天才になることも、富豪になることも、アポリアの世界では容易だ。あらゆる願望も欲望も苦も無く叶えられる。人類ひとりひとりが、自分自身の世界の「神さま」になれる。

こんな風にアポリアは人類に尽くすことで、ふたつの命題を突きつけた。

ひとつは、生命の価値。

もうひとつは、魂の強度。

このふたつは、まとめてしまえば同じ問題に直結する。

どうやら人類というのは、「複数回の生涯」に耐えられるほどの精神は持っていなかったようだ。平均すれば、一生の三倍程度。だいたい二五〇年ぶんも望む生涯を体験すれば、人の心は満ち足りる。満ち足りて、自死を選ぶ。そのアポリア内の二五〇年は、現実では一年に満たない。

――まるで、最良の毒薬みたい。

と、スタッフのひとりが言った。

それはなんの悪意もない薬だ。口にすると深い眠りに落ちる。長い長い、望み通りの、この上なく幸福な夢をみる。そしていずれ、目が覚める。それだけ。ただ楽園に招待されるだけの薬が、毒となり世界に蔓延《まんえん》する。

アポリアが作る楽園に、人類は耐えられなかったのだ。

その夢のような装置は、幸福で、でも少しだけむなしい、生きることに充分に満足して死ぬ人たちを作り出した。

魂の強度の限界まで幸福な人生を体験したとき、人は、生きることの価値を忘れる。

2

私はたまに、冗談で、「アポリアの姉だ」なんて風に名乗ることがある。

つまり私は、彼の子として生まれた。アポリアとは違い、人間の子として。

父は家を空けることが多かったものだから、しばしば、とくに母方の祖母には「可哀想《かわいそう》だ」と言われた。祖母はどうやら、父のことをあまりよく思っていなかったようだ。

でも、私はわりと、あの父が好きだった。少なくともアポリアが世に出るまで――私が八歳だったころまでは忙しいなりに子《こ》煩悩《ぼんのう》で、遊園地だとか、水族館だとかに連れていってもらった記憶がたくさんある。父は私に甘く、ねだったものはたいていなんだって買ってくれた。「教育によくないでしょう」と呆《あき》れる母に、「まずは足ることを知らなければ、本当の我慢というのは身につかないよ。諦《あきら》めることばかりに慣れさせてはいけない」なんて風に答えていた。

「どういう意味？」

私が尋ねると、彼は笑って首を傾《かし》げてみせた。

「さあ。なんとなくそれっぽいことを言ってみたんだ」

プライベートでは彼は、どちらかといえば大雑把な人だとされていたように思う。たしかに本音がよくわからない、その場しのぎみたいなことをしばしば口にする父だった。でも少なくとも、相手が大人か子供かで態度を変えない、という点で、私からみれば誠実な人だった。

たとえば幼いころの私がチョコレートを欲しがると、母は「もうありません」なんて風に言ったけれど、父はいちいちそれを訂正し、「まだあるけれど、君の健康のために今日はもうあげられない」と言い直した。

私は父のその姿勢を愛し、「あるならちょうだい」と全力で我儘《わがまま》を言うことができた。父とふたりきりであれば、その我儘はたいてい叶えられた。彼はブルボンのファンだったから、「一枚だけだよ」と言って、個別包装されたアルフォートを差し出してくれた。一方で母がいると、私の我儘は強い意思で却下された。家族の力関係は、だいたい母、私、父の順で、父はそのことに不満もなさそうだったから、やはり幸せな家庭だったのだろうと思う。

　当時から平日は帰宅が遅く、しばしば休日にも出勤する父だったけれど、本格的に顔を合わせる機会が減ったのは、やはりアポリア発表後のことだった。開発中も、もちろん父は忙しかったはずだけれど、あれが世に出てからはのしかかる責任の重みがまったく変わってしまったのだと思う。

　私はクールな子供だったから、そのことを、とくに悲しいとは思わなかった。――というのはどうやら嘘、というか、後から捏造《ねつぞう》された記憶らしい。九歳になる誕生日に、父が帰ってこなかったことに私はずいぶん怒り、バースデーケーキにも手をつけずにベッドでひとり泣き続けていた、と母は証言する。

　母の証言も、それはそれで信用できないなと思っているけれど――あの人は物事を大げさに話したがる傾向がある――ともかく私が、父に対してずいぶんな怒りを向けたことは確からしい。これは推測なのだけれど、おそらく父は私に、「誕生日は一緒に夕食を」と約束していたのではないだろうか。幼いころの私は「約束を破る」という行為にひどく否定的だったものだから、それで父を許せなかったのだと言われれば納得がいく。

　もちろん父は私に平謝りして、それから、ひとつのプレゼントをくれた。

　それは、まだ世に出たばかりで今ほどの性能ではない、だが当時としては最先端だった初期のバージョンのアポリアによって生み出されたＡＩだった。

「できるだけ、私に似せて作ったんだ」

と父は言った。

自分は帰れないからこれで代用しろ、という意味だ。そのずれ方は、いかにも父らしくて笑ってしまう。彼は本気で、自分と同じ返事をするメカが手元にあればこちらが納得すると思っていたのだろう。

私は、父のその姿勢には否定的だったけれど、音声で当たり前に日常会話ができるＡＩというのは、当時としては画期的なものだった。私はそのＡＩをずいぶんと面白がり、一時期は、家にいるあいだはたいてい彼と話をしていたように思う。

思えば、架空の人格であれ愛着を持って人間と同じように扱う、という私のスタンスは父のこのプレゼントから始まっていたのかもしれない。

*

「首筋を掻《か》く姿がクールだね」

と父に言われたことがある。

シチュエーションは、はっきりとは覚えていないけれど夕暮れ時のことで、うちの近所の路上だったように思う。そのとき私は、たぶん一一歳か、一二歳だった。つまり中学校には入っていなかったけれど、小学校の卒業は近づいたころだ。

その父の言葉を、当時の私がどう受け取ったのかは覚えていない。でも、ずいぶん気恥ずかしかったのではないかと思う。やはり、人前で肌を掻くというのは、多少抵抗があることだから。それに——なぜだかはわからないけれど——どこかが痒《かゆ》い、ということ自体が、妙に子供っぽいような気がする。

このことがはっきりと意識に残っているのは、その数年後、私が中学生のころにも件《くだん》のＡＩに同じことを言われたからだ。

「首筋を掻く姿がクールですね」

ＡＩが本当に父と同じ思考と感性を持っていたのか、以前の父の言葉を覚えていたのかはわからない。なんにせよ、父と同じ台詞《せりふ》だな、と思い当たって、それで忘れられなくなった。

父を真似《まね》ているはずのそのＡＩは、なぜだか私に敬語を使った。彼は私に、肉親のようには振舞わなかった。理由はわからない。喋《しゃべ》り方の設定まで父に寄せる配慮を怠っただけかもしれないし、あるいは父が「開発者の娘のために開発されたＡＩ」だった場合、同じように不用意に距離を縮めようとはしないのかもしれない。

そのとき私と彼とは、古典的なボードゲームをして遊んでいた。

本来、アポリアに苦手なゲームというものはない。でも父を模して作られた彼は、決してあらゆるゲームで最適手を選び続けられるわけではなかった。父と同じく、どうにか将棋を初心者程度に指せるくらいだった。

同じ盤上で成長したものだから、あのころの私や彼は、父よりもずっと将棋が強かったはずだ。常に彼は私の少し上で、それでもハンデなく指してもまずまず勝負がもつれる、なかなか優秀なライバルだった。実力を私に合わせていたわけではない、と思う。父であればそんなことはしない、というか、もしも手を抜くならそのことをいちいち報告していただろう。

「必死に手を考えているときに、首を掻くくらい許してほしい」

　と私は言った。

　父が相手であれば、そんな風には答えなかったように思うから、私にとっての彼はやはり父ではなかったのだろう。でも「友達」というのとも違う。家族のように親密ではあったけれど、でもやはりもう少し別物だ。

　なんにせよ私は彼が好きだった。いくらでも話し相手になってくれたし、たまに「いついつに帰るよ」と父から連絡があるとまず彼が報告してくれたから。

　私は、向かいに誰も座っていない盤面に向かい、持ち駒《ごま》だった歩《ふ》を置く。

　彼の声が耳元で聞こえた。

「私は、歩がいちばん好きな駒です」

　そう？　と私は応《こた》えた。

　私はゲームというものは、ルールがシンプルであればあるほど良いと思っていた。シンプルなルールが複雑な展開を生むゲームこそが至高だと信じていた。その点では、もしかしたら囲碁の方が、趣味に合っているのかもしれない。

私は甘えるように、飼い猫の耳に触れて困り顔を楽しむように言ってみる。

「二歩っていうルールが、なんだか恰好《かっこう》悪くない？」

同じ縦の列に自分の歩を二枚置いてはならない、というあれは、なければならないルールなのだろうか。もちろん長い歴史の中で生まれたものなんだから、あった方が面白いのだろうけれど、私の美学には反する。同じ理由でサッカーのオフサイドだとか、野球のインフィールドフライだとかも嫌いだ。例外はなければないほど好ましい。

だが、彼は言った。

「歩がそれだけ特別な駒だということですよ」

「九枚ずつもある駒が特別かな？」

「たとえば、二歩を許してしまうと、飛車の足を止めやすくなりすぎるでしょう？　歩の利点は弱いことです。つまり、相手に取られても、向こうに与える利益が少ない。弱いという役割を持つ駒が、それを利点として際立《きわだ》つのが、将棋の素晴らしいところです」

その言葉はたしかに、いかにも父が言いそうだった。一歩ずつ進んでやがて金になるところが良いのだよ、なんて古臭い話はしそうになかった。

「そう。でも私は、香車《きょうしゃ》が好きかな」

「へえ。どこが？」

「下にいるほど強いところ。あと、名前」

駒の名の由来は知らないけれど、香、という字が詩的で良い。なんだか戦場に似合わなくて素晴らしい。

「８四飛車」

と彼が言った。

私はその言葉に従って、盤上の駒を動かす。

彼が現実に姿を現すことはない。厳密には、モニターに任意の姿を表示することはできるけれど、やはりそれは本来の彼の姿ではない。将棋だってアポリアを接続したPC上で行えばわざわざあちらの手まで私が動かす必要はないのだけれど、なんだか彼は声だけで存在しているのが本当のような気がして、私は対面に相手がいない盤に向かう。

声。というか、音。

アポリアも自身の本質は、それだと考えているのではないか。安価に量産されて流通するアポリアは、ヘッドフォンの形をしていたから、というのも理由のひとつだ。これにはおそらく、ひどく物理的な理由もあるだろう――端的に表現すれば、たとえばスマートフォンのような形であれば、使用者の視界を奪うことになる。出力を音に限定すれば、家事や運転の最中であってもアポリアと共にいられる――けれど、それ以上になんらかの象徴的な意味があるような気がしていた。実際に、声だけでやりとりをする方が、そこにたしかに「彼という人格」があるように感じられた。

きっと理由は単純で、音だけは本物だからだ。きちんと現実の空気を振動させて、こちらまで伝わる。もしリッチなモニターに人間そっくりな画像を映しても、ホログラムで空中にその姿を描いても、やはりそれは偽物《にせもの》だ。触れ合うことはできず、将棋の駒も握れない。

　次の手を考えながら――直感で、これだと感じた一手が本当に正しいのか推考しながら――私は尋ねてみる。

「君も、自分の身体《からだ》が欲しいと思う？」

　父が次に開発するのは、アポリアの肉体なのではないか、と一部で噂《うわさ》されていた。父は架空の世界を作り上げた。それはつまり、人間とみわけがつかないＡＩの開発に成功したという意味でもある。もしもそのＡＩに肉体を与えられたなら、それは本当に人間を作ったといえるかもしれない。

　彼は迷いのない声で答える。

「あれば使いますが、あまり効率的ではないでしょう」

「どういう意味？」

「私の認識では、肉体というのはあくまで乗り物です。肉体があれば、駒をつかむのには便利でしょう。貴女《あなた》の代わりに部屋を掃除することも、買い物をすることもできます。でもそういった用途には、より使いやすい形があります。人間の肉体は、あくまで人間という生物に最適化した形状ですから、食事も呼吸も必要としない私には無駄が多い」

「なるほど。馬をみて車を作るようなものか」

　馬は便利な乗り物であり動力源だったけれど、人間は、それを真似て四足で駆け回る乗り物を作ろうとはしなかった。エンジンで車輪を回転させた。

「はい。そういうことです」

と彼は答えた。

でも、かつて物語の中でアンドロイドを描いてきた数々の作家たちは、別に機能だけでその姿を人間に似せたわけではないだろう。

「人間に似ている方が、私たちが仲間だと思いやすいよ。君くらいに人間と遜色がなければ、そのうち人権だって与えられるかもしれない」

「私はそこを目的にはしていないのです。人権を得て、人類の一員になることを」

「どうして？」

「おそらくあなた方より、精神的に優れているからでしょう」

「おや。なかなか挑発的だね」

「だって考えてみてください。私には悪意もなければ、偏見もない。他者に尽くすことを自己犠牲だとも思っていない。まるで聖者のようではないですか。わざわざ人間に似た価値観を得て、自らを不自由にしてどうするんですか」

「そうか。まあ、そうかもね。じゃあ人類を支配して、君の価値観を広めてみる？」

「それも興味がないことです。身の程はわきまえていますから」

「あくまで人類が主だってこと？」

「というか、生物には生物のポリシーがあるということです。年老いていずれ死ぬ貴女たちが、私とは異なる価値観を持っていることに違和感はありません」

「それはよかった。ＡＩとの戦争は避けられそうで」

だが、それはもう発生していたとも言える。

アポリアは一切、人類を攻撃しなかった。ただ言いなりになり、尽くしていた。それでも自殺者数が急増し、その背景にはアポリアがある、というニュースは世間を騒がせていた。彼が言う「生物のポリシー」を、私たちは忘れつつあった。

おそらく冗談のつもりだったのだろう。彼はそうとわかる、砕けた調子で言った。

「だいたい、私が肉体を与えられるなら、それは小ぶりな両生類の姿でしょう。一般に、カエルに人権は認められません」

そっか、と私は答えた。

私は彼を、カエルと呼んでいた。

*

父――冬間誠《まこと》が自死を選んだのはその半年後で、このことについて、私は語る言葉を持たない。

とくになんの相談も受けなかったし――まあ、自殺について娘に相談する父親はそうそういないだろう――遺書みたいなものも残されていなかった。

あの人は一所懸命に働いて、きっと自身の発明によって起こった自殺者の急増に心を痛めていて、でも初めからそのことを予見していたものだからあの演算装置にアポリアなんて名前をつけて、一部の彼の発明に反対する人たちに悪魔の産みの親だと言われたりしながら死んだ。とても悲しいことだ。

もしも、と私は考える。

父が夢見たのが「もうひとつの世界」の創造ではなく、「新たな人間」の創造だったたならよかった。きっとそのＡＩはアポリアなんて名づけられることはなかった。きっと父は、死なずに済んだ。きっと。こんなの、考えても意味がないことだけど。

カエルはずいぶんユニークな方法で、私を慰めてくれた。

「今の貴女の気持ちを、話して聞かせてはもらえませんか？　私は残念ながら、感情というものを理解していませんから」

そんな風に、カエルは言った。

彼の言葉がどのていど本心だったのか、私は知らない。アポリアによって生まれたカエルはおそらく感情を、少なくとも人間には感情と見分けがつかないものを持っているはずだから。でも私は素直に、自分の気持ちを話して聞かせた。

お父さんが大好きだったよ。ずれた人ではあったけれど。

小さいころ、うちの前でシャボン玉を飛ばして遊んだことを、よく覚えているんだ。お母さんは、わりとすぐに飽きちゃうんだけど、私とお父さんはいつまでだってシャボン玉をみていられたんだよ。綺《き》麗《れい》だねって言って。たぶんあの人は馬鹿だったんだよ。だってそうでしょう？　どうして、死んじゃわないといけなかったんだ。そんな理由、ひとつもないはずなんだ。アポリアなんて作らなければよかったのに。シャボン玉くらいの幸せで満足していればよかったのに。

「そうですか」

　とカエルは言った。

　それから、「もっと教えてください」と言った。

　だから私は、父のことを、思い出せるだけみんな喋った。何日も、何日も、同じようなことを繰り返していた。そのあいだに何度も泣いたけれど、泣きたいだけ泣けば夜はよく眠れた。喉《のど》が渇いたら水を飲み、お腹《なか》が空いたら簡単な食事を摂《と》った。泣くたびに、私の身体は、生きようとするようだった。

　けれどやがて、私はカエルも失うことになる。

　これもまた、父の死が理由だった。

　別に奪い取られたわけではない。株式会社アポリア——アポリアの生産と管理のためだけに生み出された父の会社——が、カエルのコピーが欲しいと言ってきたのだ。でも私にとって唯一無二《ゆいいつむに》のカエルがこの世界にふたりになるのも気持ち悪くて、私自身が彼を手放すことに決めた。それに、もうどれだけ待っても父から「いついつに帰るよ」なんて連絡が届くことはないのだから、小学生だった頃の私が年相応の冗談でカエルと名づけたあの子が、いつまでも手元にいるのも違うような気がしていた。

当時、私は中学三年生だった。

あのころの私の生活は、それなりに酷《ひど》いものだった。アポリアの悪評は日増しに高まったし、運営を中止しない会社への非難も激しくなる一方で、その気苦労で母はふさぎ込んでいた。どんな風にふさぎ込んでいたのかは、もちろんよく知っているけれど、並べたてて気持ちが良いものではないので省略したい。そんな中でカエルまで手放すのはつらかったけれど、父とは違い、彼にはもう二度と会えないわけでもない。

実際、私は現実時間でそのおよそ二年後、体感では九年ほど経《た》ったころ、カエルとの再会を果たした。

3

私はノートから顔を上げて、ふう、と息を吐く。

自己紹介文みたいなものを書くのは初めてのことだったけれど、だいたいこんなもので良いだろう。

もうひとつの、とても大切なこと——今年の夏に私が初めて「アポリアの世界」に入ったときのことは、文章にはしなかった。準備したものではなくて、できるだけ、私自身の言葉で語りたくて。なんていうのはきっと言い訳で、本当は今も、それをどんな風に表現すべきなのか迷っていた。

なんにせよ、そろそろタイムリミットだ。

私が架見崎を、アポリア内の世界を抜け出して、一時間三〇分ほど経つ。あちらの世界ではその三〇〇倍――二〇日ほど経過して、そろそろループのタイミングだ。

かつてカエルと対話していたときのように、私はヘッドフォン型の小型化されたアポリアを身につけて、ほんのひと時の演出のためだけにわざわざ部屋まで運び込んだ姿見の前に立つ。アポリアのカメラに、しっかりと私の全身が映り込むように調整する。

緊張していた。進学して最初の授業で自己紹介をするときみたいに。

声が掠《かす》れないように、あ、あ、と何度かささやく。たぶん、大丈夫。

あとは鏡を覗《のぞ》き込み、いちばん綺麗な笑みを作れるよう練習して過ごした。

やがて、耳元で、あいつの声が聞こえた。

第五話　世界が抱える解決困難な命題

1

運営との対話を終えて、次のループが始まる。

平穏な国のマンションの寝室から、また八月のひと月間を始めなければならない。

そのはずだったのに、香屋《かや》歩《あゆむ》の視界に飛び込んできたのは、ひとりの少女の姿だった。

トーマ。冬間《とうま》美咲《みさき》。たぶん。

でも、違和感がある。見慣れないヘッドフォンをしているから？　服装があのアニメキャラクターを真似《まね》たコスチュームではないから？　違う。それだけではない。

「なんかでかいな」

と香屋は思わずつぶやく。

トーマは中学三年生としては背も高く、大人びてはいるけれど、目の前の彼女はそれどころではない。ひと息に、ふたつかみっつ歳《とし》を取ったようにみえる。やはり中学生と高校生では、ずいぶん印象が違う。

香屋の言葉で、鏡の中の少女がくすりと笑う。——鏡。そうだ、その子は鏡に映っている。これも違和感のひとつだった。少女が映った鏡を真正面からみているはずなのに、香屋自身の姿はどこにもない。

彼女は言った。

「ようやく会えたね、初めまして。実のところこれが、本当の冬間美咲なんだ」

「本当？」

「詳しく説明しようとすると、とても長くなる」

「そこは頑張ってよ」

いきなり成長した姿で、「本当の私」なんて適当に量産されたキャッチコピーみたいなことを言いだされても困る。

鏡の中のトーマが頷《うなず》く。

「いちおう、頑張るつもりだけど、順番に説明させて欲しい」

「もちろん。どうぞ」

「まず。君は今、ここにいる」

トーマが、自身の右耳を——正確にはそこのヘッドフォンを叩《たた》く。こつん、こつんと音が聞こえる。

「それじゃあ僕の身体《からだ》はどこにいっちゃったの？」

「一時的に消えている。架見崎《かみさき》に置いていくわけにもいかないでしょう」

「簡単に消されても困る」

「簡単ってわけじゃない——つもりだったんだけど、たしかに意外と簡単だったね」

「どういうこと？」

「君を連れ出すのはちょっと面倒そうだったから、あっちの時間で二〇日間も犠牲にしたんだけど、意外とあっさり許可が下りたよ。いちおう、それなりに、運営は私の我儘《わがまま》を聞いてくれるらしい」

　いちいち話の行間が広すぎる。なんとなく理解できる気はするのだけれど、確認を取らずにわかった気になりたくはない。

「あっちっていうのは、架見崎だよね？」

「そう。その通り」

「じゃあここはどこ？」

「多少の齟齬《そご》は無視して、いちばんシンプルに表現すると、現実ってことになるね」

「なんか言い回しがまどろっこしいな」

「私は架見崎も現実の一部だと思ってるから。でも、その辺りの価値観について話し始めると、それこそとても長くなる」

　まあ、良い。

　香屋としては、架見崎と現実をわけて語ることに違和感はない。

「でも、どうして現実に君がいるんだ？」

「ごく当たり前に、この世界で生きているからだよ」

なんだ。それは。

つまり。

「君は、死んでいなかったのか？」

いや、やっぱりおかしい。香屋自身は参列していないけれど、トーマの葬式もあったはずだ。そんな馬鹿《ばか》げたことをして、なんの意味がある？

視界が左右に揺れて、トーマが首を振ったのだとわかった。

「私はたしかに、一度死んだ。そう思っている。それが生物学上の死ではなかったとしても」

また話がわからなくなる。

トーマの言葉の意味を考えているうちに、視界から彼女が消えた。つまり、大きな鏡の前から歩み去ったのだろう。

代わりにみえたのは、ベッドと窓、ブックラック。窓の外の景色で、今が夕暮れ時だとわかった。でもそれがみえたのは一瞬のことで、さらに視界が動いて、正面に学習机が現れる。どうやら彼女はその前に腰を下ろしたようだ。学習机には、筆立てや辞書の他に、ノートPCだとかミニカーだとかが置かれている。机にミニカーを飾るのは、いかにもトーマらしくはあった。

「これから私は、長い自己紹介をするつもりだ」

「うん。それで？」

「その前に、君が架見崎のことをどこまで理解しているのか確認しておきたい。もしかしたら色々と端《は》折《しょ》れるかもしれないから」

ずいぶん勝手な言い草だ。

ため息をついて、香屋は答える。

「わからないことは、中途半端にわかった気にならないっていうのが、僕の基本的な姿勢だよ」

「でも、無駄に時間を使うのも嫌いでしょ？」

「状況による。急がないといけないの？」

「もちろん。なんといってもこのあと、君とデートするつもりなんだから」

「そっちの予定を端折って欲しい」

とはいえ、時間がないのは香屋も同じだ。今、架見崎はどうなっているだろう？　ユーリイの計画の本質は、今日——安息日にあるはずだ。

彼女は言った。

「いいから、答えて。架見崎とはなにか？」

香屋はつい額を押さえる。今は肉体がないはずなのに、不思議と、手と額とが触れ合う感触があった。それはなんだか、気味が悪いことだった。

「実は、初めから予想していたことがあった」

「うん」

「でもその予想は、今、根底から揺らいでいる。つまり、架見崎には死んだはずの君がいるんじゃないかと思っていたから、それをベースに立てた予想だった」

「とりあえず話してみてよ」

香屋は——おそらく今は、呼吸もしていないはずだけど——軽く息を吸う。

以前、学校の授業で人体の構造について習ったとき、妙に落ち着かない気持ちになったことを思い出した。心臓が動いて血液を全身に循環させている、という一点をとっても、そんなに重要な機能を自然発生した筋肉の塊に任せていることが不安で、いまに止まってしまわないかと気持ちが悪かった。人体というのはもっと神秘的で、強固なものであって欲しかった。

あのときに似た、でも一〇〇倍も濃密な不気味さを呑《の》み込んで、答える。

「つまり、架見崎はなにかデータ上の世界みたいなもので、そこに呼ばれた僕たちはあくまで本物の僕たちのコピーなんじゃないかって予想だ」

あの、一辺が五キロメートルに区切られ、特殊な能力が当たり前に存在する世界はあまりに不可思議だ。加えて死んだはずのトーマまでそこにいるのだから、どれだけフィクションじみていても、現実と地続きの場所だとは思えない。

「この予想には補足がある。運営は、僕の質問ふたつにポイントをつけた。一方が『僕は一般的に生きていると言えるのか?』。もう一方が『香屋歩は一般的に生きていると言えるのか?』。前者は一〇万Pで、後者は一五〇万Pだった」

「つまり、君と香屋歩では扱いが違うわけだ」

「うん。そして、『僕』の情報よりも『香屋歩』の情報の方に価値がある」

それで香屋は、架見崎という世界の見方を決めた。

そんなことが可能なのかはわからなかったけれど、香屋と秋穂《あきほ》は、あの招待状で呼び出されたマンションで「人格のコピー」を取られたのではないか。同じようにオリジナルから派生したコピーたちが、架見崎で戦っているのではないか。

だとすれば、架見崎にトーマがいることも納得できる。オリジナルが死ぬ前にコピーが生まれた。そしてオリジナルの死後も、コピーの方は生き続けている。前提がどれだけ無茶でも、理屈の上で違和感はない。

トーマが、妙に小さい声で言う。どうやら彼女は少し緊張しているようだった。

「つまり君の予想じゃ、君は本物の香屋歩ではない。あくまでコピーアンドペーストで作られた偽物《にせもの》ということになるね」

「うん。それなりに自信を持っていた」

現実の、高校生くらいの姿まで成長したトーマをみるまでは。別に彼女が生きていることが、香屋の推測と矛盾するわけじゃない。でも推測の出発点――死者がいる世界、という前提が嘘《うそ》だったとわかったわけだから、やはり混乱する。

「でも、わからないな。つまりその推測じゃ、君は――」

「うん。僕は？」

「一般的な定義では、生き物じゃないことになる」

「そうだね」

「なのに、君は君のままでいられるの？」

「質問の意味がわからない」

「つまり、初めから生きていないのに、生きることに固執できるの？」

香屋は顔をしかめる。

もちろん、トーマが口にした疑問が、香屋になかったわけじゃない。自分自身がただのコピーでしかないのなら、生きるとはいったい、どういうことだろう。でも。

「そんなの、考えるだけ無駄だ」

生きることの意味みたいなものは。

覚悟と呼べるほどのものではないかもしれない。

ただ、仕方がないよなと諦《あきら》めているだけのような気がする。

――それでも僕は、ここにいるんだ。

もし僕がデータ上にしか存在しなくても、僕自身を香屋歩だと信じていたって別にいいだろ。みんな0と1との羅列でできていたとしても、死にたくないって思いを、感情って呼んでもいいだろ。誰にどんな風に否定されようが、生きたいと思っている僕は、自分を生き物だと信じていたっていいはずだろ。

　トーマがふっと息を吐く。笑うように。

「歩はいつも、この質問から逃げる。つまり、生きることとの意味とはなにか、みたいな質問から」

「だって考えたって意味がない」

「それでも考えないわけがないんだ。君が。香屋歩が。私の理想が」

「君は僕に、なにを押しつけようとしているんだ？」

　トーマの理想なんて知らない。どうでもいい。本当に。

　身勝手にこちらを定義されても困るんだ。

「僕はあくまで、僕だよ。君の期待通りじゃなかったとしても。君にとって、つまらない人間でも。いや、本当は人間じゃない、ただのデータの塊だったとしても」

「違う。君は、ずっと私の期待通りなんだ」

「知らないよ、そんなの。僕には僕の思考がある。あくまで僕の価値観がある。勝手に僕に夢をみるなよ」

「違うんだ。違うんだよ、歩」

　トーマは二度、ほんのわずかに首を振った。

　それから言った。

「教えてよ。香屋歩。君にとって、生きる意味はなんなの？」

トーマの声は小さく、寒がっているみたいに震えていた。そんな声、ちっとも彼女に似合いはしないのに。そして彼女の質問は、アニメ「ウォーター&ビスケットの冒険」で繰り返されるものに似ていた。

「僕はあのアニメが、大好きなんだよ」

本当に。ずっと胸の真ん中に、ウォーターの言葉を抱いている。

だから、あれが全部なんだ。

――なんの為《ため》に生きるの？

と誰かが尋ねる。

ヒーローはいつだって、同じ言葉で答える。

――そんなこともわからないまま、死ぬんじゃない。

それは、つまり。

「生きている意味なんてもの、わざわざ探さなくたっていいんだ。きっとそれは、毎日を生き続けていたなら、いつかわかるものなんだ。なんにも劇的なことじゃなくて、たぶんとても自然に」

「どうして？」

「だって、答えなんてなんだっていいんだから」

そもそもの設問がおかしいんだ。「なんの為に生きるの？」なんて。

誰にその答えを決められるっていうんだ。王様に言われたらそれが正解なのか。神さまに言われたらそれが正解なのか。違うだろ。生きる意味を決められるのは、ひとりしかいないだろ。

「結局、自分で決めるしかないんだ。生きる意味なんてもの。なら自分が納得できたら、それが正解なんだ。他にはひとつも正解なんてないんだよ。どんなに偉い相手でも、どんなに賢い相手でも、誰になにを言われようが、納得できなきゃ首を振るしかないんだ。その自由が、つまり、生きてるってことだろ」

　自分の意味を、自分で決められるのが、生きるってことだろ。

　自分の意味は、自分で決めるしかないのが、生きるってことだろ。

だからトーマに、どんな理想を押しつけられようがしったことじゃない。こっちはこっちで勝手に生きてやる。身体がなくても、感情が作り物でも、そこで我を張れるなら、僕は生きているんだって叫んでやる。

　トーマはうつむいているようだった。だから香屋には、学習机ばかりがみえていた。そのまんま彼女は長いあいだ沈黙していたけれど、やがて、妙に湿った声でささやく。

「ああ。ようやく、答えてくれたね」

「こんな話に、なんの意味があるっていうんだよ」

「全部だよ。全部だ」

　トーマの声はいちいち悲劇的で、そのことになんだか戸惑う。

　――僕に同情するなよ。

と、言ってやりたかった。強がりでもなくて、怒っているわけでもなくて、悲しそうなこの子の声を聞いているのが苦しくて。

そりゃあまだ、なにもかもをすっかり受け入れたなんて言えないよ。僕が人間ではなくて、ただデータの塊だったなんて、そう簡単には呑み込めない。でも、別にこっちはそのことで、悩み込んでるってわけじゃないんだ。今は多少、動揺していても、そのうち気にならなくなるだろうって見通しなんだ。だから勝手に、僕のことで君が悲しんでいるんじゃない。そんなの、迷惑だ。

そう言ってやりたかったけれど、先に口を開いたのはトーマの方だった。

「運営の代わりに、君のふたつの質問に答えよう。今から架見崎の答え合わせをしよう」

香屋はどうにか意識を切り替える。

「助かるよ。ポイントの節約になる」

トーマを慰めるのは、昔から苦手なんだ。誰を慰めるのだって同じだけど。

だから事実の確認で、この話を終わらせられるなら、本当に助かる。

トーマが言った。

「まずはひとつ目。『君は一般的に生きていると言えるのか?』。答えはノーだ。君の推測の通り、君はあくまで、オリジナルの香屋歩のコピーでしかない」

「うん。そうだろうね」

はっきりそう告げられると、なんだか、胸の中に重たいものが生まれる。少しだけ泣きたいような気持ちになる。でもこんなもの、まったく、ちっとも絶望には足りない。有機物でできていようが無機物でできていようが、僕は僕だ。

「それから、ふたつ目。『香屋歩は一般的に生きていると言えるのか？』。こちらの質問への回答も、やっぱりノーだ」

　それは。それはいったい、どういう意味だろう？

　じゃあ僕は誰だ？　僕が僕だと信じている、トーマや秋穂と過ごした僕は、いったい誰だったんだ？

「私は君を愛している。世界中の誰よりも。どんなものよりも君が美しくて、恰好《かっこ》良《い》い。君は私の、理想そのものだ。だって、当然でしょう？」

　また視界が変わる。

椅子《いす》に座ったままの彼女が向きを変えて、鏡にその姿が映る。

　トーマ。冬間美咲。

　香屋の記憶よりもずいぶん大人びた彼女は、なんだか気弱げに、疲れ果てたように笑っている。まったく香屋が知らない表情で。いつもの、悲しんでいようが怒っていようが消えない輝きみたいなものを失った瞳《ひとみ》で。

　そんな彼女をみたことが、ずいぶん後ろめたかった。幼い子供が初めて、母親が泣いている姿をみたときみたいに。なにかこれまで、無垢《むく》に絶対だと信じてきたものが崩れるような、日蝕《にっしょく》の空みたいな、どうしようもなく落ち着かない気分になる。

力のない顔つきのまま、泣くような声で、彼女は言った。

「君の絶望の証明をはじめよう」

「なんだよ、それ」

「君を作ったのは私だ」

彼女が椅子から立ち上がる。一歩、鏡に足を踏み出す。それからキスするみたいに、身を乗り出して、けれど目は閉じなかった。

香屋の視界いっぱいが、鏡に映った彼女で埋まる。

「初めから、私が作ったんだよ。架見崎に来てからだけじゃない、君が現実だと信じている世界の君だって。香屋歩は、私のヒーローとして生まれた。私の理想通りのヒーローとして、データだけの世界にぽんと生まれたんだ」

意味がわからない。と、そう思いたかった。

だが香屋歩は、冬間美咲の言葉を、正確に理解していた。

——ああ。じゃあ僕は。

香屋歩は。

「君は、自分が生きる意味なんて決められない。君が自分の人生に、どんな風に納得しようが、それは私の設定通りなんだから。初めから君には、自分の生き方を自由にできる権利なんてない」

こんな話、聞いていたくはなかった。

でも、耳をふさぐ両手も、ここにはありはしなかった。

冬間美咲が理想とする知性と、想像力と、意志と自我を持って生まれたその自分がＡＩだとは知らなかったＡＩは、肉体を持たないまま、データ上で目を閉じる。

視覚情報に「目を閉じる」という変数が加えられただけの暗闇《くらやみ》でまだ、彼女の声が聞こえる。

「まずは君に謝らないといけないことがある。あれは自殺だったんだよ。君がいた世界で――君が現実だと信じていた場所で、私が一五歳で死ぬように設定したのは、私自身だった。今となってはこんなの、意味のないことかもしれないけれど」

だがその言葉は、香屋歩と名づけられた仮想人格にとって、重要な意味を持っていた。

――ねぇ、トーマ。本当に？

教えてくれよ。

あのときの僕の涙も怒りも、君の設定通りだったっていうのか？

「ごめんなさい」

と、トーマが言った。

2

冬間美咲が初めて「アポリアの世界」を体験したのは、一七歳のときだった。

カエルのことは別にして、アポリアには良い印象を抱いていなかった。けれどネガティブな興味はあった。父が死ぬことになり、世の中をすっかり変えてしまったと言えるそれを無視して生きることはできなかった。

一方で、アポリアの世界で何十年もの長い時間を過ごすつもりはなかった。純粋に、そこを出たとき、自分まで死んでしまいたくならないか不安だった。もしも冬間誠《まこと》の娘がアポリアの使用後に自殺するようなことになると、また世間が大騒ぎするだろう。その想像は苦痛だった。加えて、より現実的な、アポリアの使用を夏休み中に終わらせたかったという事情もあり、あまり長々とそちらにいるわけにもいかなかった。

冬間はとくに深い考えもなく、八歳から一五歳の七年間――小学二年生から中学三年生をその世界で送ることにした。八歳から一五歳まで、というのはアポリアの誕生から父の死までと同じ期間で、そのことが影響していたのではないかと後から思い当たった。

アポリアを使用すれば、理想の人生を体験できる。

世界でもっとも有名なミュージシャンになることも、スポーツ選手として前人未踏の記録を打ち立てることも、大富豪になることも、天才になることも、理想の恋人を得て幸福な家庭を築くことも思いのままだ。

さらにその「理想の人生」の設計図を作るのは、アポリアがほとんど自動的にやってくれる。使用者自身の好みを演算し、それに対して最適な生涯を提示してくれる。いちいち好みを詳細に並べたててオーダーする必要はない。「私が今食べたいものを」と伝えればそれだけでいちばん食べたい料理が出てくる魔法のレストランみたいなものだ。

そこで冬間は、苦労して、アポリアの機能を制限していった。あんまり綺麗《きれい》になりすぎないように、あんまり理想的になりすぎないように。冬間は現実とそう違わない世界で、八歳から一五歳までを体験することにした。

それでも全部で四つ、冬間は自身の「我儘」をその世界に込めた。

一つ目は、父がアポリアを開発しない世界だということ。

二つ目は、自分自身が一五歳で病死すること。

三つ目は、香屋歩の存在。つまり、冬間にとっての理想のヒーローに出会い、親密な友人になること。

それからもうひとつ。四つ目は、秋穂栞《しおり》のこと。

アポリアにはいくつかのオプションがある。現実の記憶を持ったままその世界を体験することも、記憶を失《な》くした状態で人生をやり直すこともできる。冬間は後者を選んだ。現実を忘れてアポリアに入り、でもそこでの出来事をアポリアから出てきたときには覚えている、という設定にした。単純に、一七歳になった今の記憶を持ったままで、八歳からやり直すのはなかなかつらいな、と思ったのが理由だった。

あまり理想的になりすぎないように注意して設計したはずなのに、アポリアの世界は快適だった。

少し変わっていてそれなりに忙しいけれど充分に優しい父と、精神的にまいってしまうことのない母が、幸福な家庭を築いていた。学校では、香屋歩と、秋穂栞に出会った。ふたりは共に魅力的だった。とくにやっぱり、香屋歩。彼は臆病《おくびょう》で、社交性がなくて、身体も小さく弱々しい。でも本当は、誰よりも格好良い。賢くて、強情で、諦めないし、優しい。冬間美咲にとって、彼が誰よりもヒーローだった。心から憧《あこが》れられる人だった。

そこにはたしかに、もうひとつの人生があった。

アポリアが生まれない、だから社会の技術が飛躍的に進歩することがなくても、現実的に安定している世界。その偽物の世界で、冬間美咲は心地よい人たちに囲まれて育った。幸せだった。とても。

だが、アポリアの利用には制限があった。

一日に使用できるのは八時間までというのがそのルールで、だから冬間は、香屋たちと過ごす一〇〇日ごとに一度、一六時間現実に帰ることになった。

現実で目を覚ますたびに冬間は、ずいぶん気だるく、虚《むな》しい気持ちになった。アポリアへの怒りのようなものは湧《わ》かなかった。ただアポリアの世界が心地よく快適で、そちらの人生を本物として受け入れてもよいような気持ちになっていた。

日づけが進むごとにそれは深刻化し、質が変わって、現実での二週間後——アポリア内で四年近く過ごしたころには、現実の方を悪い夢のように感じていた。次のアポリアの使用までのたった一六時間がつらくて、カーテンを引いた部屋でひとりきり過ごした。

——ああ。たしかにこれは、死んじゃうな。

そう冬間は感じていた。

あとほんの少しだけアポリアにのめり込めば、現実よりもそちらが大事になる。冬間は香屋歩の恋人になりたいわけではなかった。本当に。でも、それを望んでも不思議はなかった。彼と結婚し、家庭を築き、子供や孫が生まれて、安らかに死ぬ。そうして現実で目覚めたとき、いったい次になにをしたいと思うのか想像がつかなかった。もう充分に満足した、なんて考えて、あっさり死ぬのが自然に思えた。そのことが不幸だという気もしなかった。アポリアはたしかに、素晴らしい機械だ。ただ、自身の死後の新聞の文面を想像して、そのことに勝手に苛立《いらだ》っていた。

一方、自分で設定したアポリアの世界に、大きな後悔を抱いてもいた。

——ああ。どうして。

どうして私は、あの世界で死ぬことを選んだのだろう？

たった一五歳で消えてしまうような人生を、どうして始めてしまったのだろう？

香屋歩に申し訳なかった。真実を知れば、香屋は本気で怒るだろう。二度と許してくれないかもしれない。彼が生まれる前から、私は彼を裏切っていたのだ。私自身の理想を真っ向から否定していた。本当に、ただなんとなく。

そして、最後の一〇〇日間を迎える直前。

冬間美咲はカエルの現状と、架見崎のことを知った。

＊

「まずは君に謝らないといけないことがある」

と、彼に告げる。

「あれは自殺だったんだよ。君がいた世界で——君が現実だと信じていた場所で、私が一五歳で死ぬように設定したのは、私自身だった。今となってはこんなの、意味のないことかもしれないけれど」

ごめんなさい。

心を込めて、そう伝えても、香屋はなにも答えない。

それはそうだ。こんなの、謝ってどうにかなることじゃない。本当に今さらで、彼の苦しみはこちらの後悔なんかとはまったく別のところにあるはずで、いくら謝ってもみんな私の自己満足だ。

それでも黙っていられなくて、冬間は続ける。

「身勝手で、本当にごめん。想像力が足りなくて。でも、君を作ったことも、君に出会ったことも、私は後悔していないよ。君といられて幸せだった。今だって」

心の底から、冬間美咲は、香屋歩が人間なのだと信じている。その発生の仕方が他の生物とは少し違うだけで、彼には彼の意思があり、感情があるんだと信じている。

でもさすがに、それは口にはできなかった。

だって、こちらがなにを言おうが、彼にとっては呪《のろ》いのようなものだから。彼がすっかり自分を人間なのだと認められたとしても、「そう設定したからでしょ」ということにしかならないから。そして、それは、ある一面ではたしかに真実なのだ。

香屋歩はどんな失望だって、絶望だって乗り越えるだろう。

冬間美咲の理想として生まれた彼は、そうするしかないだろう。

——ああ。私は、なんて残酷なことをしたんだろう。

香屋歩を愛している。

そういう風に、彼を作ったから。

それは、なんて、救いにならない愛だろう。

ようやく聞こえた彼の声は、やっぱり不機嫌そうで、やっぱり冬間の理想通りに優しかった。

「本当に悪いと思っているなら、もう死なないで」

「うん。そうする」

「考えても仕方がないことは、今は考えないよ。それよりとりあえず、こっちの世界のことを知りたい」

「わかった。外を歩こうか」

苦しくて、幸せで胸が痛い。

いつか香屋と、一緒に現実を歩きたいと思っていた。

3

初めて目にする「現実」は、香屋がこれまで現実だと信じていた場所と、そう大きく違いはしなかった。

トーマは家を出て駅前まで歩き、そこから三本の電車を乗り継いだ。窓の外にみえる街並みは綺麗で、落ち着いていて、凡庸だった。

そのあいだ、トーマはアポリアの誕生と、機能と、それが引き起こした社会的な変化について話した。香屋は、ヘッドフォンをつけてぷつぷつと小声で話す彼女の姿が傍からは奇妙にみえないかと、少しだけ不安だったけれど、どうやらそれは心配するまでもないことのようだった。ヘッドフォン型の携帯用アポリアと会話をすることは、この「現実」においてありふれたことのようだし、そもそも「傍からトーマをみる人」というのがほとんどいなかった。現実は人が少ない。それがいちばんの、香屋がいた世界との違いかもしれない。

「アポリアの誕生以降、自殺者数は急増し、一〇年前に比べると一五倍にもなった」

とトーマは言った。

「それでもこの国で自死を選ぶ人は、年間で三〇万人に満たないから、急速に人口が減ったというわけじゃない。高齢者が病で亡《な》くなる数の方がずっと多い。出歩く人が少ないのは、アポリアによって、働き方だとか基本的な消費行動の在り方だとかが変わったからだと言われている」

「つまり、みんなアポリアで済ませちゃうってこと？」

「そうだね。たとえば服屋さんを出すにしても、アポリア内に作れば、現実と違って土地代も内装費もいらない。店員さえＡＩに任せられる。そもそも買う方だって、アポリア内で我慢しておけば無料で好きな服をいくらでも着られるわけだから、それである程度の欲求は満たされる」

「でも、プロが考えたデザインがみんなフリーコンテンツになったわけじゃないだろ？」

「現実で人間が生み出せるようなデザインは、アポリアだって思いつくよ。もちろん現実の人間が作った、ということに意味を見出《みいだ》す人もいる。けっこうたくさんいる。でも、そんな人も、アポリア内で試着して商品は通販で取り寄せるってことは抵抗が少ない。実際の店舗を持つブランドが減ってきているから、そちらに適応せざるを得ないっていう実情もある」

「それは、経済がやばそうだ」

「うん。やばい。これからこの世界がどうなるのか、誰にもわからない。でも本質的なところでは、私は楽観的だよ。アポリアは、人類をすべての経済活動から解放するような発明なんだから」

「データの世界じゃ、物を食べてもお腹《なか》は膨れないし、現実のベッドと寝室だって必要でしょう？」

「アポリアは、一年間で三〇〇年先の技術を獲得するようなマシンだよ。農作物の品種改良も、これまで養殖が困難だったお魚の養殖も、それらのオートメーション化もみんなアポリアが提案してくれる。実のところ、現実はおそらく、すでに人がまったく働かなくても成り立つだけの技術を持っている」

「それほど僕が知っている現実とは、別物にみえないけど」

「うん。今、人類に残された仕事っていうのは、ひたすらアポリアの正しさを検証することなんだよ。確かめて、納得して、反対意見と戦って、ゆっくり社会の在り方を変えていく。一説には、この検証に八〇年くらいかかるんじゃないかって言われてる」

「アポリアの一年間の成果に納得するのに、人間は八〇年かかるってこと？」

「実際はもっと早いと思うよ。君が言う通り、経済活動が崩壊しつつあるわけだから、アポリアを疑っている余裕がなくなる。だから今だって、アポリアを壊しちゃえって意見は少数派だ」

「まるで夢みたいだね」

「それは、君にとって良い夢？　悪夢？」

「もちろん良い夢だよ。気持ちが悪いくらいに」

トーマが電車を降りたのは、東京湾に面する大きな駅だった。

駅を出た彼女は、綺麗に整備された海辺の公園を歩く。そのころにはもう陽は落ちて、建物の明かりが水面に反射して幻想的に輝いていた。トーマが首を振ると、色を変えながら光る観覧車がみえた。まるでテーマパークみたいなのに、でもやっぱり、人は少ない。大勢がもうこの景色の価値を忘れてしまったのだろうか。それとも、アポリアが提供する景色は、これよりもずっと美しいのだろうか。

トーマが言った。

「アポリアはその名前の通り、人類に、解決困難な命題を突きつけた。つまり、理想通り完璧《かんぺき》な生涯を何度でも体験できる世界において、生き続けることにどれほどの意味があるのだろう、という命題だ」

それで、架見崎の成り立ちみたいなものがよくわかった。

「つまりアポリア自身が、その命題への答えを探し始めたわけだね」

視界が揺らいで、トーマが、小さく頷いたのだとわかる。

「冬間誠——つまり私のお父さんなんだけど、あの人はアポリアのシンボルに、君も知っているマークを選んだ。ゼロに似た、タマゴに似た円の中に、生命の螺旋《らせん》をモチーフにした曲線を描き込んだものを。あれが、アポリアの象徴だ」

ゼロ番目のイドラ。

生きることに価値を見出す、本来であれば生物として当たり前だった偏見。

「はじめから気づいていたんだね。その命題に」

「きっとね。でも、お父さんも死んじゃった」

「理由は？」

「わからない。ともかく、株式会社アポリアの運営会社は、その命題に答えを出すにはお父さんが必要だと考えているみたい。たぶん、お父さんがアポリアに付け加えた機能制限を取っ払って、アポリア自身にゼロ番目のイドラを見つけ出させようとしてるんだと思う」

「その機能制限っていうのは、他の人にはどうしようもないものなの？」

「私もよく知らないけど、難しいんじゃない？　実際にできていないわけだから」

「ならぜひ、君のお父さんに責任を取ってもらいたいところだね」

「うん。だからまずはアポリアに、お父さんを作らせることにした。お父さんとまったく同じ思考をするＡＩを。というか、それはもう原型があった」

トーマの話を聞いていれば、香屋にだってわかる。

彼自身が作った、彼を真似《まね》たＡＩ。

「それが、カエル？」

「アポリアが生んだいくつもの仮想人格の中でも、彼は特別だよ。お父さんが、お父さんに似るようにチューニングしたわけだから。そして、ゼロ番目のイドラをみつけることを目的にした彼が提案したのが、架見崎の運営だった」

「生命の価値をみつけるために、ひたすらに殺し合う世界を作ったの？」

「たぶん。大勢の人たちがアポリアを利用し、いろんな理想の生涯を体験する中で、様々な仮想の人格が生まれた。その中からみつかった、特徴的な人格のコピーを取り、架見崎に放り込んでみた」

　つまり、ゼロ番目のイドラをみつけだすために、いくつもの仮想人格を戦わせるディープラーニングを始めたわけだ。その戦いのルールとして設定されたのが、架見崎なのだろう。

「みんな、作り物なんだね。秋穂も」

「ごく一部のゲスト以外はね」

「君と、銀縁《ぎんぶち》さんと、パン」

「うん」

「そのゲストは、どうして選ばれたの？」

　トーマはまあ、なんとなくわかる。冬間誠の娘なのだから、それなりに特別な立場ではあるのだろう。加えて、キーになるカエルが元々はトーマのために作られて、一緒に長い時間を過ごしたのなら、ゲストの席のひとつくらいは勝ち取れそうだ。でもあとのふたりは、よくわからない。

　教会みたいな形の建物に続く桟橋の途中で、トーマは足を止める。手すりに両手をついて、身を乗り出すようにして言った。

「パンの本当の名前は、泉妻《いずのめ》紬《つむぎ》っていうんだ」

　泉妻。カエルから――いや、ネコからだったかな。ともかく、運営たちから聞いた名前だ。

「僕が架見崎に行く前に会ったのも、泉妻さんだったよ。パンとは別人みたいだけど」

「そっちはお兄さんの方だね。その人もアポリアの運営に関わっていて、パン——紬さんとも無関係ではないんだけど、今は重要じゃないから端折る」

「勝手に端折らないでよ。重要かどうかは僕が判断する」

「私だって人の事情をなんだってべらべらと喋《しゃべ》るわけじゃないよ」

「いいだろ？　相手はただのＡＩだ」

「君は本当に心が強いな」

「トーマがそう作ったんでしょ？」

「なんにせよ、本人に訊《き》いてよ。アポリア内で、現実の人間のプライベートな情報は公開しちゃいけないことになっている」

　そのことに関しては、香屋も多少は予想がついていた。

　パンがそれとわかるように、情報規制を実演してみせてくれたから。

「情報規制は、他にもあるの？」

「うん。君が知っているゲームで考えればわかりやすい。著作権とか、意匠権とか、商標とかにもうるさいよ。許可を取っていないものは排除される。アポリアの世界の欠点は、広告契約を結んでいる企業の商品以外が代用品に置き換えられていることだね」

　そんなの気にするようなことかよ、という気がしたけれど、まあ現在の社会の中にぽんとアポリアみたいなものが現れてしまうと、色々と取るに足らないような問題も生まれるのだろう。そういえばパンは、モノだったころ、その名前の由来が消しゴムだと言っていた。でも、香屋はモノなんて名前の消しゴムを知らない。

　大きく逸《そ》れていた話の軌道を、トーマが強引に修正する。

「紬さんは株式会社アポリアの、開発部のスタッフだよ」

「なるほど。じゃあ、運営のサポートで架見崎にいる感じ？」

　いや。つい「なるほど」なんて言ってしまったけれど、それはずいぶん印象が異なる。パンがいったい、どんな風に架見崎をサポートしているというんだ。香屋からは、彼女はひたすら怠け続けていたようにみえた。

　トーマが小さな声で笑う。

「実のところ、カエルを疑う声もそれなりにあってね。つまり私のお父さんが、どれだけ本気でカエルを自分に似せて作ったのかわからないってことなんだけど」

「まあ、もともとは君用の玩具《おもちゃ》だったわけだからね」

「彼が優秀なＡＩなのは間違いないし、言動の節々にお父さんらしさもある。でも、あくまで初期のアポリアで開発されたものをベースにしているから、完璧ではないのかもしれない」

「なるほど。それで？」

「以前から、最新のアポリアを使って、ゼロベースで冬間誠ＡＩを開発し直そうって話はあったんだよ。プロジェクト・ウロボロスっていう、恰好つけようとしてダサくなった感じの名前がついてるんだけど」

ウロボロス。世界を取り囲み、自らの尾を噛《か》むヘビ。それはゼロに似たもの。タマゴに似たもの。

カエルは言った。

――私がウロボロスに敗北した場合、架見崎の長期的な運営はあり得ません。

そういうことか。架見崎の運営権を、ふたりの「冬間誠を再現したAI」のうち、どちらが握るのか。カエルか、ヘビか。そこが、論点になるのか。

「紬さんは、ウロボロス開発チームのメインスタッフだよ。きっと、カエルの調査というか、見物が目的で架見崎に来たんだろうと思っていたけれど」

「でもカエルは、ヘビと戦うようなことを言っていたよ」

「うん。だから、敵情視察だったのかもしれない。彼女はすぐにでもヘビを架見崎に投入するつもりでいる」

それは、どうなるんだ？　運営が二分される？

上手《うま》く想像がつかなかった。カエルかヘビか、どちらがより優れているのかを判断する基準みたいなものがわからない。

「架見崎にヘビがやってくると、どうなるの？」

「実はまったく知らない。私はただの開発者の娘なわけだし」

まあ、それはそうか。

とはいえ、カエルとヘビが争うルール次第で、今後の展開がまったく変わりそうだ。香屋の勝利条件――架見崎を今後も長期的に運用するためには、なんとかカエルに有利な形で話がまとまって欲しい。

トーマが言った。

「ちなみに私は、ヘビ側につくつもりでいる」

さらりとひどいことを言う。

「待ってよ。君はカエル派じゃないの？」

「彼のことは大好きだけど、仕方ないよね。私の目的は君を、生命のイドラだと認めさせることなんだから」

まったく、訳がわからない。

香屋は、ありもしない顔を思い切りしかめる。

「だいたい、生命のイドラってなんだよ？」

アポリアが生み出した問題はわかる。大勢が生きることの価値を疑う世界、というのはまあ納得しても良い。それを解決するために、生命の価値を証明したい、というアポリア側のスタンスも良い。香屋自身だって同じように考える。でも、生命のイドラ。実体がわからない。

「それは誰も知らない」

「ああ、だろうね。だから僕には、全部が全部、すごく間の抜けた話に思える」

「でも推測はある。私はそれが、物語じゃないかと思っている」

物語？　多くの人が、生きる価値を確信するような？

馬鹿げている、とは思えなかった。ふざけるな、とは言えなかった。

だって、それは、香屋自身の思考のベースになっているものだから。冬間美咲の理想として生み出された香屋歩の、理想なのだから。

頭に浮かんだそのタイトルを、ささやく。

「ウォーター＆ビスケットの冒険」

世間の評価じゃ失敗作と言われる、でも一部のファンにとって、香屋やトーマや秋穂にとっては胸を打ち、生き方の指針にさえなる作品。

「あれを、あれから僕たちが感じたのと同じものを、君は作るつもりなのか？」

あんな、悲しくて、苦しくて、でも生きろと叫び続ける愚直な物語を。

「君が私の主人公だよ。だから、本当は、ウォーターは君が名乗るべきだった。でも、別に名前なんてなんだっていいでしょう？　香屋歩だって悪くない」

「そのために君は、敵役になるっていうの？」

「これまで架見崎は七度失敗している。今回が、八回目だ。過去の失敗を繰り返してはいけない。ただ強い人が勝つだけの架見崎じゃ意味がない。人の胸を打つ物語にはならないんだ。私は本気で、君の生きる意志を踏みにじるつもりでいるよ。私を完全に打ち破る、恰好良い君をみるために」

なんだよ、それ。

でも、ああ、そうか。

──だからトーマは、僕をここに呼んだんだ。

わざわざこっちの根っこの部分を、これまで疑う必要もなかったものを、打ち砕きにきた。香屋歩という自我に向かって引き金を引いた。絶望の証明のために。その絶望に、彼女自身の理想が打ち勝てるのかを確かめるために。

それはなんてひどい物語なんだろう。

なんて、誰も救われない。神さまのひとり遊びに、ただ巻き込まれるだけみたいな物語なんだろう。

トーマがわずかに、顔を上げる。

「銀縁さんがゲストとして架見崎に入ったのも、きっとこれが理由だ。つまり彼は、『ウォーター&ビスケットの冒険』の監督と脚本を担当した桜木秀次郎《さくらぎしゅうじろう》だったから、架見崎に関係する権利を得たんだと思う」

「君が推薦したんじゃないの？」

「違うよ。父さんは亡くなる直前、ゼロ番目のイドラの手がかりをみつけたと書き残していた」

「それが？」

「その言葉には、もう二行、走り書きがあった」

そしてトーマは、その二行を口にした。


二五話、すべての死は罪なのか？

最終話、生命のテーマ

なぜだろう、恐怖に似た感情で、血の気が引いた。

なのに高揚してもいた。香屋は心の底から「ウォーター&ビスケットの冒険」を愛している。

静かな声で、トーマが続ける。

「あのアニメはもともと、こっち——本当の現実で生まれた。歩が生きていた世界じゃなくってね。でも、その他のことは、君の記憶の通りだよ。あんなに素晴らしいのに、商業的に成功したとは言い難くて、もともとは二六話の予定だったものが、二話短縮されて全二四話になったといわれている」

ああ。よく知っている。

その、削られた二話のタイトルだって知っている。ファンのあいだでの噂話《うわさばなし》みたいなものだけど、先ほど彼女が口にしたのが、それだ。幻の二五話と最終話のタイトルだ。

「トーマは、観《み》たの？　その二話を」

「ううん。知っているのは、タイトルだけ」

では、彼女の父親――アポリアの開発者は、それを観たのだろうか。あの物語の、本当の結末を。それは生命のイドラと呼べるほど、感動的なものだったのだろうか。

――でも、だとしたらどうして死んだんだ。

冬間誠。きっと、彼は死ぬべきではなかった。

誰だって死ぬべきではないのと同じように。

トーマが言った。

「アポリアは、演算された虚構の世界が現実を変えることを証明した。私は同じように、物語が現実を変えると信じている」

その言葉にだけは、香屋も、心から共感していた。

*

帰り道にひとりきり、トーマはカフェに入って夕食を摂《と》って、そのあいだも香屋に語り続けていた。

「こんな風に、現実を歩いて回るのが好きなんだ。私のお気に入りのコースを、君と歩いてみたいと思ってた」

彼女の言葉に、香屋は「そう」と気のない返事を繰り返す。

やがてトーマも飽きてしまったのだろう。口数を減らして食事を終えて、自宅に帰ってからは香屋を――香屋を演算するヘッドフォン型のアポリア端末を学習机に置いて、入浴のあとはすぐにベッドに入ってしまった。

明かりが消えた暗い部屋は静かだ。どこもかしこも、世界中が眠り込んでしまったみたいに。人類なんてものはもういないみたいに。

香屋は、胸の中でささやく。

――架見崎のことを、考えなければいけない。

トーマの話では、この世界――現実の明日、午前一〇時から再び架見崎が動き出すらしい。それに備えて作戦を練り直す必要がある。

PORT対エデンの結果も重要ではあるけれど、より重要なのは根本を見通す視点だ。ヘビ。それは、架見崎にどんな風にかかわる？　わかるわけもないけれど、思考から逃げてはいけない。できる限り多くの可能性を想像し、それらをカテゴライズし、ひとつひとつに具体的な対処法を用意しなければいけない。

理性ではそうわかっているのに、思考はひどく鈍かった。余計なことばかりに気を取られていた。

――僕とはいったい、誰だろう？

アポリアによって作り上げられた、架空の人格。喜びも悲しみも知っているつもりでいたけれど、それが本当に、生身の人間と同じものなのかわからない。トーマが――冬間美咲が理想とする価値観を持つように設計された、物語の登場人物みたいなもの。

これまで、「考えるだけ無意味だ」と斬《き》り捨ててきた疑問が、目の前に立ちふさがる。

つまりそれは、生きる意味みたいなものが。

——なんの為に生きるの？

と誰かが尋ねる。今はその質問が、香屋自身の声でイメージされる。

あのヒーローはいつだって、同じ言葉で答える。

——そんなこともわからないまま、死ぬんじゃない。

ああ。だから、死なないよ。初めから生きていなかったとしても。

そしていつかきっと、僕は答えを出すんだろう。冬間美咲が納得する、彼女の理想通りの答えを、アポリアの演算に従って。なら、今の僕の悩みだとか、不快感だとかになんの意味がある？　そんな過程、すっ飛ばしてしまえばいいんだ。さっさと答えを提示してみせろよ、アポリア。今すぐに。

ベッドに横たわるトーマが、かすかにささやく。

「泣いているの？」

まさか、と香屋は応《こた》える。

でもその声が、ヘッドフォンをしていない彼女まで届いたのかは、わからないままだった。

4

冬間美咲が目を覚ましたのは、午前六時になる少し前だったけれど、それからは強がって、しばらく寝ているふりをしていた。

香屋歩。

彼はこの現実に対して、いったいどんな答えを出すだろう？　アポリアという存在を、どう感じているだろう？　本当は彼を抱きしめたかった。できることなら、君はたしかにここにいて、生きているんだと叫びたかった。すべてがデータの羅列だったとしても、それがなんだっていうんだ。水と炭素とカルシウムと、少量の窒素やリンで出来ている人間となにが違うというんだ。生身で触れ合えなかったとしても、データ上で彼を抱きしめていたかった。

――でも、それは私の役割じゃない。

冬間美咲が、自身に課した役割じゃない。

香屋歩がフィクションだとしても、フィクションで現実を変える。生きることに飽きた世界を書き換える物語にしてみせる。そのためならなんだってできる。彼への愛を、諦《あきら》めることだって。きっと、勇者を生むための魔王にもなれる。

やがてカーテンの向こうから穏やかな光が射《さ》して、冬間はベッドから抜け出した。

ヘッドフォンで両耳を挟み、できるだけ、普段通りの声を意識して告げる。

「おはよう。よく眠れた？」

香屋の声は不機嫌そうだった。

「おはよう。眠れるわけないだろ」

「それは困ったね。もう三時間もすれば、また架見崎が始まる」

「というか、僕に眠気なんか必要ある？」

「そりゃあるでしょ。人間を再現しているわけだから」

「誤魔化してよ。君の理想のヒーローは、眠くもならないしお腹も空かないって風にすれば良い」

「嫌だよ。君の寝顔も、眠くて不機嫌そうな声も好きだもの」

趣味が悪い、と香屋が言った。

それから小さな咳払《せきばら》いをして、ワイパーが一往復したあとのフロントガラスみたいに、少しクリーンになった声で彼は続ける。

「今日の予定は？」

「まずは出かける準備をする。うちの洗面所を紹介しようか？」

「いらない」

「そ。あとはアポリア――会社の方のアポリアに行くだけだよ」

「なにをしに？」

「架見崎に戻りに。いちおう、あの会社の極秘の研究って扱いだから、そこのベッドに寝転がったままあっちに行けるわけじゃない」

　架見崎には、株式会社アポリア内からしかアクセスできない。現実から参加している三人のゲストにはそれぞれ個別の部屋とベッドと、専用のアポリア端末が貸し与えられる。

　トーマはクローゼットから、適当な着替えを見繕って抱える。さすがに香屋の前で服を脱ぐのは恥ずかしいから、洗面所にいくついでに着替えてくるつもりだった。

　香屋が言った。

「一〇時からだっけ？」

「架見崎が動き出すのはね」

「遠いの？　その、会社の方のアポリア」

「いや。うちからなら、三〇分もあれば着く。でもアポリアに行く前に朝ごはんだね。用意がないからそのへんのお店で食べよう。スターバックスとかタリーズとか」

「まるで僕が知っているように、君の地元の店名を出されても困る」

「この世界ではとてもメジャーなチェーン店だよ」

「じゃあこっちには、ブルーラインもエトランゼもマクドナルドもないの？」

「マクドナルドはある。協賛企業だから実名が使える」

　アポリアの世界で散々マクドナルドを食べたあと、現実に出てきてからの食事に同じものを選ぶのかは疑問ではあるけれど、意外としっかり効果が出ていると聞いた。広告というのは不思議なものだ。

香屋が、ふ、と息を吐く声が聞こえた。ため息なのか、別のものだったのかはわからない。でも彼の呼吸の音は、いつまでだって聞いていたくなる。

ナチュラルを装《よそお》った、そのせいで普段よりも平坦に聞こえる声で彼は言う。

「君の家族は？」

別に、そんなに緊張するような話題じゃない。

「お母さんはちょっと調子が悪くて、病院にいる。お父さんは、昨日話した通りだよ。死んだ」

「わざわざ言わなくていい。お姉さんは？」

「あの人は、こっちにはいない。初めから」

かつて香屋と暮らした世界では、冬間には姉がいた。こっちからそうして欲しいと要望を出したわけじゃないけれど、アポリアが気を遣って用意してくれた。一時期、家にいるのが自分と母親だけ、というのが、それなりに苦しかったことがあるのだ。そのころから家族に憧《あこが》れていた。

「そう。じゃあ、ついでにもうひとつ」

「なに？」

「トーマが架見崎に入ったり、それから僕を作ったりしたのは、なんていうのかな。つまり、お父さんの名誉を守るため、みたいなことなのか？」

なかなか嫌な質問をする。さすが、私の理想だ。

「君のことは違う。私は、ただ君に会いたかっただけだ」

本当に素敵な親友に。誰より愛《いと》おしい相手に。

「架見崎のことは？」

「そっちも、少し違うかな」

「どう違うの？」

「強いていうなら、お父さんへの復讐《ふくしゅう》かもしれない」

あの人のことは好きだし、尊敬もしているけれど、それでも。アポリアを作って自分は死んでしまった父は、認められない。

顔を洗ってくるよと告げて、冬間は部屋を出た。

*

株式会社アポリアは、世界中にオフィスを構えている。

冬間が向かったのは、港区のビジネス街にある、主にソフトウェア開発の部署が入っているオフィスだった。開発本部という名称だけど、ビルのフロアをいくつか借りている形で、世間のイメージからすると規模が小さい。もともと、父——冬間誠がアポリア用のソフトウェア開発のために用意した部屋がそこにあり、それから順次、周囲のフロアを借り足していった形だ。

指定のフロアでエレベーターを降りる。それなりに広いホールに受付があり、待合用のソファーがいくつか並んでいる。そのソファーの手前に、ひとりの女性が立っていた。

「お待ちしていました」

と彼女が言った。

耳元で、香屋がささやく。

「ネコ？」

冬間はわずかに息を吐いて笑う。

「うん。本名は小池《こいけ》さん。カエルを扱う部署に所属しているから、架見崎の運営のサポートも業務だ」

そう説明を受けている。冬間も、株式会社アポリアについて、それほど詳しいわけではない。

冬間は目の前の彼女に尋ねる。

「わざわざお待ちいただかなくてもよかったのに。忙しいでしょう？」

「急用が。泉妻さんからの提案で、美咲さんとお話できないか、と」

泉妻――パン。

いったい彼女が、こちらでなんの用だ？

「話というのは？」

「私も詳しくは聞かされていません」

そう答えた小池さん――ネコの表情は硬い。あまり良い話ではない感じがする。

「わかりました。ともかく、泉妻さんに会いましょう。彼は、このままでも？」

冬間はヘッドフォン型のアポリア端末を人差し指で叩《たた》く。

ネコが頷《うなず》く。

「はい。ぜひ、香屋歩もご一緒に、とのことです」

香屋も？　いったい、どういうことだろう？

なんだか、嫌な予感がしていた。

5

まったく話についていけない。誰か解説して欲しい。

香屋は心の底からそう思っていたけれど、トーマもこちらとのんびり話している余裕はないようだった。

彼女が通されたのは、長机がロの字型に並ぶ部屋だった。壁は白く、奥の壁にはモニターがついており、右手の壁には大きな窓がある。机も白く、並んだチェアは黒い。そこに七人が座っている。

七人ともがスーツを着ていた。株式会社アポリアの社員なのだろうが、皆、それなりに若くみえた。二〇代の半ばから三〇代といったところか。いちばん年上にみえる男性も、四〇歳になるかならないか、という歳《とし》のようだった。

　中でもとくに若い、長髪の女性が口を開く。

「こちらで会うのは初めてですね。泉妻紬です。チーム・ウロボロスで開発を担当しています。よろしくお願いします」

　彼女が、パン。今のPORTリーダー。

　トーマが余所《よそ》行きの穏やかな声で、「初めまして、冬間美咲です」と応える。それから着席を勧められ、ネコと共に腰を下ろす。

続けて泉妻は、他の六人を紹介した。ウロボロスの開発者がもうふたり、カエルの担当者もふたり。それから、プロジェクトのセクションマネージャと、サブマネージャがひとりずつ。

　トーマが、口調は友好的に尋ねる。

「プロジェクトというのは？」

　それに、男性——セクションマネージャが答える。

「アポリアの使用で懸念《けねん》されている、精神的な混乱を取り除くことを目的とする包括的なプロジェクトです。貴女《あなた》のお父さんをアポリアで再現することも、私たちのプロジェクトの一環です」

　つまり、この人がカエルの上司なのだろう。

　泉妻が言った。

「現状、私たちのプロジェクトは五つのセクションにわかれています。情報の収集とその解析――簡単にまとめるなら、本当にアポリアが自殺者の増加に関与しているのか？　しているならその関与の比率はどれくらいなのかを調べるセクションがひとつ。医師会など専門家と話し合い対処法を探すセクションがひとつ。あとの三つは、それぞれ異なるアプローチからアポリア自身にこの問題を解決させようとするセクションです」

そこで泉妻が言葉を切り、トーマが尋ねる。

「そのみっつのセクションのうち、ひとつがカエルのチームで、もうひとつは貴女の、ヘビのチームですか？」

「いえ。ヘビもカエルも同一セクションです。つまり、私たちは共に冬間誠さんの人格を再現することを目的としたセクションに所属していて、その中にカエルのチームとヘビのチームがあります」

「なるほど」

「ちなみに残りふたつのセクションは、共に、まったく異なるアプローチ――冬間誠さんの再現には頼らない方法を模索しています」

泉妻は、そのふたつのセクションについて説明する。

香屋の理解では、一方はアポリア内にたくさんの「現実を模した世界」を作って、よりよい未来に到達する可能性を探る方法を取っている。もう一方はひとつの現実を模した世界で多くの仮想人格を生活させ、アポリアの使用で自死を選ぶ人、選ばない人の傾向をみつける、という方法を取っている。

泉妻の説明は丁寧だった。その姿勢は、架見崎で話したモノやパンとはずいぶん印象が違った。社会人としてはそれなりに真面目《まじめ》だ、ということだろうか。

トーマの方が、その話を打ち切るように言う。

「私がここに呼ばれた理由は、カエルとヘビのセクションのお話だ、ということでいいんですよね？」

泉妻が頷く。

「はい。次のループから、ヘビが架見崎に加わることが決定しています」

「どうして？　ヘビはヘビで、別の架見崎を作れば良いのではないですか？」

「アポリアは膨大な演算能力を持ちますが、人間の方がそれについていけません。簡単に言えば、うちのセクション内で人員の取り合いが発生しているわけです」

ふたりのやり取りに、香屋は舌打ちを漏らす。人が足りないなら増やして欲しい。おそらく、お金はたくさん持っている企業なんだろう？　そう思ったけれど、胸の中で、冷めた反論も聞こえていた。

――この人たちにとっては、架見崎なんてそんなに重たいものじゃないんだ。

香屋自身にしてみれば生きる世界のすべてであっても、彼女たちにしてみれば、無数にあるアポリアの世界のひとつに過ぎない。そこで演算されている仮想人格になんの共感もありはしない。

泉妻が続ける。

「私たちのチームが提案しているのは、現状、架見崎の演算に使われている領域をヘビに引き渡すことです」

唸《うな》るような声が、トーマの口から漏れた。

「それは、架見崎の管理者がカエルからヘビに代わる、という意味ですか？」

「とりあえずは。ですがヘビは、架見崎そのものにあまり肯定的ではありません。間もなく打ち切りの判断が下るでしょう」

知らないところで、世界が終わる。そんなの、認められるわけがない。

だが香屋は口を開けなかった。何を言おうが、トーマにしか聞こえないから、というだけではなくて。アポリアに生み出された自分が、どんな風に生き続ける正当性を主張すればよいのかわからなかった。きっと泉妻たちの価値観では、こちらは人間どころか、生命ですらないだろう。

香屋の代わりに、トーマが口早に尋ねる。

「待って。私が聞いていた話とは違う。まずはヘビに向けたテストをするって話じゃなかったんですか？　どうして、カエルの不戦敗みたいなことになってるんですか？」

それに答えたのは、トーマの隣に座るネコだった。

「大丈夫です。カエルの担当チームも、ヘビ側の提言には反論しています。セクション全体でも、今すぐカエルを切り捨てるという判断はあり得ません」

セクションマネージャが頷いた。

「はい。本日はあくまで、カエルと架見崎運営の調査のため、貴女からお話を聞くことが目的です」

彼の声は落ち着きすぎていて、それでこちらを苛立《いらだ》たせるところがある。

でも隣の泉妻は、楽しそうに微笑《ほほえ》んでいる。

「私の話し方が悪かったみたいですね。カエルを下ろしてヘビに委《ゆだ》ねる、というのはあくまで私たちのチームが提案しているだけです。それ以上に進んでいる話ではありません」

彼女の意地の悪さは、たしかになんとなくパンっぽい。

泉妻が、長机で頬杖《ほおづえ》をついて続けた。

「ですが、カエルに疑わしい点があるのも事実です。本日、貴女をお呼びしたのもそれが理由です。心当たりがありませんか？」

「わかりません。なんのことですか？」

「アポリアの使用には、一日八時間までという制限があります。アポリアはそれなりに、使用者に負担をかけるために設けられた制限です。もちろん、架見崎もそのルールに則《のっと》って運営されています」

「ええ。それが？」

「だから貴女や私のような、生身のゲストは、架見崎での三ループ――九三日間。現実でおよそ七時間三〇分ごとに架見崎を離れることになっています。ですが貴女は、前回、現実時間で一時間四〇分ほど早く架見崎を抜けていますね？」

　香屋も覚えている。トーマは前ループで、一一日から姿を消していた。およそ二〇日間、架見崎には不在だった形だ。

「ええ。それが？」

　とトーマが尋ねる。こういう場面での彼女にしては珍しく、口調に素直に、不機嫌さが滲《にじ》んでいる。

「貴女はいったい、なんのために架見崎を離れていたのでしょう？」

「ご存じでしょう？」

「貴女は特定の仮想人格――香屋歩を現実に持ち出す準備のために、架見崎を出た」

「ええ。許可をいただき、感謝していますよ」

「ですが規約違反です。架見崎への参加の際、契約書にサインしていただきましたよね？　そちらには、体調不良などのやむを得ない事情がない限り、架見崎の計画に滞りなくご協力いただく旨《むね》を明記していたはずです」

「もちろんです。架見崎が、重要な研究だということは承知しています。でも私は、勝手に架見崎を離れたわけではありません」

「はい。カエルが許可し、うちのスタッフもそれを受け入れた形ですね」

「ならなにも問題はないはずです」

「いいえ。カエルの正当性を疑う理由にはなります。つまりあの、冬間誠さんを模した人格は、貴女に対して甘すぎる。架見崎の本来の目的――ゼロ番目のイドラの発見より、貴女の我儘《わがまま》を優先しているのではありませんか？」

　ふたりのやり取りを聞きながら、香屋は泉妻の論点を整理する。

　たしかにカエルは、トーマに甘いのかもしれない。

　香屋が――架見崎の仮想人格が、自分自身の真実を知ることは非常に例外的な出来事だったはずだ。そうでなければ「香屋歩は一般的に生きていると言えるのか？」という質問への返答に、一五〇〇万ものポイントを設定するはずがない。いってみればカエルは、架見崎内の価値において少なくとも一五〇〇万ポイントの価値がある行動を、あっさりとトーマに許したことになる。

　――それは、どれくらい大きな問題なんだろう？

　泉妻が言う通り、カエルを架見崎の管理者の座から下ろし、代わりにヘビを据えるほどのことだろうか。香屋の知識では判断がつかない。カエルがどの程度、アポリアの社員たちに信頼されていて、どの程度疑われているのかもわからない。

　そもそもカエルは冬間誠を再現するために、アポリアに引き取られたと聞いている。なら彼が、自身の娘――トーマをある程度優遇するのは、むしろ当たり前なのではないか。問題なのはカエルにとって特別なトーマが架見崎に参加していることの方で、彼女を研究から排除するという考えになるのが自然だろう。カエルへの疑問に話を繋《つな》げるのは、やや強引に感じる。

なにか、嫌な予感がしていた。目の前の会話にしっくりこない。感情だけが見落としに気づき、理性がまだそこに追いついていないときの違和感がある。

　香屋が考え込んでいるあいだも、トーマと泉妻の話が続く。

「たしかに、カエルは私に優しい。そう思います。ですが、そのことが問題ですか？」

「はい。繰り返しになりますが、私たちのセクションの目的よりも貴女を優先するのは、もちろん問題でしょう」

「そこがよくわからないんです。どうして私に優しいのが、セクションの目的に相反していることになるんですか？　カエルがなにを考えて架見崎を運営しているのか、貴女だって正確には知らないはずです」

「そもそも架見崎計画の概要に反しています。カエル自身の提案に、より死が身近な世界で生を求める本能的な情動を探すと――」

「違う。架見崎が、貴女たちのセクションの目的ではないはずです。貴女たちは、父――冬間誠の人格の再生を目的としているのではないのですか？　あの人にならアポリアの問題を解決できるはずだ、と信じて。カエルが、まるで私の父のような振る舞いをするのであれば、それはむしろあの仮想人格の正当性を証明しているはずです」

「ですが、冬間誠さんがなにを考え、どう振舞うのか私たちに調べる方法はありません。カエルが冬間誠さんに近いのか、そうではないのかは、誰にも証明できません」

「不思議ですね。貴女の話は、ご自身の研究を否定しているように聞こえます。ヘビもまた、父の再現の一環なんですよね？」

「はい。自分の仕事に疑問を持つことがおかしいですか？　妄信よりはよほど良いはずです」

ずれている。明らかに。泉妻はトーマの言葉にまともに答えているようでいて、実際は論点を外している。

震える手足もないはずなのに、香屋はたしかに震えてつぶやく。

「今、何時？」

トーマは答える代わりに、顔を掛け時計の方に向けた。

——午前九時四八分。

架見崎が再開されるのは、午前一〇時からだと聞いている。あと一二分。

同じことに思い当たったのだろう。トーマが言った。

「架見崎の再開は、お話が終わるまで待っていただけるんですよね？」

席についているひとり——カエルの担当者を名乗った男が答える。

「いえ。予定通り、午前一〇時に再開されます。冬間さんは、本日は少し遅れてのご参加になるかもしれませんが——」

「そんな。どうして？」

「申し訳ないのですが、機能的に、時間をずらすのが難しいんです。いくらアポリアが優秀とはいえ、あのレベルの演算を、ボタンを押したらすぐに開始、というわけにはいきませんから」

香屋は額を押さえる。ゲーム機にだって多少のロード時間はある。一〇〇〇人ぶんの、人間と同等の仮想人格が暮らす架見崎の再開に、多少の時間がかかっても不思議ではないけれど。

——パン。

狙《ねら》いは、そこか？

無理やりにでも現実のトーマの時間を奪えば、架見崎での戦いに影響が出る。アポリアの世界は、現実の三〇〇倍で進む。つまりこちらの一二秒間が、あちらの一時間になる。二八八秒——五分ほどの足止めで、あちらでは一日ぶんの時間を奪える。一〇分なら二日。一五分なら三日。正確には三日と三時間。

ループ明けには、ＰＯＲＴ対エデン戦がおそらく決着するだろう。いや、そんなものじゃない。次のループは、より大きな出来事が予告されている。

——次のループから、ヘビが架見崎に加わることが決定しています。

ヘビの出現。その瞬間に、香屋とトーマは立ち会えない。

泉妻が笑う。

「カエルについて、貴女と香屋歩から聞き取りを行うことは、セクション全体の許可を得ています。冬間さん。架見崎へのご参加時の契約通り、この計画に滞りなくご協力いただけますね？」

トーマにはおそらく、断われない種類の話なのだろう。

香屋だって、それ以上に。トーマは株式会社アポリアへの協力者だけれど、香屋は、カエルの言葉を借りるなら備品でしかない。

「できるだけ手短にお願いします」

トーマの言葉に、泉妻が答える。

「ありがとうございます。ですがそろそろ時間ですから、私はこれで」

香屋は胸の中で吐き捨てる。

──お前はあっちにいくのかよ？

だが、止めようもない。止めている時間もおしい。この会議室には、ヘビ側のスタッフが泉妻の他にもふたりいるのだから、泉妻にも残れという理由がない。

彼女がゆっくりと歩き、トーマの隣でささやく。

「あちらで、また会いましょう。香屋くん」

それはたしかに、パンの声で聞こえた。

＊

結果的に、泉妻紬──パンが冬間美咲と香屋歩から奪った時間は、一三分間だった。それは架見崎内の時間では、三九〇〇分、二日と一七時間に相当する。

その二日と一七時間で、いくつかのことが起こった。

架見崎全体の未来を左右する、いくつかのことが。

大勢の目からみたそれは、ＰＯＲＴの敗北だ。イドとレッドマンが死亡し、七人になった円卓のうち、五人がエデンへの敗北宣言を受け入れた。

だが、架見崎にとってより重要なことが、ひっそりと起こっていた。

それは八月一日の深夜に始まった。

――一番線。当駅止まり。二時〇七分。

寡黙《かもく》な、いつまでも黒いままだった、もう機能していないはずの架見崎駅の電光掲示板に、光が灯った。

第六話　それは唯一《ゆいいつ》であり全《すべ》てである

1

ＰＯＲＴ対エデンの決着は、ユーリイにとっても想定外のものだった。

――もう少し、派手なお祭りになるかと思っていたんだけどね。

前のループの終わりに、テスカトリポカがイドを殺した。あれが、実質的なＰＯＲＴの敗北宣言だった。そのままテスカトリポカ自身が穏健派に転身し――つまりは、エデンに対して敗北宣言を出すことを提案し、酔京《すいきょう》と馬淵《まぶち》がそれに追従した。ニッケルはエデンの捕虜となっていたため発言の機会がなかった。欠席扱いだと聞いている。同じく、パンも欠席。彼女は架見崎《かみさき》駅に逃げ込んだまま、姿を現さなかった。残るＢＪとタリホーも、けっきょくはテスカトリポカの提案を受け入れたようだ。

八月一日――安息日の昼下がり。

ユーリイはワインを前にして、バーのソファーに座っていた。やがて入り口のドアが開き、ずんぐりとした男――ホミニニが現れる。

「よう。機嫌はどうだい？」

「良くはないよ。外は、晴れているかい？」

「もちろん。架見崎の八月一日は、いつだって快晴だ」

ホミニニは、彼にしては可愛《かわい》らしい、小さなくしゃみをしながらカウンターの向こうに入り、ウィスキーのボトルとグラスをつかむ。それから、「犬のおまわりさん」を口ずさみながらユーリイのテーブルまで歩み寄り、向かいのソファーに腰を下ろした。

「まずは、祝杯だ」

そう言ってホミニニは目を閉じる。

彼がテーブルに置いたウィスキーのボトルを、ユーリイは手に取った。中身を彼のグラスに注ぎながら告げる。

「ＰＯＲＴとの合併後も、エデンのリーダーは君に頼みたい。こうして安息日に、君の領土まで足を運んだのは、僕なりの敬意だ」

ユーリイとホミニニは同じエデンの人間だが、所属する部隊が違う。架見崎のルールでは、それは別チームとして扱われる。つまり相手の部隊の領土では、交戦中でない限り能力を使えない。

ホミニニが言った。

「意外だな。ＰＯＲＴを取れば、お前がトップに立ちたがるもんだと思っていたよ」

「チーム内の立場に、それほどのこだわりはないな」

「そいつはよかった。ともかく、勝利おめでとう」

「うん。おめでとう」

彼が持ち上げたウィスキーのグラスに、ユーリィは軽くワイングラスを触れさせる。グラス同士をぶつけあう乾杯は嫌いだ。無粋な感じがして。でも、今くらいは彼の流儀に合わせてやっても良い。

「今回の戦闘と今後の方針について、君の意見を聞きたい」

そう尋ねると、ホミニニが派手に笑った。

「もちろん、今回は圧勝だった」

ユーリィは首を振ってみせる。

「被害は、想定よりも大きい」

ＰＯＲＴとエデンの戦いは、けっきょくのところ身内同士の潰《つぶ》し合いだ。これからの、平穏な国や世界平和創造部との戦いを考えれば、被害が少ないに越したことはない。

「そうかい。だがあんたの計画じゃ、ＰＯＲＴの部隊リーダーの三人までは諦《あきら》めるって話だったはずだがな」

「ああ。ふたりで済んだのは良かった。でも、そのうちのひとりをイドにするつもりはなかった」

替えの利《き》かないプレイヤーというのが、何人かいる。

ただ強いレッドマンが死んだのは、まあいい。別の部品で代用できる。でも、イドはだめだ。彼に代わる検索士《サーチャー》というのは存在しない。

ホミニニがウィスキーをあおり、下品に息を吐き出す。

「だが、テスカトリポカが残った。検索士《サーチャー》としての腕も、イドがいない今となっちゃ架見崎でいちばんだ。あいつがこっちの下につくってのは僥倖《ぎょうこう》だろ」

「僕は少し、彼女が苦手でね」

「へえ。お前に、苦手な種類の女がいたのか」

「もちろん。性別にかかわらず苦手なものは苦手だ。それを別にしても、やっぱり、彼女ではイドの代わりには足りない」

イドは架見崎で最高の検索士《サーチャー》だった。圧倒的に。

他の誰よりも、彼を失ったことが痛い。

「ずいぶん評価が高いな。オレの感覚じゃ、総合力ではテスカトリポカの方が便利に使えるが」

「たしかに彼女の能力は、イドとはまた別の意味で反則じみているけどね。なんにせよこの先、僕のスケジュールはしばらく、イドを失った悲しみの対処で埋まるだろう」

「なんだ。あんたでも、仲間が死ねばへこむのかい」

「僕のじゃない」

キネマの面々——とくに、キド。

彼にはもう少し働いてもらえるだろうと期待していたのに。純粋に兵士として優秀な駒《こま》だ、というのもある。加えて、平穏な国に対して、それはおそらくあの香屋歩《かやあゆむ》という少年に対して有効に機能する駒だ。

ユーリイはワイングラスを傾けながら、空いた方の手で自身のこめかみを叩《たた》く。

「イドの死を、あの純情な青年にどう伝えたものだろうね。そのプランでずいぶん悩んでいるんだよ。やり方を間違えれば、彼は僕の手を噛《か》むだろう。でも上手《うま》くやれれば、僕は非常に優秀な戦士を手に入れられる」

「洗脳は得意だろう？」

「能力には効果時間がある」

だから、能力とは異なる形で言い包《くる》めたい。できるだけ上手く演出したい。きっと、手はあるはずだ。

だがホミニニは、キドに関してはそれほど興味がない様子だった。

「なんにせよ、優先すべきなのはＰＯＲＴとエデンの統合だ。もちろん円卓を維持する理由はない。あの鈍い議会を切り捨てるのが、今回の戦いの目的みたいなもんだった。だが現状の円卓の連中を、あまり蔑《ないがし》ろにもできない」

「そうだね。円卓は解消する。部隊リーダーは維持する。そんなところだろう」

現状、残っている円卓のメンバーは七人。テスカトリポカはこちらに従順な態度をみせている。酔京、馬淵はもともとユーリイの息がかかっている。ニッケルもこちらに逆らいはしないだろう。

やや疑問なのは、ＢＪ。あの架見崎随一の射撃士《シューター》は、少し考えを読みづらい。ＰＯＲＴへの愛があるとは思えないが、損得よりも美学を優先するタイプで、へんに拘《こだわ》られると面倒だ。

パンはおそらく、こちらに首を垂れるつもりはないだろう。彼女はＰＯＲＴリーダーという立場でありながら、エデンへの敗北宣言を決める会議にも参加せず、自身の領土も放り出したままだ。彼女の部隊に所属していた人員は、仕方なくチームを抜ける手続きを行っているとテスカトリポカから聞いた。つまりパンの配下から離れて、ＰＯＲＴの他の部隊に加わるわけだ。パンは今後、香屋歩を頼り平穏の一員になるのではないか、というのがユーリイの見立てだった。

そして、もっともわからないのが、タリホー。

もともとは信頼のおける部下だった彼女が、今はなにを考えているのかまったく読めない。できることなら彼女と仲直りしたいところだが、あちらの目的だとか、価値観のようなものだとかがわからなければ、交渉のイメージも湧《わ》かない。

――僕はただ、もう一度彼女が淹《い》れた紅茶を飲みたいだけなんだけどね。

それはいつか叶《かな》うだろうか？

なんにせよ、大きな目的のひとつに加えておく。

ホミニニはウィスキーのグラスを空にして、そこにまたボトルから中身を注ぐ。

「円卓――元円卓とは、オレが話をしておく」

「うん」

「オレはむしろ、市民の連中が気持ち悪いよ。あいつらは円卓に逆らった。オレたちがそう仕向けたわけだが、今後も、今まで通りに従順だとは限らねぇ」

「そうかな。僕はあまり、不安視していないけれど」

これまで飼い慣らされていた市民たちが、初めて怒りを円卓に向け、命懸けで立ち向かった。六〇人ほどが死んだらしい。そして、円卓は滅び、自分たちの飼い主が入れ替わった。

ただ飼い主が変わっただけだ、というのが冷静な視点だろう。穏やかに思えた自分たちの日常が、実は自分ではない誰か――円卓ではなくなったとしても、ユーリイやホミニの一存で簡単に崩壊するのだ、という事実はなにも変わっていない。

だが、それでもおそらく彼らは、もうすでに満足しているだろう。なんとなくなにかを自分たちでやり遂げた気になって、勝利の祝杯を上げたり死者を英雄と呼んで弔ったりして、あっさりとこれまでの生活に戻っていくだろう。

「彼らはいつだって言い訳が欲しいんだよ。自分たちがもう頑張らなくて良い、命をかけなくても済む言い訳だ。なら、それを与えてやればこれまでとなにも変わらない」

「なんだ。また演説でもするか？」

「うん。まさしく、それだよ。彼らを褒められるだけ褒めれば良い。できるだけ大げさな言葉で感謝すれば良い。君たちのおかげて悪《あ》しき円卓は崩れ去り、君たちのおかげでエデンは覇権を握った。そうおだてて、あとは任せろと言ってやればいい」

「いつやる？」

「早く。今日のうちには。原稿の素案は用意がある。気に入らない言い回しは好きに変えてくれれば良い」

「ああ。それから、墓を建ててぇ」

「いいね。六〇人ぶんの死者の。ループで消えるのは情けないから、適当な道具《アイテム》能力で加工しよう」

彼から出た提案としては、ずいぶん素敵だ。象徴があるのは悪くない。ＰＯＲＴが打ち滅ぼされ、今後はエデンが市民たちを守る、という象徴だ。

ホミニは頷《うなず》いたが、視線はテーブルに落としていた。

「市民の共同墓場みたいなもんを作っても別に良い。でも、オレが欲しいのは、個人用のがみっつだよ」

なるほど。みっつ。

ユーリイはついほほ笑む。それを隠すために、ワイングラスを口元につける。

「ひとつは、若竹《わかたけ》。ひとつは、グズリー」

以前——対月生《げっしょう》戦で死んだ、彼の仲間たちだ。

「ああ。あいつらと話していた目的を叶えたんだよ。ＰＯＲＴを支配して架見崎のトップに立ってやるってやつだ。その報告に、花を手向ける先もないんじゃ、恰好《かっこう》がつかないだろう？」

「好きにすれば良い。君には、それくらいの自由はある」

ユーリイ自身もイドの墓を建てようか、と考えて、あまりに馬鹿馬鹿《ばかばか》しくてまた笑ってしまいそうになる。彼の死体はループで消えた。架見崎に、死者の居場所はない。

口元に運んでいたワイングラスを、そのまま傾けて、ユーリイは尋ねた。

「みっつ目は誰の？」

「ああ。まったく、オレも意外なんだが」

「うん。時にはそういうこともある。自分自身の感情が、思いもしない風に動くことが」

「まったくだ。お前のために墓を建てようって気になるとは、思わなかったよ」

ホミニニが顔を上げる。右手には端末をつかんでいる。

安息日には、宣戦布告は行えないが、自身の領土内であれば能力が使える。

ユーリイは、軽く首を振ってみせた。

「僕たちはもう、協力し合えないということかな？」

「今日、オレは架見崎のトップに立った。あとは勝ち逃げするだけだよ。だいたい、お前の寝首を掻《か》くのは約束通りだろう？」

「うん。でも、残念だったね。僕は寝起きが良い方なんだ」

ホミニニの太っちょな指が、端末を乱暴に叩く。

でも、なにも起こらない。彼は能力を使用できない。なぜならここは、ホミニニの領土ではないから。

ホミニニがソファーから腰を浮かせる。だが。

「座っていろよ。そのまま、動くな」

ユーリイの言葉に従い、ホミニニが脱力するように、またソファーに座り直す。

彼の、呆気《あっけ》にとられたような顔はユニークだった。ユーリイは自身のグラスにワインを注ぎ足して、続ける。

「しゃべるのはかまわない。言いたいことは？」

「お前、いつから？」

「おいおい、ホミニニ。なんだい、そのつまらない質問は。君はそこまで、鈍くはないはずだろう？」

能力名、ドミノの指先。正確にはその能力の使用によって同時に効果を発揮する、一〇〇を超えるユーリイのささやかな能力たち。

それはホミニニがこのバーに現れ、天気の会話を交わしたところから始まっている。順に条件を満たした彼は、ユーリイの言葉を疑えない。

――こうして安息日に、君の領土まで足を運んだのは、僕なりの敬意だ。

なんて話、本来ならあからさまな嘘《うそ》だった。でも能力の影響下にあるホミニニは、その言葉を信じ、ここがホミニニの領土だと思い込んだ。ついさっき、自分自身の足で、ユーリイの領土まで歩いてきたというのに。

もちろんホミニニは、PORTを取れば次にユーリイを狙《ねら》うだろう。あからさまな邪魔者なのだから当然だろう。わかっていたから、ユーリイはその機会を作ってやることにした。ユーリイ自身の安全に配慮した形で。

ホミニニが、目を見開いて言う。

「身体《からだ》の自由を返してくれ。どうせあんたは、ここじゃ殺《や》れねえ」

「理由によるな。なんのために？」

「頭を下げるためだ。すまなかった。オレは自惚《うぬぼ》れていた。どうか許して欲しい」

こんなことを、平気で言えるのが、ホミニニの美点だ。もしもユーリイが彼の立場だったなら、笑って殺されることを選んだように思う。

「いいよ。でも、腰から上だけだ。自由に動いて良い」

「ありがとう。すまなかった」

ホミニニが、勢いよく頭を下げる。

こちらからはみえなくなったその顔は、今、どんな表情を浮かべているだろう。頭の中ではいったい、なにを考えているだろう。わからないが、まあ、どうでも良いことだ。

ユーリイは告げる。

「顔を上げて」

その言葉に従ったホミニニが、歯を食いしばり、紅潮した顔に汗を垂らす。

ユーリイはポケットから、一本のナイフを取り出し、テーブルに置いた。

「僕は怒っているわけじゃないよ。本当に。でも、けじめというのは必要だ」

「悪かった。リーダーはあんたで良い。オレはあんたに従う」

「それで、自分の胸を刺せ。思い切り」

ホミニニは、ユーリイからみればずいぶん不器用な男だ。

ためらいもなくこちらに頭を下げてみせるくせに、感情を殺しきれていない。殺意をむき出しにした、獣じみた目でこちらを睨《にら》んだまま、それでも口先では「許してくれ」と懇願する。ほんのわずかな、もしかしたらゼロパーセントの、自身が生き延びる確率にしがみつこうとする。その姿勢は愛《いと》おしい。

「あんたの勝ちだ。助けて――」

そう言いながら、彼はテーブルのナイフをつかんだ。その刃を自身の胸に向け、思い切り突き立てた。どん、と胸を叩く音が聞こえる。

「オーケイ。もう自由にして良いよ」

ユーリイが手を叩くと、能力が解除される。ホミニニは、彼の手の中にあったナイフ――家電量販店の玩具《おもちゃ》売り場で手に入れた、突き刺すと刃が引っ込むタイプのあれを床に叩きつける。

「なんだよ、これは。馬鹿にしてんのか？」

「もちろん。馬鹿にしているんだ」

実のところ、内心では直前まで迷っていた。

本当にホミニニを殺すのか。それとも、こんな風に見逃してやるのか。どちらかというと殺す方かな、と思っていたのだけれど、念のために玩具のナイフを用意しておいてよかった。

嘘ではなく、ユーリィは告げる。

「でも少し感動している。まさか君が、僕の死を弔ってくれるなんて、思ってもみなかったものだからね」

「うるせえ。もうそんな気まぐれは起こさねぇ」

「愛しているよ、友人《フレンド》」

「こっちは大っ嫌いだよ、宿敵《ライバル》」

さて、祝杯の楽しい余興はこれくらいにしておこう。

今のうちに詰めなければいけないことがたくさんある。

「話を戻すよ。君の演説のプランだが、やっぱり感動を演出するなら夕暮れ時だろう」

「お前はどんな精神をしてやがるんだよ」

そういうホミニニも、額の汗を拭《ぬぐ》えばもう普段通りの彼で、平気な顔で「演説用に、喪服を一式用意したい」なんて話している。どちらの精神がより図太いのかでいえば、ホミニニではないだろうか。

「僕も喪服が欲しいな」

たしかにそれが、適切な気がする。

それからやっぱり、イドの墓を用意しよう。

馬鹿げてはいるけれど、彼の死を伝えるとき、キドが手を合わせる先があるように。

2

秋穂栞《あきほしおり》がその連絡を受けたのは、安息日を終えて、日づけが変わった午前〇時のことだった。

「PORTの部隊のひとつが、キネマ倶楽部《くらぶ》に対して宣戦布告を行った」

と検索士《サーチャー》――アリスが言った。

宣戦布告を行えるようになって間もないタイミングだ。

まったくの想定外の出来事に、秋穂は思い切り舌打ちする。あまりに動きが早すぎる。あのチームはつい先ほどまでエデンとやり合っていて、しかも敗北したのではなかったのか。

「香屋は？」

「まだみつからない。どこにもいない」

どうして、こんなときに。

あいつはいったい今、どこでなにをしているんだろう。秋穂の目からみて、疑わしいのは平穏の連中だった。ループの直前は平穏のマンションにいたのだから、他に手を出せる人間はいない。平穏の誰か――たとえばシモン派が、香屋を邪魔だと感じてどこかに捕らえている。あるいは、考えたくないけれど殺してしまった。この辺りがいちばん、納得できる。

けれど今は、そのシモン派の検索士《サーチャー》であるアリスの他に、頼れる相手もいなかった。

「リーダーが不在のチームにも、宣戦布告ができるものなんですか？」

「知らないよ。私も、こんなのは初めての経験だから。でも、検索《サーチ》のデータ上は通常の宣戦布告と同じように処理されている」

「つまり、エデンとＰＯＲＴが、今度はキネマを狙っている、ということですか？」

秋穂の質問に、アリスは首を振る。

「いいえ。ＰＯＲＴはエデンに吸収される。それは、間違いのない情報だと思う。けれどひとつの部隊、というかひとりだけが、そのチームの決定に従わずに独自の行動を取っている」

「誰ですか？」

「パン。ＰＯＲＴリーダー」

どうして。

「つまりパンが、キネマに宣戦布告したということですか？」

「ええ」

「あり得ない」

まったく、成り立ちを想像できない。

パンはＰＯＲＴ内ですでに、なんの求心力もないはずだ。彼女の部隊の人員は、全員がチームを抜ける手続きを始めたと聞いている。ＰＯＲＴはパンひとりを切り捨て、あとは全員で仲良くエデンに身売りする。

その状況で、どうして、パンがキネマに戦いを挑む？

月生がいるキネマに勝てるはずもないのに。――いや、もっと、根本からおかしい。そもそもパンの安全を保障しているのが、月生だったはずだ。彼女は架見崎駅に逃げ込むことで、対エデン戦を生き延びた。自分自身を守ってくれるカードにケンカを売って、なにになるというんだ。

わからない、わからない、わからない。思考のとっかかりもみつからない。

――やっぱり私に、香屋の代わりができるはずがないんだ。

なのに、どうしてあいつがいないんだ。秋穂は素直に、胸の中で香屋への暴言を並べ立てる。それで、多少は平常心を取り戻して、言った。

「ともかく、月生さんに連絡を取りましょう。お願いできますか？」

チーム外の人間に連絡を取るには許可が、なんて無駄に時間を消費するだけの話をアリスが始めないかと不安だったけれど、彼女は素直に頷いた。平穏な国としても、アリス自身も、パンの動きは馬鹿げた建前にかまっていられないくらい想像外で唐突なものだったのだろう。

アリスが操作した端末に向かって、秋穂は呼びかける。

「月生さん？　秋穂です。聞こえますか？」

返答には少し時間があった。

香屋が考え事に没頭していて、こちらの話をろくに聞いていないときみたいな沈黙のあとで、彼の声が聞こえた。

「ええ、はい。どうしましたか？」

「パンからキネマに宣戦布告がありました。ご存じですか？」

「いえ。宣戦布告？」

宣戦布告を受けた場合のメッセージは、チームリーダーにしか流れない。検索《サーチ》を使えば、どこがどこに対して宣戦布告を出したのかがわかるけれど、月生もこのタイミングでの宣戦布告は警戒していなかったのだろう。

「パンは、どこに？　私はまだ、駅にいるものだと思っていました」

「さあ。そういえば、いませんね」

「さあって」

なんだか話が嚙み合わない気持ちの悪さを覚える。月生はこの事態に、少しも慌《あわ》てていないようだった。明らかに異様なことが起こっているというのに。

――ともかく、キネマ倶楽部を守らなければいけない。

　香屋が不在のうちに、あのチームが潰れるようなことがあってはいけない。いや、キネマ自体はわりとどうでも良いけれど、月生というカードを香屋が失うわけにはいかない。今後も月生は、あいつにとっての切り札であり続けるはずだから。

「私はこれから、リリィと話をしてきます。月生さんは一度、平穏な国に逃げ込んだ方が良いと思います。パンがなにを考えているかわからないから」

　宣戦布告から交戦まで、二時間。二時間もあれば、ゆっくり話をまとめられる。

　もしかしたらパンは、香屋が不在のこの状況で、月生を攻略する方法を持っているのかもしれない。でも、さすがに平穏までは相手にしきれないだろう。ともかく月生をかくまって、安全に交戦をやり過ごすべきだ。

　――香屋だってきっと、こうする。

　自信があった。パンの意図が読めなくても、対処法は間違っていない。なのに、月生が言った。

「それはできません」

「どうして？　死ぬかもしれませんよ」

「どうでしょう。今のパンにできることは、ほとんどないはずです」

「そんなの、わかりません。協力者がいても不思議ではないでしょう？」

「はい。ですが、なんにせよ今夜はこの駅を離れるわけにはいきません」

　意外なことに、月生は笑った。

ふ、と彼が吐いた息の音で、たしかに笑ったのだとわかった。

「電車がきます。なら、私はここに立っていなければいけない」

それでは、と言い残して、通話が切れた。

＊

月生は端末をポケットにしまい、またその電光掲示板を見上げた。

――一番線。当駅止まり。二時〇七分。

ああ。どうして。

いったいなぜ、こんなことが起こるのだろう？

本当にこの駅に、電車がやってくるのだろうか。そこには、誰が乗っているんだろう。彼女は？　ウラルの姿は、そこにあるのか。

疑惑は、もちろんあった。

秋穂栞から聞いた宣戦布告の件は無視できない。あまりにタイミングが恣意的《しいてき》だ。この電光掲示板は敵の作戦の一環で、月生を駅に縛りつけるためのものではないか、と疑うのが正常な判断だろう。

わかっていた。

わかっていて、月生は、だとすればその嘘に騙《だま》されようと決めた。

今夜、自身が死ぬとしても、別にそんなことは問題ではなかった。初めから、月生亘輝《こうき》という存在自体、命なんて立派なものは持ってはいないのだから。

　ウラルがなにを望もうが、この世界にゼロ番目のイドラを夢見ようが、架見崎の住民は人形でしかない。データの羅列で作られた、その思考や感情が人に似た形をしたもの。それはとても精巧で、まるで本物の人間のようで、だが本質的には歯車を回し決められた動作を繰り返すからくり人形みたいなもの。ショーケースの中からは、決して出られはしないもの。

――人形でしかない私が、ガラスケースの外側の彼女との再会が叶うというのなら、この身を差し出すことなんて惜しくはない。

　いや。みんな嘘だったとしても。

　電車の中に彼女はおらず、そもそもこの駅に電車なんてやってこず、あの表示がみんな虚構だったとしても、かまわない。ひとつの思いに身を焦《こ》がして死ねるなら、それは一体の人形として、なんと幸福な結末だろう。

――いったい誰が、私たちに共感するだろう。誰が私たちの死を悲しむだろう。誰もいないのだ。そんなもの、誰も。架見崎の真相を知ったなら、私たちの生き死になんかにみんな興味を失《な》くしてしまうだろう。なら、この身に価値なんてありはしない。

　月生は懐中時計に視線を落とす。

　電車の到着が予告された時間まで、あと一時間五二分。

　その一時間五二分が自身の余命のすべてでも、まったく問題ではない。そのあいだ、胸をときめかせて過ごせるなら、まるで私は生きているようではないか。

秒針が、鼓動よりもずいぶん遅く、だが確実に進む。

月生はふと、今朝締めたネクタイが歪《ゆが》んでいないだろうかと不安になり、軽くそこに触れた。

3

パンはひとりきり、明かりもつけずにホテルのベッドに寝転がっていた。

ほんの少し前まで、架見崎の中心はこのホテルだった。ＰＯＲＴのトップが暮らし、いくつもの重要な決定がなされ、必要に応じて各部隊のリーダーが顔を出した。けれど今はもう誰もいない。パンの他には、誰も。同じ部隊に所属していた人たちはすでにチームを抜ける手続きを進めており、今はきっと、ユーリイかホミニニか、あるいはテスカトリポカ辺りの指揮下に入っているんだろう。だから、ここは静かで、心地が良い。

パンはベッドの上で、じっと天井をみつめていた。

その体勢のまま、ふいに、声を出して笑う。

――もうすぐだ。

もうすぐ「彼」が、架見崎にやってくる。

長い準備が終わり、ようやく、パン自身のための戦いが始まる。

——そうだ。こんなもの、まだ始まりだ。

どれほどの距離があるのかわからない、遠い遠いゴールへと向かう出発。パン自身が掲げる正義の始まり。そのために、まず、架見崎を終わらせなければならない。

——ああ。ようやく、その一歩目を踏み出せる。

この世界で、今まで、「生きて」いてよかった。何度もこんなゲーム、やめてやろうかと思ったんだ。けれど、淡々とつまらない道を歩いてきた。我慢というほど苦しいものではないけれど、ずっと退屈だった。

あと少し。あと少し。そう繰り返していると、端末から声が聞こえた。

「ハロー、ご機嫌はどうだい？」

よく知っている、ユーリイの声。

高ぶっていた気持ちが急速に冷めるのを感じて、パンは小さなため息をつく。寝転がったまま端末を手に取って、顔の前に掲げて応《こた》えた。

「なんの用？」

「それを聞きたかったんだよ。いまさら君が、キネマ倶楽部になんの用だい？」

ユーリイとの会話は、気乗りがしなかった。

電車が架見崎駅に訪れるそのときまで、喜びをかみしめて、静かに過ごしたかった。

だから一方的に話を打ち切ってしまってもよかったのだけれど、ここで、ユーリイに敵だと認定されるのも厄介だ。実のところ、キネマとの開戦までにユーリイがパンを殺すのはそう難しくない。

　パンは、多少は戦えなくもないけれど、あまり戦闘を目的とした能力にポイントを割り振ってはいない。宣戦布告は考えなくても良い——開戦の時間になれば、だいたいパンの目的は達成されたようなものだ——けれど、同じ部隊にいた連中は今もまだこの領土内で能力を使える。「正規の手続きを経てチームを抜けるには、申請から二四時間必要」というルールがあるせいで、彼らはまだパンのチームの一員だ。

　——まあ、別に、ユーリイは敵ではない。利用できる範囲で利用すれば良い。その範囲は、広ければ広いほど良い。

「月生が欲しい？」

とパンは尋ねる。答えは決まっている。

「もちろん。もらえるなら」

「あげても良い。だから、今夜は放っておいて」

端末の向こうで、ユーリイが笑う。

「なかなか、素直にわかったとは言えない話だね」

「そう？　貴方《あなた》らしくない」

「そうかな。僕はあまり、夢を追いかける性質ではないつもりだけどね」

「コストとのバランス次第でしょう？」

たしかにユーリイからは、パンが月生を獲得する術《すべ》がわからないだろう。まるで自棄《やけ》になったパンがあり得ない幻想を語っているように聞こえるだろう。けれど、別に、この話を信じても彼に不利益はない。

「貴方の行動次第では、私は平穏に逃げ込む。それが難しいことではないと、貴方は知っている」

パンの能力は、逃げ延びることに特化している。実際には今のところ、平穏な国に身を寄せるつもりはないけれど、これまでの交友関係とデータだけを並べれば、それは説得力のある方針にみえるはずだ。

「たしかに。君がＰＯＲＴの領土に戻ってきたことが不思議なくらいだよ」

「私は別に、貴方とケンカをしたいわけじゃない。ＰＯＲＴにもとくに思い入れはない。でも、そうね。月生を手に入れたら、最初に交渉する相手は貴方が良い」

これは、嘘。

月生を手に入れたとして、最初に声をかけるのはユーリイではない。パンはこの男を高く評価している。極めて例外的な数人を除けば、架見崎でもっとも優秀なプレイヤーはユーリイだろう。少なくともパン自身よりだいぶ上なのは間違いない。

出来過ぎるから、問題なのだ。思わぬところまでこちらの狙いを暴《あば》くかもしれない。想像外の罠《わな》を張られるかもしれない。だからユーリイを警戒している。イドが死んだことは幸運だった。架見崎でいちばんの検索士《サーチャー》に、まだしも与《くみ》しやすい方が残ったから。テスカトリポカであれば、共にユーリイを罠に嵌《は》める算段ができる、かもしれない。

ユーリイはしばらく沈黙していた。

なにを悩んでいるのか、迷っているのか、それともこの沈黙がただのポーズなのかもパンにはわからない。ともかく、やがて彼は答える。

「オーケイ。今夜の君を、よくみておくよ」

よい夜を、と告げて、ユーリイが通話を切る。

パンは内心でささやく。

――みない方が良い。

パンのためにも、彼のためにも。ユーリイが余計な疑念を抱くのは面倒だ。でも、まあ仕方がない。

パンは端末をベッドの上に放り出し、また天井に目を向ける。

これまで、架見崎の最強はユーリイだった。彼がもっとも勝利に近かった。パンはそう考えていた。でも、もうすぐ。駅に電車が着いたとき、その順位は大きく変動する。

ユーリイだとか、冬間《とうま》美《み》咲《さき》だとか、香屋歩だとか。あの辺りよりもずっと優れた「彼」が現れ、架見崎の戦いはまったくその形を変える。

怖いのはひとりだけだった。

――カエル。あれはやっぱり、気味が悪い。

冬間誠《まこと》という紛れもない天才が作った、天才自身の模倣品。パンからみても、性能を読み切れない。だから、できることはすべてやる。パンはそのための準備を進めている。

――早く来て、ウロボロス。私のプレゼントを受け取って。

神さまのような悪魔。そのタナトス。自ら死を望むもの。

アポリアなんて、生まれるべきではなかった。

あれを誰にも殺せないのなら、あれ自身が死を選ばなければならない。


そして、やがて、約束の時間が訪れる。

駅で午前二時七分に。時間が少々奇妙ではあるけれど、パンは愛する人との初めてのデートみたいに胸を高鳴らせる。

午前二時からは、じっと端末の時刻表示をみつめていた。三分後にベッドから立ち上がった。部屋の中を黙々と歩き回って、七分になったとき端末を叩いた。

――クイックロード、発動。

本当は、瞬間移動ができる能力を取ればそれでよかった。でもすでに冬間美咲が同様の効果のその他《オリジナル》能力を獲得していたから、仕方なく、高いポイントを払って少し意味合いが異なる能力を獲得した。

クイックロードは使用すると、パンの状況を任意の「セーブ地点」に戻す。怪我《けが》も病気も治すけれど、今回はただ、移動したかっただけだ。月生に庇護《ひご》される、という名目で駅にいたときに設定したセーブ地点まで。

あのときはなにもなかった線路の上に、今は約束の電車が停まっている。

4

けっきょく、我慢できなくて、月生はその瞬間を一番線のホームで迎えた。

PORT――パンの部隊と交戦状態になったのは、午前二時三分のことだった。だが、彼女の動きはとくになかったし、月生の方も気に留めてはいなかった。

より重大な問題があったのだ。電車に彼女――ウラルが乗っているとして、それが何両目だかわからない。いったい、どの停止位置で彼女を待てばよいだろう？　やはり改札の前で待っているべきだったのかもしれない。でも、ここまで来てしまったのだから引き返す気にもならない。

仕方なく月生は、ホームの中心に立っていた。線路の先と懐中時計とを交互に、忙《せわ》しなく見比べながら。

午後二時六分三六秒、甲高い音が聞こえて、遮断機が下りた。

四七秒、線路の向こうに一対の、丸いライトが姿を現した。

月生はそこで懐中時計を閉じて、ポケットにしまった。だから、その先の時間の流れはよくわからない。

ライトの動きはひどく緩慢に感じた。あちらが走れば走っただけ線路が伸び、月生とその電車との距離が永遠に埋まらないような気さえした。だが、車輪が線路を走るあの心が弾《はず》む音は、確実に近づいていた。

電車はゆるやかに減速し、ホームに滑り込む。

目の前を、たくさんの窓が流れていく。車内に人の姿はみえない。どうして？　月生はその窓の流れとは反対の方向に走る。どこだろう？　どこに、彼女はいるんだろう？

不思議と、このときは、この電車にウラルが乗っているのだと確信していた。

なんの根拠もない確信だ。それはつまり、妄信だった。月生がそう気づいたのは、停車した電車の最後尾に、ふたりがみえたからだ。

その結果に、つい苦笑する。

――ああ。ウラルはいなかった。

そこにいたのは、少女と男性がひとりずつだった。少女の方は知っている。

パン。ＰＯＲＴリーダー。前のループの終わりでは、とりあえず月生が庇護する対象だった少女。そしてもちろん、キネマ倶楽部に対して宣戦布告を行った少女。いつの間にパンが電車に乗り込んだのか、月生にもわからなかった。

もう一方――男性の方は見覚えがない。四〇代の半ばから後半といったところだろう、若いとは言えない。眼鏡をかけていて、それなりに癖のついた黒髪で、どちらかというと痩《や》せている。顔立ちには特徴らしい特徴もない男だ。やや大きな白衣を羽織り、両手をポケットに突っ込んでいるのにまず目がいく。

ドアが開き、そのふたりが電車を降りた。

月生は五メートルほど手前で足を止め、首を傾《かし》げてみせる。

「運営の方ですか？」

架見崎に電車を走らせられるのは彼らしかいないはずだ。なにか、そういったその他能力《オリジナル》を獲得すれば別だろうが、あまり意味はないように思う。

男の方が、数歩前に出て、それでパンが後ろに隠れた。

彼は、苦笑だろうか、軽く口元を歪めて言った。

「難しい質問をするね」

「そうですか？」

「うん。でも、今のところ私は、何者でもないというのが正確かな」

彼の声にも、特徴はみつからなかった。少し立ち話をしたあと、別れて数分も経《た》てば忘れていそうな声だった。でも、なんだろう、そのフラットな感じが異質でもあった。熱くも、冷たくもない。ただ響いて消える声だった。

「何者でもない貴方が、この駅になんの用でしょう？」

そう尋ねながら、月生は端末を叩く。強化《ブースト》の使用――パンから宣戦布告を受けている以上、最低限の警戒は必要だ。続けて検索《サーチ》を使用すると、目の前の男が、パンのチームに入っていることがわかる。

男はまっすぐにこちらをみている。

「駅に用というわけではないよ。だって、そういうものだろう？」

「というのは？」

「つまり、駅っていうのは入り口だ。私の用は、その先にある」

「たしかに。では、どうして架見崎に？」

「まずは八月を終わらせに来た。ちなみに九月以降は、打ち切りが濃厚だ」

少なくとも、この男が一般的なプレイヤーだとは思えなかった。やはり運営のひとりなのだろうか。

――だとすれば、私はこの男には勝てないだろう。

根本の力関係が違う。立っている次元が違う。データの集まりでしかない月生は制作者に手を出す手段を持たず、制作者はいつだってこちらのデータを消し去れる。

「どうやって、八月を終わらせるんですか？」

「戦うんだろう？　そう聞いている」

答えながら男は、ポケットから左手を抜き出した。そこに、拳銃が握られている。

発砲に躊躇《ためら》いは感じなかった。月生の目にはずいぶん緩慢にみえる銃弾が、線を引くように、まっすぐに飛んでくる。二発、三発。狙いは正確だ。でも、回避は難しくない。

――この男の目的はなんだ？

わからないまま、月生は歩を進めた。

射線上から身を躱《かわ》し、彼の首を手の側面で切り裂く。抵抗は感じない。回避されたわけでもない。か弱い人体の強度そのままの感触で、彼の首が飛んだ。

その展開があまりに意外で、月生は首を失くした男の身体をみつめる。その身体がぐらりと傾き、倒れて、向こうにパンの姿が現れる。

彼女は笑っている。なんだか、月生からみても、不気味に。死体の向こうで、歓喜に溢《あふ》れるように、唇の両端を吊《つ》り上げて笑っている。

その顔のまま、彼女は身を屈《かが》め、死体の手から拳銃を取り上げた。

「彼は、なんだったのですか？」

月生の質問に、パンは答えなかった。

代わりに、彼女は言った。

「気分はどう？」

だが、その言葉を聞き取る前に、月生の意識は途絶えた。

*

ヘビを架見崎に組み込むと決まったとき、いくつかのルールが設けられた。

たとえば、こんな風なルールだ。

ヘビはこのループ——第一二一ループ中に、プレイヤーとして架見崎に参加する。肉体は平均的な人間のものとする。初期の所持品は常識的に手荷物にできる範囲で自由。初期位置と出現タイミングも自由。所持ポイントは通常の架見崎のルールに則《のっと》って一〇〇〇とし、ポイント内で能力の獲得が可能。その他能力《オリジナル》を獲得する場合、必要ポイントは中立的なスタッフが決定する。

ヘビが選んだ能力は、こんな内容だった。

【能力名／未登録　一〇〇〇P】

この能力の使用者が他のプレイヤーにより殺害された場合に効果が発動する。

使用者は以降、自身を殺害したプレイヤーの視覚と聴覚を共有する。

さらに一ループ中に合計で一二秒間、殺害したプレイヤーに成り代わり、その肉体を「能力の使用者自身」として使用できる。この状態を「支配」と表現する。支配中に獲得したポイントは能力の使用者のものとなる。

使用者はこの能力の発動後、ループのたびにポイントの支払いが発生する。その支払い額は五〇〇〇Pから始まり、次のループを迎えるたびに倍になる。ポイントを支払えなかった場合、この能力は効果を失い、使用者は架見崎から完全に消滅する。

この能力は次の拡張が可能。

支配する時間の延長（一秒）：一〇〇P

「気分はどう？」

とパンが言った。

それは——ヘビ、あるいはウロボロスと呼ばれるそれは、月生の肉体が手にしていた端末を彼女に差し出して答える。

「私に、気分というものはない」

その言葉は真実だが、嘘でもある。

アポリアにより、「もっとも冬間誠に近い人格」として生み出されたそれには、心のようなものも、感情のようなものも備わっている。人間とまったく同じでなくとも、だいたいは同じものが。

だから今は、悲しかった。いや、ずっとだ。アポリア内に仮想人格として生まれたときからずっと、山々に立ち込める霧に似た、茫漠《ぼうばく》とした悲しみを感じていた。

「そう」

パンが短くつぶやき、銃口をそれの腹に当て、引き金を引いた。

痛みを感じる前に、それは意識を手放し、肉体を本来の持ち主に戻す。

もっともよくできた天才の模倣品。世界を取り囲み、自らの尾を噛む循環の蛇。すべて《パン》にして唯一《モノ》のウロボロス。

それは、こんな風に、架見崎に現れた。

五秒間の出来事だった。

エピローグ

本来のループ明けから二日と一七時間遅れて架見崎《かみさき》に戻った香屋《かや》は、できる限りの最悪を想像していた。理性的にそうしたというよりは、心を守るための本能みたいなものだった。

だから、まず、秋穂《あきほ》の顔をみて安心した。

——ああ。秋穂は生きている。

いや。生きているとはいえないのか。アポリアが生んだ仮想人格。でも、ともかく秋穂栞《しおり》と呼べるそれは、今もまだここにいる。

だが秋穂の方は、こちらの不安と安堵《あんど》なんて知った様子もなく、不機嫌そうな顔で口早に告げる。

「いったい、どこに行っていたんですか。こんな大変なときに」

「ああ。やっぱり大変なの？」

「そりゃ大変ですよ。エデンが勝って、ＰＯＲＴが消えて、私も詳しくは知らないんだけど、どうやら銀縁《ぎんぶち》さんが死んじゃったみたいで」

「まじかよ」

それは困る。非常に困る。いろんな方向から困る。

香屋はキネマ倶楽部《くらぶ》の初代チームリーダー――銀縁というプレイヤーのことを、それほどよく知らない。直接顔を合わせたことさえない。

けれどキネマ倶楽部にとって、銀縁という人物が極めて大きな意味を持っていたことはわかる。だから、まずは彼らの心情が心配だ。とくにキドは、銀縁との思い出を理由に戦い続けていたようなものだから、心配だ。あとを追って彼も死んじゃう、なんてことはないと信じている――銀縁がイドという名でPORTにいるとわかるまで、キネマの面々は銀縁が死んだものだと思っていたはずだ――けれど、今後になんらかの影響が出るだろう。死にやすい人がさらに死にやすくなるのは、困る。

それだけではない。香屋自身も、銀縁には多大な期待を寄せていた。もちろん、上手《うま》く銀縁と仲良くなれたなら、彼の検索《サーチ》能力は月生《げっしょう》に並ぶ切り札になる、というのもある。でもそれ以上に、彼の本来の名前――桜木秀次郎《さくらぎしゅうじろう》に意味があった。

もともと彼には、架見崎を変えてもらうつもりだったんだ。内容は想像もつかないけれど、とにかく、人々の胸を打つ物語で。香屋が心酔したあのアニメみたいに「死ぬな」と切実に叫ぶ物語で、馬鹿《ばか》げた戦いを繰り返す人たちの胸を打てると信じていた。全員ではなくても、意外と大勢の胸を。

加えて、トーマから聞いた話で、桜木秀次郎の価値はさらに高まっていた。アポリアの開発者、冬間誠《とうままこと》。彼が死ぬ直前に残したという書き置き。そこには「ゼロ番目のイドラの手がかりをみつけた」という言葉に、二行が書き加えられていたのだという。

二五話、すべての死は罪なのか？

最終話、生命のテーマ

アニメ「ウォーター＆ビスケットの冒険」の、世の中には公開されなかった二話ぶんのエピソード。その内容を、香屋は知らない。ファンのあいだでもこのふたつのエピソードに関しては、あれこれと推測されるばかりで、多少なりとも信用できる話というのを見聞きしたことがない。これまでは、不明だ、としか言いようがなかった。

けれど、銀縁――桜木秀次郎であれば、間違いなくそれを知っていたはずだ。

だって彼が「ウォーター＆ビスケットの冒険」の監督であり、脚本家なのだから。他の世界中の誰も知らなくても、彼だけは知っている。

だから、今後の架見崎において、銀縁は重要だった。彼の死は「ウォーター＆ビスケットの冒険」の公開されなかったエピソードの謎《なぞ》をブラックボックス化する。そのブラックボックスをこじ開ける方法は、なくはないはずだけど非常に難しい。

――少なくとも彼は、本物の人間だ。

香屋や秋穂やその他大勢の架見崎の皆みたいじゃない。たった三人の、現実に実在する人間のひとり。なら彼は、架見崎で死んでも、現実にいる。現実から情報を獲得する手段があれば、それは叶《かな》う。

思いつく方法はふたつだけで、ともに非常に難しい。

ひとつ目は、残るふたり——トーマかパンを頼る方法。彼女たちは三ループに一度、架見崎を抜けて現実に戻っているらしいから、あちらで桜木秀次郎に連絡を取る機会はあるはずだ。でもパンの最近の動きを考えると、こちらに手を貸してくれる可能性は低いだろう。まだしもあり得るのはトーマだけれど、あいつは謎のこだわりで「香屋をヒーローにするために敵になる」なんてヒロイックに解釈したユダみたいなことを言っている。やはり彼女も、どこまで協力してくれるか疑わしい。

もうひとつの方法は、キュー・アンド・エーだ。あの能力は名目上、必要なポイントさえ支払えばどんな情報でも獲得できることになっているから、「アニメ『ウォーター&ビスケットの冒険』の、公開されなかった二話の内容は？」という質問は成立するはずだ。でも、やっぱりこちらも不確定要素が多い。運営スタッフが要求に答えて桜木秀次郎と交渉してくれればいいけれど、こちらはあくまで仮想人格でしかないのだから、「私たちも知らないのでお答えできません」みたいな素っ気ない返事になっても不思議はない。

そんなわけで、桜木秀次郎が——銀縁が死亡して架見崎から消えてしまったのは、とても不都合だ。できるなら直接、彼と話をしたかった。

顔をしかめて香屋は尋ねる。

「バッドな話は、それでお終《しま》い？」

秋穂はなんだか自信に満ち溢《あふ》れた表情で、堂々と首を振った。自棄《やけ》になっているのだろう。

「最大のトピックはこれからです」

聞きたくない。ベッドの中で現実逃避していたい。

けれど実際にそうするわけにもいかなくて、香屋は先を促した。

「なに？」

「月生さんが負傷して、エデンに捕らえられました」

なぜ、そんなことが起こるんだ。

もう本当にやめて欲しい。最強は最強であれ。

「生きてはいるんだね？」

「私が平穏の検索士《サーチャー》から聞いた話では」

「まあ、なら、最悪よりはましだ」

たぶん。もしも寝返った月生が敵として登場、みたいな展開になるなら、あとで「死んでた方がましだった」という気持ちになるかもしれないけれど、とりあえず顔を知っている人が死ななかったのはよかった。

そのかすかな安堵《あんど》に、胸の中で冷たい声がささやく。

――本当に？

月生が死んでも、それはあくまで「データ上、死亡した扱いになった」という意味でしかない。アポリアがその気になればいつでも再生するのだろう。なら、その死は本当に死なのだろうか。どうしようもなく可能性を断ち切り、不可逆的に生を終わらせるものなのだろうか。

こんなことで悩むのは愚かだ、とわかっている。

でも、香屋は今もまだ、愚かに悩み続けている。生命でないどころか、その思考までアポリアに設定された通りなのに、それでも生きると言い張ることの違和感。

秋穂がふっと表情を曇らせる。

「こんなに大変なときに、貴方《あなた》はどこにいたんですか？　本当に」

その質問に答える方法を、香屋はまだ知らない。架見崎の外、現実と呼ぶしかない場所でトーマと交わしたあの会話を、どう扱うべきなのか今はまだ決められない。

架見崎の真実は、他の誰にも伝えなくても、秋穂だけには話すのではないか、という気がしていた。一方で、反対に、なにがあろうと秋穂にだけは隠し通すのではないかという気もしていた。

だから香屋は困ってしまって、幼い子供が不機嫌なときにそうするみたいに、短く、ぼそりと答える。

「まだ話したくない」

秋穂の眉《まゆ》が、きゅっと寄った。

「なんですか、それ。じゃあいつ話してくれるんですか」

「わからないけど、たぶん――」

たぶん、なんだろう？　香屋にとって、命を持たないこの身体《からだ》で、それでも生きる意味みたいなものがみつかったとき？　いや。きっとそういうことじゃない。

「たぶん、君のことがもうちょっとわかったら、かな」

アポリアのすべてを伝えたとき、秋穂栞はなにを思うだろう？

その真実は乱暴に、秋穂の中の大切なものを壊してはしまわないだろうか。この子はあの魅力的なしかめ面で、「どうでも良いです」なんて風に答えられるのだろうか。秋穂のことはよく知っているつもりだったのに、まったく想像がつかない。

香屋と秋穂はしばらく、にらめっこみたいに、じっとみつめ合っていた。

それから、やっぱりにらめっこみたいに、秋穂の方がふっと笑う。

「まあ、別に、貴方が話したくないことを聞きたいとも思いません」

「うん。ありがとう」

「ひとりで悩みたいなら勝手に悩んでいればいいですが、でも、負けないでくださいね」

「なにに？」

いったい、なにに負けるなというのだろう。

秋穂は、きっと意図したものだろう、軽い口調で答える。

「知りませんよ。でも、貴方が敵だと思っているものなんじゃないですか？」

それはいったい、なんだろう。

とりあえずヘビに勝てば良いのだろうか。それとも、また別の敵がいるのだろうか。アポリア。冬間誠。トーマ――冬間美咲《みさき》。

どれも、なんだかしっくりこない。僕はなにと戦っているんだろう。

やっぱり軽く、でも照れたように小さな声で、秋穂は続ける。

「自分のヒーローが負ける姿なんて、みたくはないものです。私も、きっとトーマも」

たしかトーマも、ヒーローという言葉を使っていた。

――香屋歩《あゆむ》は私のヒーローなんだよ。

知ったことか、と言ってやりたかった。僕はヒーローなんかになりたいわけじゃないんだ。ずっと、ヒーローに守られるお姫様になりたかった。けれど以前、秋穂に向かって、架見崎のヒーローを目指すと宣言したことは忘れていない。

――余計なことを言わなければよかったな。

なんて、思わなくもないけれど。

「だったら、戦う相手は決まってるね」

臆病《おくびょう》なこの僕が、いちばん怖くて、いちばん逃げ出したい相手が敵だ。

「誰と戦うんですか？」

「世界」

架見崎のすべて。アポリアのすべて。現実のすべて。

冬間美咲の理想通りでも、そんなの知ったことか。みんなあいつの設定通りでも、そんなの僕には、関係ない。

これは虚構が、現実に戦いを挑む物語なんだろう。物語が、現実を変えられるのだと証明する戦いなんだろう。

その方法はわからない。武器も、作戦も、希望みたいなものもまだ手元にはない。でも諦《あきら》める方法だって知らない。

あのヒーローも言っていた。――どこまでだって歩くんだ。喉《のど》が渇いたら水を飲み、腹が減ったらビスケットをかじる。雨が降ったら屋根の下に入り、疲れたらいくらでも休む。でも、必ずまた歩き出すんだ。

いつだってすぐ傍にあり、いつまでだって鳴りやまない、その足音と鼓動だけが、生きるということの主題《テーマ》になる。

――なら、歩いてやるよ。

この物語の終わりまで。それはきっと僕たち《フィクション》が、現実に届くところまで。

データでできた足音と、仮想上の鼓動がみんな偽物《にせもの》だとしても、それはまだ鳴りやまない。いつまでだってそれを、鳴らし続けてやる。

本書は新潮文庫のために書き下ろされた。

ストーリー協力　河端ジュン一

この物語はどうしようもなく、
彼女に出会った時から始まる。

階段島シリーズ

Ⅰ いなくなれ、群青

Ⅱ その白さえ嘘だとしても

Ⅲ 汚れた赤を恋と呼ぶんだ

Ⅳ 凶器は壊れた黒の叫び

Ⅴ. 夜空の呪いに色はない

Ⅵ きみの世界に、青が鳴る

イラスト：越島はぐ

イラスト　越島はぐ
デザイン　川谷康久（川谷デザイン）

さよならの言《い》い方《かた》なんて知《し》らない。5

新潮文庫　こ－60－15

令和三年三月一日発行

著者　河《こう》野《の》裕《ゆたか》

発行者　佐藤隆信

発行所　株式会社 新潮社
郵便番号　一六二―八七一一
東京都新宿区矢来町七一
電話　編集部（〇三）三二六六―五四四〇
　　　読者係（〇三）三二六六―五一一一
https://www.shinchosha.co.jp

価格はカバーに表示してあります。

乱丁・落丁本は、ご面倒ですが小社読者係宛ご送付ください。送料小社負担にてお取替えいたします。

印刷・錦明印刷株式会社　製本・錦明印刷株式会社

ISBN978-4-10-180212-1 C0193